नानी का घर
और
किस्से गोगापुर के

नानी का घर
और
किस्से गोगापुर के

प्रकाश मनु

ज्ञान गंगा, दिल्ली

प्रकाशक : **ज्ञान गंगा**, 2/19, अंसारी रोड, दरियागंज, नई दिल्ली–110002
सर्वाधिकार : सुरक्षित / संस्करण : 2019 / मूल्य : चार सौ रुपए
मुद्रक : नरुला प्रिंटर्स, दिल्ली ISBN 978-93-86054-48-7

NANI KA GHAR AUR KISSE GOGAPUR KE

by Prakash Manu ₹ 400.00
Published by Gyan Ganga, 2/19, Ansari Road, Daryaganj, New Delhi-02

बच्चों के समर्पित कवि, कथाकार और संपादक

भैरूँलाल गर्गजी

को,

जिन्होंने 'बालवाटिका' के जरिए

बाल साहित्य में बड़े अचरज भरे काम कर दिखाए!

अनुक्रम

1. नानी के घर कुक्कू 9
2. लाल बुँदकियोंवाली तितली 13
3. चार फुँदनों वाली टोपी 15
4. किस्सा गुलगुल और चाँद का 18
5. मुझसे दोस्ती करोगे? 20
6. नन्हे खरगोश ने पढ़ी किताब 24
7. कुक्कू गया चाँद पर 26
8. टोपी सी दो दरजी चाचा 28
9. वनदेवी ने दी जो फूलों की टोकरी 32
10. दुल्लीराम का जादू 35
11. किस्सा गिल्लू गिलहरी का 40
12. कुक्कू के जादूवाले कंचे 46
13. नानी का बटुआ 48
14. लो आ गए गिठमुठिए 50
15. चल सहेली महल में 52
16. कुट्टी नहीं, अब्बा! 55
17. जब कुक्कू ने की पुताई 58
18. कुक्कू, फिर आना जंगल में··· ! 60

19. कुक्कू के दोस्त 62
20. गोगापुर का कमालदास 64
21. सबसे अच्छा मौसम 66
22. एक थी सुरसती 70
23. मिल गई कुक्कू की गेंद 72
24. गोगापुर का मिल-जुल संगीत 74
25. सुंदर है नानी का चूल्हा 77
26. उड़ी-उड़ी रे पतंग 80
27. जसोदा नानी का जन्मदिन 83
28. नानी के गुट्टे 85
29. ऐसी कमाल की खिचड़ी 87
30. जब चिड़ियाघर में नाचा मोर 89
31. नन्ही सी नीना की कहानी 91
32. खिल-खिल हँसे गेंदे के फूल 94
33. गोगापुर की दीवाली 96
34. नानी, मैं तोता लूँगा 98
35. मैं दूत हूँ, सेठजी! 100
36. मिली वहाँ अक्ल की परदादी 103
37. शेरू ने भी खेली होली 105
38. कुक्कू की साइकिल चली पम-पम-पम 107
39. चीनू का चिड़ियाघर 109
40. नटखट गोगो का बचपन 135

1

नानी के घर कुक्कू

एक था कुक्कू। वह अपने मम्मी-पापा के साथ दिल्ली में रहता था। भाई-बहनों में वह सबसे छोटा था। संजू भैया और पारो दीदी दोनों उससे बड़े थे।

घर में सबका लाड़ला था कुक्कू। थोड़ा नटखट, थोड़ा भोला। दिन भर कुछ-न-कुछ सोचता रहता। उसे फूल अच्छे लगते थे। पेड़-पौधे अच्छे लगते थे। जंगल अच्छा लगता था। सीधे-सच्चे लोग अच्छे लगते थे। कभी किसी छोटी सी बात पर खुश हो जाता, तो वह देर तक खुदर-खुदर हँसता रहता। कभी किसी पर रूठता तो उसे मनाना भी आसान नहीं था। उसकी दुनिया ही निराली थी।

एक बार की बात, कुक्कू अपने मम्मी-पापा, संजू भैया और पारो दीदी के साथ अपनी नानी के गाँव गोगापुर में घूमने आया। वहाँ सत्ते और बिरजू से उसकी दोस्ती हो गई। खूब पक्की दोस्ती। तीनों साथ बैठकर खूब बातें करते, हँसते और गप्पें मारते। शाम को वे खूब दूर-दूर तक घूमने जाते और लौटकर नानी को बताते तो सुनकर नानी निहाल हो जातीं।

कभी-कभी संजू भैया भी साथ होते थे। तब तो वे खेतों से होते हुए दूर जंगल तक चले जाते, जहाँ आम, पीपल, नीम और बरगद के बड़े ही घने पेड़ थे। एकदम छतनार और दिन में भी अँधेरा रहता। हर पल किस्म-किस्म की चिड़ियों की आवाजें गूँजती रहतीं। वहाँ से वे खूब सारी खटमिट्ठी बेरियाँ तोड़कर लाते और घर आकर मजे में खाते।

फिर नहा-धोकर खाना खाने के बाद सारे बच्चे नानी के आसपास बैठ जाते, और किसी जादू-मंतर की तरह नानी की कहानियाँ शुरू हो जातीं। एक-से-एक अचरज भरी कहानियाँ, जिन्हें सुनते हुए आसपास का कुछ होश ही नहीं रहता था। नानी रोज कोई न कोई नई कहानी सुनातीं। कभी गुग्गीरानी तो कभी राजा

गोगामल की कहानी। कभी परियों, बौनों और दयालु राजकुमार की कहानियाँ। कभी उड़नेवाले नीले घोड़े की कहानी। सुनकर कुक्कू को बहुत अच्छा लगता। सोचता, "क्या ऐसा नहीं हो सकता कि नानी की कहानियाँ कभी खत्म ही न हों। मैं ऐसे ही सुनता रहूँ, रोज-रोज ऐसे ही···!"

पारो दीदी हँसकर कहती, "लगता है कुक्कू, तुझे तो नानी का गाँव गोगापुर भा गया।"

"हाँ दीदी, हाँ! दुनिया में कोई भी इतनी अच्छी जगह नहीं है, जैसा नानी का गोगापुर। मेरा तो दिल करता है, कभी यहाँ से जाऊँ ही नहीं।"

"तो क्या यह दिल्ली से भी अच्छा है···?" पारो दीदी ने अपनी बड़ी-बड़ी आँखें फैलाकर अचरज से कहा।

"हाँ, अच्छा है दिल्ली से, बल्कि उससे भी कहीं ज्यादा अच्छा। इतना अच्छा···इतना अच्छा···!" कहकर कुक्कू अपनी दोनों बाँहें फैला देता।

"तो फिर तू यहीं क्यों नहीं रह जाता···?" संजू भैया ने कहा।

"मैंने कब कहा कि मैं वापस जाऊँगा दिल्ली। ना जी ना, मैं तो यहीं रहूँगा।" कुक्कू ने भी अपना फैसला सुना दिया।

"ओहो, तो तेरी पढ़ाई कैसे होगी···!" पारो दीदी ने पूछा।

"यहाँ भी तो स्कूल है न! कल ही मैं सत्ते के साथ देखकर आया हूँ। बड़ा अच्छा स्कूल है। सत्ते कह रहा था, यहाँ पढ़ाई भी बहुत अच्छी होती है। मास्टरजी बहुत प्यार से पढ़ाते हैं और हाँ, यहाँ बहुत बड़ा खेल का मैदान भी है।" कुक्कू ने बताया।

सुनकर नानी हँसने लगीं। कुक्कू के मम्मी-पापा भी हँसे।

सबने सोचा, कुक्कू ऐसे ही कह रहा होगा, पर वाकई उसे नानी के किस्से-कहानियाँ और नानी का गाँव, दोनों ही इतने अच्छे लगे कि अगले ही दिन उसने जिद ठान ली, "मम्मी-मम्मी, मैं तो यहीं गोगापुर में रहूँगा। नानी के पास।"

मम्मी बोलीं, "ठीक है। तू कुछ दिन और नानी के पास रह ले। फिर हम आकर तुझे ले जाएँगे।"

पर कुक्कू बोला, "ना-ना मम्मी, मैं तो अब यहीं गोगापुर में रहूँगा। सत्ते और बिरजू भी मेरी तरह ही तीसरी क्लास में पढ़ते हैं यहाँ के स्कूल में। मैं भी उनके साथ ही पढ़ लूँगा। सच्ची मम्मी, मुझे बड़ा अच्छा लगेगा यहाँ।"

कुक्कू के मम्मी-पापा करोलबाग में रहते थे। वहाँ कुक्कू के पापा की सूखे मेवे और फलों की बड़ी दुकान थी। अकसर संजू भैया भी उनकी मदद के लिए

दुकान पर चले जाते थे। पारो दीदी को अपनी सहेलियों से ही फुरसत नहीं थी और मम्मी के टी.वी. के सीरियल तो कभी खत्म ही नहीं होते थे। इसलिए स्कूल से आकर कुक्कू को दिन भर अकेला रहना पड़ता था। घर से पार्क भी बहुत दूर था, तो भला खेले कहाँ? अकेले घर बैठे-बैठे वह ऊब जाता था।

कुक्कू के मम्मी-पापा यह बात जानते थे। वे समझ गए, कुक्कू क्यों नानी के पास रहने की जिद कर रहा है। उन्होंने कुछ देर सोचा, फिर कहा, "ठीक है कुक्कू, तू नानी के पास रहना चाहता है, तो यहीं रह। पर देख, एक वादा करना होगा। तू नानी को बिल्कुल तंग नहीं करेगा।"

कुक्कू बोला, "प्रॉमिस पापा। बिल्कुल तंग नहीं करूँगा।"

उसी दिन कुक्कू के मम्मी-पापा संजू भैया और पारो दीदी के साथ दिल्ली चले गए और कुक्कू नानी के पास गोगापुर में ही रहने लगा।

कुक्कू इतना प्यारा था कि नानी को भी उससे बातें करना बहुत अच्छा लगता था। कुक्कू के आने से उनका अकेलापन भी दूर हो गया।

कुछ दिनों बाद कुक्कू का गोगापुर के स्कूल में ही दाखिला हो गया।

फिर तो इतना अच्छा लगने लगा कि एक-एक करके तीन बरस हो गए, कुक्कू का गोगापुर छोड़कर जाने का मन ही नहीं होता था। नानी को भी उसका बड़ा सहारा था। वे कहतीं, "ठीक है, इसका मन करता है, तो रहे।"

नानी के साथ कुक्कू की पक्की दोस्ती हो गई है। वह उनसे जिद करके रोज कहानियाँ सुनता और नानी की कहानियाँ होती थीं बड़ी ही मजेदार। कुक्कू घर में या स्कूल में जो भी शरारत करता, उसी पर वे झट कहानी बना लेतीं। कुक्कू सुनता तो हँसते-हँसते लोटपोट हो जाता।

एक बार की बात, कुक्कू के जन्मदिन पर उसकी नानी ने उसे लाकर दिया लाल नाक वाला गुड्डा। कुक्कू को वह बड़ा पसंद था। रात-दिन उसे अपने साथ ही रखता था। उस गुड्डे की एक खास बात कुक्कू को अच्छी लगती थी। वह यह कि गुड्डा हमेशा मुसकराता रहता था। जब-जब कुक्कू उसकी ओर देखता, उसे लगता गुड्डा हँसकर कह रहा है, "हैलो कुक्कू! कैसे हो?"

एक दिन कुक्कू आँगन में बैठा होमवर्क कर रहा था। पास ही लाल नाक वाला उसका प्यारा गुड्डा भी था। बड़ी देर से एक तोता उसे गौर से देख रहा था, पर कुक्कू ने उसकी ओर ध्यान ही नहीं दिया। वह स्कूल का काम पूरा करने में डूबा हुआ था।

जैसे ही कुक्कू ने होमवर्क पूरा किया, वह चौंक पड़ा, "अरे! गुड्डे की नाक कहाँ चली गई?"

कुक्कू को रोना आ गया। इतना प्यारा उसका गुड्डा था। उसकी लाल नाक ही तो उसकी शान थी। इसी नाक की वजह से तो वह हमेशा मुसकराता हुआ लगता था। अब नाक नहीं है, तो लगता है, चुप-चुप सा और बिसूर रहा है।

कुक्कू रोते-रोते नानी के पास पहुँचा। नानी ने उसकी बात सुनी तो बोलीं, "चिंता न कर कुक्कू, शायद गुड्डे की नाक कहीं गिर गई हो। कल मैं तुम्हें ढूँढ़ दूँगी।"

पर नानी ने घर में हर जगह ढूँढ़ा। गुड्डे की नाक कहीं मिली ही नहीं। तब कुक्कू को दिलासा देती हुई नानी बोलीं, "कुक्कू रो मत, मैं तुझे दूसरा गुड्डा ला दूँगी।"

"नहीं-नहीं, मुझे तो यही गुड्डा चाहिए।...मैं अपना गुड्डा नहीं बदलूँगा।" कुक्कू ने जिद की।

नानी सोच में पड़ गईं। बोलीं, "तो ऐसा कर कुक्कू, मैं लाल रंग का चमकीला पन्नीवाला कागज ला देती हूँ। उसे गत्ते पर चिपकाकर नाक बना देंगे और फिट कर देंगे।" कुक्कू को यह आइडिया पसंद आया।

अगले दिन नानी और कुक्कू कैंची, लेई और पन्नीदार कागज लेकर बैठे। गुड्डे की नाक लग गई। कुक्कू खुशी से नाच उठा। बोला, "नानी-नानी, गुड्डा मुसकरा रहा है। यह नाक तो पहले से भी अच्छी है!"

फिर एक दिन वही तोता आया। दोबारा गुड्डे की नाक ले जाना चाहता था कि कुक्कू ने पकड़कर झट पिंजरे में डाल दिया।

तोता टें-टें करके रोया। बोला, "मुझे क्या पता, तुम्हें यह नाक इतनी पसंद है। मैं तो उसे अपना घर सजाने के लिए ले गया था। कहो तो अभी ला देता हूँ।"

और सचमुच तोता उड़ता हुआ गया, झट से गुड्डे की पहली वाली नाक ले आया। कुक्कू ने उसे सँभालकर रख लिया, पर उसकी फिर कभी जरूरत ही नहीं पड़ी, क्योंकि तोता अब कुक्कू और गुड्डे का प्यारा दोस्त बन गया था। फिर भला गुड्डे की नाक कौन ले जाता?

□

2

लाल बुँदकियोंवाली तितली

कुक्कू सत्ते और बिरजू के साथ रोज घूमने जाया करता था। कभी-कभी पप्पू और भुल्लन भी आ जाते थे। घूमते हुए कई बार वे नदी किनारेवाली भीखू बाबा के बाग में भी चले जाते थे। बड़ी दूर-दूर तक फैला था भीखू बाबा का बाग, ज़हाँ खूब सारे पेड़ और हरियाली थी। कहीं-कहीं तो घास का ऐसा प्यारा गलीचा बिछा होता कि वहाँ बैठकर आनंद आ जाता। तीनों वहाँ खूब भागते-दौड़ते और कभी-कभी तो वहीं लोट लगाते और कलामंडियाँ खाने लगते।

एक बार की बात, बिरजू उस दिन आया नहीं था। पप्पू और भुल्लन भी। इसलिए बस कुक्कू और सत्ते ही भीखू बाबा के बाग में घूमने के लिए गए। वहाँ बहुत सारे फूलों के पौधे, गुलाब, चमेली, गुड़हल, चाँदनी, चंपा, मोतिया और न जाने कौन-कौन से फूल थे। उन फूलों पर रंग-बिरंगी तितलियाँ मँडरा रही थीं। देखकर कुक्कू और सत्ते को बहुत मज़ा आया। सत्ते बोला, ''आओ कुक्कू, तितलियाँ पकड़ें।''

कुक्कू ने हँसकर कहा, ''नहीं...नहीं, तुम्हीं पकड़ो।''

सत्ते देर तक एक बड़ी सी पीली तितली का पीछा करता रहा, पर तितली बड़ी चंचल थी। होशियार भी। वह उसकी पकड़ में नहीं आई। वह कुछ-कुछ थक गया और चाँदनी के पेड़ का सहारा लेकर खड़ा हो गया।

तभी कुक्कू ने मुसकराते हुए कहा, ''सत्ते, तुम्हें एक बात नहीं पता। मेरी नानी कहती हैं, जितना तुम तितलियों के पीछे भागोगे, उतना ही ये तुमसे डरकर दूर भागेंगी। इनसे दोस्ती करनी है, तो इन्हें डराओ मत।''

सत्ते को बात समझ में आ गई। बोला, ''अरे, मैंने तो यह सोचा ही नहीं था।''

कुक्कू हँसा। बोला, ''पहले नहीं सोचा था तो अब सोचो।''

"हाँ-हाँ, सोचता हूँ।" कहकर सत्ते ने मजे-मजे में थोड़ा सिर पर तबला बजाया और हँस दिया।

फिर सत्ते और कुक्कू देर तक बैठे गप्पें मारते रहे। कुक्कू सत्ते को अपनी नानी के किस्से-कहानियाँ सुनाता रहा और सत्ते अपने छोटे भाई ननकू की शरारतों के कारनामे। उसने बताया, "सुनो कुक्कू, तुम्हें पता है, कल ननकू ने क्या किया?" फिर खुद ही बताने लगा कि "ननकू ने अपनी ड्राइंग की कापी में एक तितली का सुंदर-सा रंग-बिरंगा चित्र बनाया। फिर उसकी लंबी-लंबी काली दाढ़ी-मूँछें बना दीं। इतना अजीब लग रहा था कि क्या बताऊँ!"

कुक्कू बड़े जोर से हँसा। बोला, "दाढ़ीवाली तितली...वाह! शायद ही आज तक किसी ने देखी हो। मैंने तो कभी देखी नहीं।"

सुनकर सत्ते भी हँसने लगा। बोला, "वह ऐसे ही अजीब-अजीब काम करता है। मुझे तो बड़ी हँसी आती है।"

तभी अचानक कुक्कू ने सत्ते की ओर इशारा किया। बोला, "देखो सत्ते, देखो। तुम्हारे कंधे पर तितली है। बड़ी ही सुंदर पीली तितली। लाल बुँदकियों वाली। पकड़ना मत, नहीं तो उड़ जाएगी।"

कुछ देर बाद एक नीली-पीली तितली कुक्कू के कंधे पर भी बैठ गई। सत्ते चहककर बोला, "कुक्कू, तुम्हारे कंधे पर भी तितली!"

"शायद ये बहनें हैं। आपस में बातें कर रही हैं।" कुक्कू ने कहा तो सत्ते और कुक्कू दोनों एक साथ खिलखिलाकर हँसे।

कुक्कू को लगा कि सत्ते के कंधे पर बैठी तितली भी हौले से हँसी है। उसने सत्ते से कहा तो उसने हँसकर कहा, "अरे कुक्कू, यही बात तो मैं तुझसे कह रहा था। जब तुम हँसे तो तुम्हारे कंधे पर बैठी नीली-पीली तितली भी हँस रही थी।"

और फिर दोनों के मुँह से एक साथ निकला, "वाह, कितने मजे की बात!"

देर तक वे दोनों दोस्त तितलियाँ बैठी रहीं, फिर उड़ गईं। कुक्कू और सत्ते अब उन प्यारी-प्यारी तितलियों की बात करते हुए, घर लौट रहे थे। उन्हें लग रहा था, तितलियाँ अब भी उनके आसपास ही मँडरा रही हैं।

□

3

चार फुँदनों वाली टोपी

कुक्कू की नानी ने उसे बुनकर दी ऊन की चार फुँदनोंवाली रंग-बिरंगी टोपी। कुक्कू ने पहनी तो बोला, ''नानी! टोपी तो बहुत अच्छी है। इसे पहनकर तो मैं बिल्कुल राजकुमार बन गया।''

सुनते ही नानी हँसने लगीं। बड़ी ही मीठी-मीठी हँसी। बोलीं, ''तेरे को वाकई अच्छी लगी न?''

''हाँ नानी, अच्छी, बहुत अच्छी…!'' कहकर कुक्कू उछलने लगा। उसे लगा, नानी की टोपी तो इतनी अच्छी है कि उसे पहनकर मैं चाहूँ तो आसमान में उड़ने लगूँगा।

रात को कुक्कू सोया, तो उसे टोपी के ही सपने आते रहे। कभी लगता, वह टोपी पहनकर हवा में उड़ रहा है। कभी लगता कि वह टोपी पहनकर स्कूल गया तो सारे बच्चे उसे घेरकर खड़े हो गए। एक बच्चे ने उसे कंधे पर बैठा लिया और फिर सबने बड़ी धूम-धाम से उसका जुलूस निकाला।…फिर दिखाई पड़ा, उसके दोस्त सत्ते ने हाथ में उसकी टोपी लेकर फू किया, तो देखते-ही-देखते एक टोपी की सौ टोपियाँ बन गईं और स्कूल में हर बच्चे के सिर पर वैसी ही टोपी नजर आने लगी। यहाँ तक कि मास्टर भोलानाथजी और हैडमास्टर तिवारीजी के सिर पर भी ठीक वैसी ही टोपी नजर आने लगी।

अभी यह सपना चल ही रहा था कि अचानक दूसरा सपना चालू हो गया। कुक्कू को दिखाई पड़ा कि टोपी पता नहीं कहाँ गायब हो गई है और वह उसे ढूँढ़-ढूँढ़कर परेशान हो, यहाँ-वहाँ भटक रहा है। 'ओह, टोपी नहीं मिली, तो नानी क्या कहेंगी?' सोच-सोचकर उसे चैन नहीं पड़ रहा था। सपने में ही उसका रोना निकल गया। और फिर वह अचानक मिल भी गई। एक चुहिया उसे ले गई थी और

मेज के पीछे छिपाकर रख दिया। अब वह उसे पहनने की कोशिश कर रही थी।···

कुक्कू सुबह उठा तो हैरान। सोच रहा था, "वाह, रात को टोपी ने भी कैसे-कैसे तमाशे दिखाए!"

अगले दिन कुक्कू स्कूल गया, तो उसके पाँव जमीन पर नहीं थे। आखिर उसके सिर पर नानी की बुनी हुई सुंदर टोपी जो थी। वह सोच रहा था, क्लास के सारे बच्चे उसे मुबारकबाद देंगे, पर यह क्या··· ? बच्चों को तो खेल-तमाशा ही मिल गया और फिर जैसे ही मौका मिला, क्लास के बच्चों ने गुट बनाकर तालियाँ पीटनी शुरू कर दीं। वे उछल-उछलकर कह रहे थे, "देखो-देखो, कुक्कू की अजीब सी टोपी। चार फुँदनेवाली टोपी!"

कुक्कू घर आया, तो ठिन-ठिन करके नानी से बोला, "नानी···नानी, क्लास के बच्चे चार फुँदनेवाली टोपी। कहकर मेरा मजाक उड़ा रहे थे। तुम ऐसा करो, एक फुँदना कम कर दो।"

नानी बोलीं, "अरे कुक्कू, तू भी बुद्धू है। उड़ाने दो मजाक, अपने आप कल परसों तक ठीक हो जाएँगे।"

पर कुक्कू नहीं माना। ठिनठिनाता रहा, तब नानी ने कैंची लेकर कुक्कू की टोपी का एक फुँदना काट दिया। बोलीं, "ले, अब तो ठीक है ना।"

कुक्कू ने देखा, चार फुँदनों की जगह अब केवल तीन फुँदने थे। अब भला उसके दोस्त चार फुँदनोंवाली टोपी कहकर चिढ़ा सकते थे? कुक्कू को कुछ चैन सा पड़ा। बोला, "नानी, तुम कितनी अच्छी हो, मेरी मुसीबत दूर कर दी।"

पर अगले दिन कुक्कू टोपी पहनकर स्कूल गया, तो फिर वही मुसीबत सामने थी। अबके बच्चे जोर-जोर से चिल्ला रहे थे, "देखो···देखो, कुक्कू की अजीब सी टोपी, तीन फुँदनेवाली टोपी!···देखो-देखो, तीन फुँदनेवाली टोपी!"

उसी रोज कुक्कू ने नानी से कहकर एक फुँदना और कम करवाया, पर फिर भी बच्चों का चिढ़ाना जारी रहा, यहाँ तक कि टोपी पर सिर्फ एक फुँदना बाकी रहा तो भी बच्चे चिढ़ाए बगैर नहीं मान रहे थे। रोज उन्हें एक नया खेल-तमाशा मिल जाता और कुक्कू का मुँह लटक जाता।

आखिर में कुक्कू ने उदास होकर कहा, "नानी-नानी, तुम यह फुँदना भी हटा दो।"

अब तक नानी भी परेशान हो गई थीं। उन्होंने कैंची लाकर वह फुँदना भी हटा दिया। फिर बोलीं, "मेरे पगले कुक्कू, मुश्किलें ऐसे खत्म नहीं होतीं।"

और सच ही थी नानी की बात। अगले दिन कुक्कू बिना फुँदने की टोपी

पहनकर गया, तो बच्चे और भी जोर-जोर से तालियाँ पीट-पीटकर चिल्लाने लगे, "देखो, देखो, कुक्कू की अजीब सी टोपी! बिना फुँदने की टोपी।"

अब तो कुक्कू के लिए अपनी रुलाई रोक पाना मुश्किल हो गया।

उस दिन स्कूल में वह उदास ही रहा। लगा, आँसू अब आए, अब आए…! स्कूल से आकर उसने रोते-रोते नानी को बताया, "नानी-नानी, आज भी बच्चों ने मुझे चिढ़ाया। कह रहे थे, देखो-देखो, कुक्कू की अजीब सी टोपी, बिना फुँदने की टोपी!"

नानी हँसते हुए बोलीं, बेटा, "मैंने तुझे शुरू में ही समझाया था न! तू चिढ़ता है, इसीलिए सब चिढ़ाते हैं। अब तू चिढ़ना छोड़ दे। फिर सब ठीक हो जाएगा।"

बस, कुक्कू ने नानी की यह बात गाँठ में बाँध ली। अब वह किसी बात से परेशान नहीं होता था। कुछ दिन तक तो बच्चों ने 'बिना फुँदने की टोपी' कहकर चिढ़ाया, फिर खुद ही शांत हो गए।

कुक्कू अब खुश था। हालाँकि कभी-कभी उसे टोपी के चार फुँदनों की याद आती थी, तो यह सोचकर उदास हो जाता था, 'कितने अच्छे लगते थे वे फुँदने। बेकार नानी से कहकर कटवाए!'

□

4

किस्सा गुलगुल और चाँद का

एक बार की बात, चाँदनी रात थी। आसमान में इक्का-दुक्का बादल थे और चाँद चुपके से बादलों की खिड़की से झाँक रहा था। कुक्कू नानी के साथ आँगन में लेटा, उनसे बातें कर रहा था।

तभी कुक्कू बोला, "देखो नानी, चाँद कितना अच्छा चाँद··· !"

"हाँ, सच आज तो चाँद बड़ा ही प्यारा लग रहा है। आज चाँदनी रात जो है।" नानी ने मुसकराते हुए कहा।

"नानी, क्या ऐसा नहीं हो सकता कि हम चाँद को पकड़कर अपने घर में रख लें? बस, फिर वह कहीं जाएगा ही नहीं। जब भी मन हो, मजे में चाँद को देख लो।"

सुनकर नानी हँसने लगीं। बोली, "तू भी बिल्कुल बुद्धू है, कुक्कू। बिल्कुल उस भालू के बच्चे जैसा··· !"

"कौन सा भालू का बच्चा, नानी?" कुक्कू ने पूछा, "क्या वह कोई कहानी-किस्सेवाला भालू का बच्चा है? तुमने मुझे तो कभी सुनाई नहीं उसकी कहानी··· ?"

"तो अब सुन लो न!" नानी के चेहरे पर बड़ी मीठी-मीठी हँसी थी और फिर न जाने कब उनकी कहानी शुरू भी हो गई···

एक था भालू का नन्हा सा बच्चा। उसका नाम था गुलगुल। गुलगुल एक दिन रात के समय अकेला घूम रहा था। घूमते-घूमते वह नदी किनारे जा पहुँचा। वहाँ वह आराम से पसर गया।

तभी उसकी निगाह आसमान की ओर उठी। गुलगुल चौंक उठा, "अरे वाह, कितना खूबसूरत चाँद है! क्या मैं इसे पकड़ नहीं सकता?"

गुलगुल ने उछलकर चाँद को पकड़ने की कोशिश की। फिर उसे लगा, 'अरे, चाँद इस तरह पकड़ में नहीं आ सकता। चाँद तो बड़ी दूर है।'

तभी गुलगुल को एक तरकीब सूझ गई। उसने सोचा, 'चाँद सामनेवाले आम के पेड़ से बस थोड़ा ही ऊपर है। उस पेड़ पर चढ़ जाऊँ, तो चाँद मेरी मुट्ठी में होगा।'

बस, गुलगुल ने दौड़ लगा दी। झट पेड़ के पास पहुँचा और ऊपर चढ़ने लगा। होते-होते गुलगुल पेड़ की सबसे ऊँचीवाली डाल पर पहुँच गया। फिर भी चाँद उससे दूर ही था।

गुलगुल को बड़ा दुःख हुआ। सोचने लगा, 'अरे, क्या चाँद को मैं बिल्कुल नहीं पकड़ पाऊँगा?'

अभी गुलगुल यह सोच ही रहा था कि तभी नदी के पानी की ओर उसकी निगाह गई। नदी के स्वच्छ पानी में चाँदी की थाली जैसा चाँद चम-चम चमक रहा था।

"अरे वाह! चाँद तो वह रहा। अभी जाकर पकड़ता हूँ।" कहकर गुलगुल पेड़ से सीधा नदी के पानी में कूदा तो चारों ओर लहरें ही लहरें बन गईं।...उन लहरों में चाँद गायब हो गया।

गुलगुल नदी के पानी से बाहर आकर रोने लगा। तभी गुलगुल की मम्मी उसे ढूँढ़ते-ढूँढ़ते उधर आ निकलीं। बोलीं, "प्यारे गुलगुल, रोते क्यों हो?"

गुलगुल ने चाँद का पूरा किस्सा बताया, तो वे जोरों से हँसीं। बोलीं, "अरे बेटा, चाँद कोई पकड़ने के लिए थोड़े ही है। वह तो दूर से ही देखने में अच्छा लगता है। इतने लोग उसे देखते हैं। देखकर ख़ुश होते हैं। तुम उसे पकड़ लोगे, तो कितने सारे लोगों को दुःख होगा, है कि नहीं?"

गुलगुल बात समझ गया। उसने एक बार फिर चाँद की ओर बड़े प्यार से देखा और फिर उछलता-कूदता हुआ मम्मी के पीछे-पीछे घर चल दिया।

□

5

मुझसे दोस्ती करोगे?

सर्दियों की सुबह थी। मीठी, गुनगुनी धूप खिली थी। कुक्कू नानी के घर के सामनेवाले खुले मैदान में घूम रहा था। फूलों-पत्तों से बातें कर रहा था। इतने में आई गुलकी गौरैया। थोड़ी देर इधर-उधर घूमती रही। फिर कुक्कू के कंधे पर आकर बैठ गई।

कुक्कू को बड़ा अच्छा लगा। वह सोच रहा था, 'कितना अच्छा हो, अगर यह गौरैया ऐसे ही बैठी रहे।'

इतने में गुलकी गौरैया ने उसके कानों में फुसफुसाकर कहा, "मुझसे दोस्ती करोगे?"

कुक्कू तो यह चाहता ही था। झट से दोनों में दोस्ती हो गई। अब गुलकी गौरैया जब-जब आती, कुक्कू से ढेरों बातें करती। वह अकसर अपनी सहेलियों के साथ बड़ी दूर-दूर घूमने जाती थी। उसने कुक्कू को दुनिया की अजब-गजब जगहों के बारे में बताया। कुक्कू को तो उनका पता ही नहीं था। वह बोला, "गुलकी गौरैया, कभी मुझे भी अपने साथ ले जाओ ना।"

सुनकर गौरैया हँसने लगी। हँसते-हँसते बोली, "अरे बुद्धू, तुम्हारे पंख कहाँ हैं? पंख होते तो तुम भी उड़कर हमारे साथ जा सकते थे।"

फिर गुलकी गौरैया ने कुक्कू को पंपापुर के बारे में बताया, जहाँ बच्चों के लिए एक से एक मजेदार झूले हैं। बच्चे सारे दिन उन पर झूलते और हाहा-हीही हँसते रहते हैं। कोई उन्हें नहीं रोकता और न कोई डाँटता-फटकारता है। सुनकर कुक्कू बोला, "ओह, काश मैं भी पंपापुर जा पाता!"

गौरैया बोली, "कोई बात नहीं कुक्कू। मैं तुम्हें हर रोज पंपापुर के बारे में एक से एक मजेदार बातें बताया करूँगी। सुनकर तुम्हें अच्छा लगेगा।"

और वाकई कुक्कू को पंपापुर इतना अच्छा लगने लगा कि वह हर रोज गुलकी गौरैया का इंतजार करता, जिससे उसे पंपापुर के बारे में नई से नई बातें पता चलें। गौरैया भी बड़ा रस लेकर पंपापुर की जादुई दुनिया का पूरा हाल बताती। सुनकर कुक्कू की आँखों में चमक आ जाती।

एक दिन कुक्कू ने कहा, ''सुनो गौरैया, क्या तुम्हें कोई कहानी भी आती है? मुझे कहानी सुनना बहुत अच्छा लगता है।''

इस पर गौरैया ने कुक्कू को एक प्यारी सी कहानी सुनाई—पिद्दी और पिद्दे की। इतनी मजेदार कहानी कि सुनते हुए कुक्कू देर तक हँसता रहा। गौरैया बड़े मजे-मजे में सुना रही थी'''

देखो कुक्कू, क्या हुआ कि एक दिन पिद्दी और पिद्दे ने मिलकर तालाब में तैरने और नहाने का प्लान बनाया। पिद्दा था होशियार, मगर पिद्दी को तो नहाने से डर लगता था। इसलिए पिद्दे ने उसकी टाँगें भी अपनी टाँगों के साथ एक डोरी से बाँध लीं। दोनों तालाब में नहाने लगे। पिद्दा और पिद्दी इतने अच्छे थे कि उन्हें एक साथ तैरते देख, तालाब भी खुश था, पर थोड़ी देर में ही एक काला कौआ आया। पिद्दा और पिद्दी के ऊपर मँडराने लगा। इस पर पिद्दी और पिद्दा दोनों डरकर भागे। भागते-भागते वे कहते जा रहे थे।

छप्प-छपर'''छप्प-छपर!
हाय अम्माँ, बुरी खबर!
छप्प-छपर'''छप्प-छपर!
कौए से लगता डर'''!

उनकी बात तालाब ने सुनी तो उसे काले कौए पर बड़ा गुस्सा आया। सोचने लगा, ''पिद्दी और पिद्दा कितने खुश थे! मजे-मजे में खेल रहे थे। फिर यह कालू बिना बात क्यों उन्हें तंग करने आ गया?''

गुस्से में तालाब ने जोर की एक लहर ऊपर उछाली, तो कौआ गिरा पानी में। वह जितना पानी से निकलने की कोशिश करता, उतनी ही तेजी से तालाब उसे 'छप्प-छपर'''छप्प-छपर' करके तेजी से गोल-गोल घुमाता जाता। कौए के सारे पंख भीग गए। आखिर तालाब के डाँटने पर काले कौए ने पिद्दी और पिद्दे से माफी माँगी, तो वह तालाब से निकला और फिर उसने कभी पिद्दी और पिद्दे को नहीं सताया।'''

कहानी सुनकर कुक्कू बोला, ''यह तो बड़ी मजेदार कहानी है गुलकी गौरैया। भला कहाँ से सुनी तुमने?''

गौरैया बोली, ''मेरी दादी अम्माँ को बहुत कहानियाँ आती हैं। वे मुझे सुनाती हैं, तो मैं भी झटपट याद कर लेती हूँ। तुम्हें कहानी अच्छी लगी, तो अब तुम्हें भी सुना दिया करूँगी।''

कुक्कू बोली, ''मेरी नानी भी बड़ी अच्छी कहानियाँ सुनाती है। तुम कहो तो मैं भी तुम्हें सुनाया करूँगा सुंदर-सुंदर कहानियाँ।''

''हाँ-हाँ, कुक्कू। सुनाना, जरूर सुनाना। मुझे तो बड़ा मजा आएगा।'' गौरैया बोली।

अब तो गौरैया आती और रोज एक मजेदार कहानी सुनाती। कुक्कू को गुलकी गौरैया की कहानियाँ बड़ी अच्छी लगतीं। कभी-कभी कुक्कू भी सुनाता गोगापुर के राजा गोगामल और गुग्गीरानी की कहानी, तो गौरैया पूरे कान लगाकर सुनती। फिर कहती, ''बड़ी अच्छी कहानी है कुक्कू। पता नहीं, तुम्हारी नानी कहाँ से लाती हैं ऐसी अच्छी-अच्छी कहानियाँ? मेरी ओर से उन्हें थैंक्यू बोलना।''

''ठीक है!'' कुक्कू ने सिर हिलाया।

एक दिन कुक्कू के जी में न जाने क्या आया। बोला, ''गौरैया···गौरैया, आज मेरा मन है कि तुम कोई गाना सुनाओ।''

गौरैया घबराकर बोली, ''मुझे तो गाना नहीं आता, सिवाय चीं-चीं, चीं-चीं के।''

''नहीं-नहीं मैं तो गाना सुनूँगा।'' कुक्कू ने जिद करके कहा।

''अच्छा ठीक है, अबके आऊँगी तो जरूर गाना सुनाऊँगी।'' कहकर गौरैया उड़ गई।

इसके बाद एक दिन बीता, दो दिन बीते। पूरा हफ्ता बीत गया। गौरैया आई ही नहीं। कुक्कू उदास हो गया। सोचने लगा, 'कहीं गौरैया मुझसे नाराज तो नहीं हो गई?'

एक दिन कुक्कू इसी तरह उदास बैठा था। इतने में गौरैया उड़ती हुई आई। हँसकर बोली, ''कुक्कू···कुक्कू, मैंने अपनी दादी से गाना सीखा है। सुनोगे''?

कुक्कू के 'हाँ' कहते ही गौरैया ने सुनाया अपना गाना

चीं-चीं, चीं-चीं, प्यारे कुक्कू, पानी पी!
घड़े का ठंडा पानी पी···!
पानी में क्या जी, पानी में क्या,
पानी में अमृत, पानी में केवड़ा!
कुक्कू खाए क्या जी, कुक्कू खाए क्या,

दही-बड़ा, दही-बड़ा, कुक्कू खाए दही-बड़ा!

चीं-चीं, चीं-चीं, प्यारे कुक्कू, पानी पी।…

कुक्कू को गौरैया का गाना इतना अच्छा लगा कि उसने कई बार सुना। जब-जब गौरैया आती, वह उससे ढेरों बातें करती, फिर यह गाना सुनाती।

फिर एक दिन आई गौरैया तो थोड़ी उदास थी। बोली, "मुझे दूर देश पंपापुर में जाना है। तुम्हें बताया था न, उसके बारे में! हमारी पूरी टोली जा रही है।…मैं तुम्हें छोड़कर नहीं जाना चाहती कुक्कू, पर क्या करूँ? जाना जरूरी है।"

सुनकर कुक्कू की आँखों में आँसू आ गए। गौरैया भी रोई। फिर बोली, "चिंता न करो कुक्कू, एक दिन में जरूर लौटूँगी।"

तब से रोजाना कुक्कू खिड़की पर बैठ, गौरैया का इंतजार करता है। कभी-कभी उसे कहीं दूर से गौरैया की आवाज सुनाई देती है, 'चीं-चीं-चीं, प्यारे कुक्कू, पानी पी…घड़े का ठंडा पानी पी।' सुनकर उसके चेहरे पर मुसकान आ जाती है।

□

6

नन्हे खरगोश ने पढ़ी किताब

एक बार की बात, कुक्कू कंधे पर बस्ता टाँगे स्कूल जा रहा था। मन-ही-मन वह दिनकर की कविता 'चाँद का कुरता' याद करता जा रहा था। कल हिंदी के मास्टर साहब भोलानाथजी ने उसे घर से याद करके आने के लिए कहा था। आज क्लास में सब बच्चों को सुनानी थी कविता। कुक्कू को पूरी कविता याद हो गई थी, फिर भी वह बीच-बीच में दोहरा लेता था, ताकि कहीं भूल न जाए।

कुक्कू इसी चिंता में था, तभी अचानक उसे लगा, उसके पीछे-पीछे फुदकता हुआ कोई चल रहा है। उसने चौंककर पीछे देखा, तो उसे एक प्यारा सा नन्हा खरगोश दिखाई दिया।

"ओहो, तो तुम हो!" कुक्कू ने हँसकर कहा, "भई, एकदम छोटे से हो तुम तो! बिल्कुल नन्हे-मुन्ने से। बताओ तो भला, क्या नाम है तुम्हारा···?"

"मुझे सब टिंगू कहकर बुलाते हैं···टिंगू खरगोश!" कहते हुए टिंगू थोड़ा शरमाया।

"अरे वाह, नाम तो बड़ा अच्छा है, पर टिंगू, भला जा कहाँ रहे हो तुम···?" कुक्कू ने जानना चाहा।

अब टिंगू क्या बताए? वह तो आज सुबह-सुबह उठा और घूमने निकल पड़ा था। घूमते-घूमते वह गोगापुर की ओर जा पहुँचा। उसने देखा, बहुत से छोटे-छोटे बच्चे नहा-धोकर सुंदर कपड़े पहनकर, कंधे पर बस्ता टाँगे, कहीं जा रहे हैं।··· बस, वह भी उनके पीछे-पीछे चल पड़ा।

उसने कुक्कू को यह बताया, तो वह हैरान होकर बोला, "इसका मतलब, टिंगू, तुम भी पढ़ना चाहते हो?···क्यों पढ़ना चाहते हो ना?"

टिंगू ने कहा कुछ नहीं, चुपचाप सिर हिला दिया, "हाँ!"

"अरे वाह, तब तो चलो मेरे साथ। मास्टर भोलानाथजी तुम्हें देखकर बहुत खुश होंगे। बड़े प्यार से पढ़ाएँगे भी।" कुक्कू ने उत्साह में आकर कहा।

और बस, टिंगू भी बड़े मजे में उछलता-कूदता हुआ कुक्कू के पीछे-पीछे चल दिया। उसे यह बहुत अच्छा लग रहा था कि आज वह भी स्कूल जाएगा। जीवन में पहली बार।

थोड़ी देर में ही कुक्कू स्कूल में पहुँच गया, साथ ही और बच्चे भी थे। सब अपनी-अपनी मेज पर बस्ता रखकर बैठ गए। इतने में सबका ध्यान टिंगू की ओर गया। वह भी क्लास में आ पहुँचा था और अब बिटर-बिटर इधर-से-उधर देख रहा था। जैसे पूछ रहा हो, "कुक्कू बताओ, अब मैं क्या करूँ?"

उसे देखते ही बच्चे खुश हो गए। वे जोर-जोर से चिल्ला रहे थे, "अरे वाह! कितना नन्हा-सा, प्यारा-सा खरगोश!"

कुक्कू ने सबको बताया कि अभी थोड़ी देर पहले वह स्कूल आ रहा था, तो पीछे-पीछे चलते आ रहे टिंगू ने कैसे उसे चौंका दिया और फिर उसने यह भी कहा कि वह पढ़ना चाहता है।

"अरे वाह, पढ़नेवाला खरगोश, पढ़नेवाला खरगोश! हमने तो जीवन में पहला पढ़नेवाला खरगोश देखा है…!" लड़के जोश में चिल्ला रहे थे। उनका उत्साह थमने में ही नहीं रहा था।

थोड़ी देर में मास्टर भोलानाथजी क्लास में पढ़ाने पहुँचे, तो लड़कों का शोर सुनकर पहले तो उन्हें गुस्सा आया, पर नन्हे टिंगू को देखते ही उनका चेहरा खिल गया। बोले, "अरे भाई टिंगू, क्या तुम भी पढ़ोगे?"

टिंगू ने मासूमियत से गरदन हिला दी। जैसे कहना चाहता हो, "हाँ मास्टरजी, इसीलिए तो आज सुबह-सुबह मैं कुक्कू के साथ स्कूल आया हूँ।"

मास्टरजी ने एक डेस्क पर टिंगू को बिठाया और उसे रंग-बिरंगे चित्रोंवाली सुंदर सी किताब दे दी। टिंगू बड़े मजे से किताब में बने हाथी, शेर, भालू और लोमड़ी के चित्रों को देखता रहा। फिर बच्चों की छुट्टी हुई, तो फुदकता हुआ घर की ओर चल दिया।

टिंगू घर आया तो देखा, घर में सब परेशान हैं, पर नन्हे टिंगू ने रंग-बिरंगे चित्रोंवाली किताब दिखाई, तो सबके सब हैरान रह गए। सबने एक-एक कर उन चित्रों को देखा। फिर उन्होंने हाथी, शेर, भालू, लोमड़ी और मोर को उनके चित्र दिखाए…। साथ ही नन्हे टिंगू ने उन चित्रों का मतलब भी समझाया, जो क्लास में मास्टरजी ने उसे बतलाया था। सुनते ही सब हो-हो कर हँसने और तालियाँ बजाने लगे।

उस दिन से टिंगू सबका लाड़ला बन गया। जंगल में सभी उसे प्यार करने लगे।

□

7

कुक्कू गया चाँद पर

जब से नानी ने कुक्कू को भालू के बच्चे गुलगुल और चाँद वाली कहानी सुनाई है, तब से चाँद उसे और भी प्यारा लगने लगा है। वह सोचता है, 'मैं भले ही गुलगुल की तरह चाँद को पकड़ने की कोशिश न करूँ, पर रोज-रोज प्यार से उसे देखूँगा तो चाँद भी जरूर मुझसे दोस्ती कर लेगा।

कुक्कू ने नानी से कहकर अब छत पर सोना शुरू कर दिया है, जिससे चाँद उसे बिल्कुल साफ दिखाई दे।

ऐसे ही एक-एक कर, बहुत दिन, बहुत रातें बीत गईं। बीतती गईं, पर कुक्कू छत पर लेटा हुआ चाँद को बड़े ही प्यार से देखता था। वह सोचता, आखिर कभी तो चाँद भी उसकी ओर दोस्ती का हाथ बढ़ाएगा और हँसकर कहेगा, "कुक्कू तुम कितने अच्छे हो!"

फिर एक बार की बात, रात को कुक्कू छत पर सोने लगा, तो उसकी निगाह आसमान में चाँदी की तरह चम-चम चमकते चाँद और तारों पर पड़ी। चाँद एक बड़ी सी चाँदी की थाली जैसा लग रहा था और तारे नन्ही-नन्ही चाँदी की प्यालियाँ। वह नानी से बोला, "नानी-नानी, देखो कितना अच्छा चाँद। कितने प्यारे तारे!"

नानी हँसकर बोलीं, "हाँ कुक्कू। मुझे पता है, तुम चाँद से दोस्ती करना चाहते हो।"

"हाँ नानी, पर चाँद तो मेरी ओर कभी देखता ही नहीं।"

"देखेगा!" नानी बोलीं, "पर मत भूलो, कुक्कू, दुनिया में लाखों बच्चे उससे प्यार करते हैं। वह एक साथ तो सबसे बातें तो नहीं कर सकता न!"

फिर कुक्कू को उदास देख, नानी बोलीं, "कुक्कू सुनो, मैं तुम्हें चाँद की कविता सुनाती हूँ।"

चंदा मामा दूर के
पूए पकाएँ बूर के,
आप खाएँ थाली में
कुक्कू को दें प्याली में··· !
प्याली कैसी बढ़िया है,
हँसती आई गुड़िया है,
गुड़िया खाए पूए चार,
कुक्कू माँगे जरा अचार···

सुनकर कुक्कू को बड़ा मजा आया। वह भी जोर-जोर से गाने लगा, ''चंदा मामा दूर के, पूए पकाएँ बूर के··· !''

गाते-गाते न जाने कब उसकी आँख लग गई। थोड़ी देर बाद कुक्कू को सपना आया। उसे लगा, चंदा मामा दोनों हाथ हिला-हिलाकर उसे बुला रहे हैं।

''मैं कैसे आऊँ?'' कुक्कू ने उलझन में पड़कर कहा।

''तो ठहर कुक्कू, मैं आता हूँ। तुझे लेने आता हूँ।'' चंदा मामा मुसकराकर बोले और थोड़ी ही देर में वे सचमुच नीचे उतर आए। कुक्कू को अपने रथ पर बैठाकर आसमान में उड़ चले।

कुक्कू चंदा मामा के साथ-साथ आसमान में घूम रहा था। उसे बहुत मजा आ रहा था। धीरे-धीरे एक-एक तारे से उसकी दोस्ती हो गई। कुक्कू के लिए चंदा मामा ने बहुत बड़ी दावत का इंतजाम किया। उसमें रसगुल्ले, चमचम, सोहन हलवे और बर्फी की बहार थी। कुक्कू ने रसगुल्ले और बर्फी, चमचम और सोहन हलवा खाया।

''आहा! इतना स्वाद तो पहले कभी नहीं आया था!'' कुक्कू ने कहा। ''तो अब सो जाओ।'' चंदा मामा ने उसके माथे पर हाथ फेरते हुए कहा।

कुक्कू को माथे पर चंदा मामा के कोमल-कोमल हाथों का स्पर्श अच्छा लग रहा था। उसने उन्हें छूकर देखना चाहा, तो अचानक उनकी नींद खुल गई। उसने देखा, उसके हाथ में नानी का हाथ है और नानी प्यार से उसका माथा थपथपाते हुए कह रही है, ''उठ कुक्कू बेटा, क्या स्कूल नहीं जाना!''

''हाँ, नानी, उठता हूँ, पर···चंदा मामा कहाँ हैं और तारे··· ? चमचम, रसगुल्ले, बर्फी सोहन हलवा··· ?''

नानी को हँसी आ गई। बोली, ''कुक्कू, तू जरूर कोई सपना देख रहा था।''

''ओहो!···हाँ, वह सपना ही होगा।'' कुक्कू को शर्म आई, पर अच्छा भी लग रहा था। चलो, इसी बहाने सपने में ही सही, वह चाँद पर तो हो आया। ☐

8

टोपी सी दो दरजी चाचा

कुक्कू के पास नन्ही-मुन्नी कहानियों की एक किताब थी। किताब का नाम भी मजेदार था, 'टिंकू-मिंकू की नटखट कहानियाँ'। उसमें खूब बड़े-बड़े और सुंदर चित्र बने थे। कहानियाँ भी लाजवाब थीं। कुक्कू रोज एक नई कहानी पढ़ता था। कभी-कभी नानी को भी सुनाया करता था। कहानी के साथ बने चित्र देखता तो उसे और भी मजा आता।

एक दिन की बात, कुक्कू फर्श पर चौकड़ी मारकर कहानियाँ पढ़ने में डूबा हुआ था। तभी एक नन्ही सी चंचल चुहिया उछलते-कूदते कहीं से आई। कुक्कू के आसपास नाचने लगी।

कुक्कू का ध्यान किताब में था, पर नन्ही चुहिया को बार-बार उछलते, नाचते देखा, तो उसका ध्यान टूटा। थोड़ा गुस्से में आकर उससे बोला, "हटो जी, तुम मेरी किताब काट डालोगी।"

चुहिया को हँसी आ गई। बोली, "अच्छाजी, कुक्कू राजा, नहीं काटूँगी। बिल्कुल नहीं काटूँगी।...अब तो दोस्ती कर लो।"

कुक्कू भी हँस पड़ा। किताब छोड़, नन्ही चुहिया से बातें करने लगा।

अब तो चुहिया रोज आती। उसे कुक्कू से बातें करना अच्छा लगता था। कुक्कू को भी नन्ही चुहिया बड़ी अच्छी लगी। वह उससे रोज ढेरों बातें करता था और उसके घर, परिवार और सहेलियों के बारे में पूछता था।

चुहिया हँस-हँसकर सब कुछ बताया करती थी। वह कहती, "मेरा नाम इक्की है, मेरी तीन प्यारी सहेलियाँ हैं, निक्की, तिक्की और मिक्की। कभी उनको भी लाऊँगी तुमसे मिलवाने। क्यों, ठीक है न?"

"बिल्कुल, बिल्कुल...!" कुक्कू प्यार से सिर हिला देता।

और फिर सचमुच ऐसा ही हुआ। कुक्कू के साथ निक्की, तिक्की और मिक्की भी आईं और चारों ने उछल-उछलकर ऐसा डांस दिखाया कि कुक्कू का हँसते-हँसते बुरा हाल हो गया। बोला, "अरे-अरे, इतना भी नहीं। चोट लग जाएगी तुम्हें।"

"हमें चोट नहीं लगती। ऐसा ही लचीला बनाया है हमें भगवान्‌जी ने!" कहकर चारों खुदर-खुदर हँसने लगीं।

कुक्कू भी खूब हँसा, खूब हँसा। बोला, "चुहिया रानी, तुमने तो आज मेरा दिल खुश कर दिया। ऐसा कमाल तो मैंने कभी सर्कस में भी नहीं देखा।"

चुहिया बोली, "अभी तो तुमने देखा ही क्या है, कुक्कू! अभी आगे देखते जाओ।" कहते-कहते चारों ने एक गोल घेरे में घूम-घूमकर नाचने का कमाल दिखाया। फिर सबने नाचते-नाचते ही बड़े प्यार से कुक्कू को नमस्ते की और झट गायब हो गईं।

इसके बाद कुक्कू को कई दिनों तक नन्ही चुहिया दिखाई नहीं दी। शायद वह अपनी सहेलियों के साथ कहीं घूमने चली गई थी।

पर कुक्कू को उसकी बहुत याद आती थी।

फिर एक दिन चुहिया आई, तो कुक्कू ने देखा कि उसके सिर पर लाल-पीली-हरी टोपी है। कुक्कू हैरान। बोला, "चुहिया…चुहिया, यह रंग-बिरंगी टोपी कहाँ से आई?"

चुहिया हँसकर बोली, "कहीं फोकटी में नहीं मिली, कुक्कू राजा। दरजी से सिलवाई है।"

"अरे वाह! दरजी ने सी दी, कैसे?" कुक्कू ने पूछा तो चुहिया हँसने लगी। हँसते-हँसते बोली, "अरे कुक्कू, ऐसे ही थोड़ी सी दी नफासत अली ने। उसे तुम जानते नहीं हो। पक्का कंजूस है, मक्खीचूस। बगैर पैसे लिये तो एक छोटी सी कतरन भी नहीं देता।"

"तो… ? तो फिर तुमने कौन सा जादू-मंतर किया… ?" कुक्कू ने बड़ी-बड़ी आँखें फैलाईं। उसे भी चुहिया की बातों में मजा आ रहा था।

"अरे, करना क्या था, थोड़ा सिर खपाना पड़ा। नफासत अली तो खूब किनमिन-किनमिन कर रहा था, मगर टोपी मुझे उसी से सिलवानी थी। क्या है कि वह कारीगर आला है, एकदम फर्स्टक्लास काम… ! तो खूब सोच-समझकर एक तरकीब लगाई और हो गया काम।"

"सो कैसे?" कुक्कू की उत्सुकता बढ़ती ही जा रही थी। बोला, "कैसी तरकीब लगाई तुमने… ?"

"मेरी तरकीब भी तो कम आला नहीं थी, कुक्कू!" चुहिया ने हँसकर बताया, "बस, ऐसी चतुराई से काम किया कि बात बन गई। नफासत अली खुद ही टोपी सीने के लिए हाँ-हाँ, हाँ-हाँ करने लगा···!"

फिर उसने पूरी कहानी सुना दी···

हुआ यह कुक्कू कि मैंने दरजी नफासत अली की दुकान से थोड़ी सी लाल-पीली-हरी कतरनें इकट्ठी कीं। फिर उससे कहा, "दरजी चाचा, सी दो टोपी।"

दरजी नफासत अली को तो कतरनें देखकर ही ताव आ गया। बोला, "तुमने ये कतरनें लीं कैसे? मैं तो टोपी नहीं सिऊँगा, नहीं सिऊँगा बिन पैसे के!"

अब तो मैं चकराई। तभी मेरे दिमाग में जैसे सौ वाट का बल्ब जल गया। बस जी, मैं इधर उछली, उधर उछली और झट से जा पहुँची उस लंबे सूराख के पास, जिसमें दरजी का लाल मखमल का बटुआ गायब हो गया था। सूराख बड़ा गहरा था, सुरंग की तरह, मगर मेरे लिए कौन सी मुश्किल थी? तो मैं वहीं से बोली, "दरजी चाचा, अगर मैं तुम्हारा बटुआ ढूँढ़कर दे दूँ तो भी तुम नहीं सिओगे मेरी टोपी?"

सुनते ही दरजी नफासत अली बौखला गया। बोला, "बटुआ···बटुआ···! कौन सा बटुआ···?"

"तुम्हारा लाल मखमल का बेशकीमती बटुआ···!" मैंने धीरे से मुसकराकर कहा।

"हाँ, प···प···पर वो है कहाँ? कहाँ है बटुआ और तुम्हें कैसे पता···? पता है, तो जल्दी से ढूँढ़कर दो। फिर तो मैं एक क्या, चार टोपियाँ सी दूँगा तुम्हारे लिए।"

"चार नहीं, बस, एक ही टोपी, पर जरूर सी देना, दरजी चाचा।···हाँ, तुम्हारा बटुआ मैं ढूँढ़कर ला दूँगी। यह मेरा वायदा है। एक छोटी सी चुहिया का पक्का वायदा!" मैंने कहा।

सुनते ही दरजी नफासत अली पर तो जैसे जादू हो गया।

"सिऊँगा···सिऊँगा, जरूर सी के दूँगा तुम्हारी टोपी। ऐसी सिऊँगा कि सारी दुनिया से निराली।" दरजी नफासत अली ने बिल्कुल बावलों की तरह कहा।

और बस जी, फिर तो मैं इधर उछली, उधर उछली। यहाँ गई, वहाँ गई और फिर बात की बात में दरजी नफासत अली का लाल मखमल का बटुआ ढूँढ़कर ला रखा उसके आगे।···कुछ रोज पहले ही उसका बटुआ खो गया था। तब से वह जाने कहाँ-कहाँ खोजकर हलकान चुका था, पर बटुआ मिला ही नहीं। मुझे पता था कि वह सरककर फर्श के सूराख से होकर किस सुरंग में कहाँ पहुँच गया है। सो गई और झट निकालकर ले आई···

"ओहो, ऐसा… ?" मेरे मुँह से बेसाख्ता निकला।

"जी हाँ, ऐसा!" चुहिया हँसी और फिर उसने आगे की कहानी सुनानी शुरू की।…

बटुआ देखते ही दरजी खुश। उसने सारे काम छोड़े और मेरी कतरनों को सँभाला। फिर झट सी दी यह रंग-बिरंगी फुँदनेवाली टोपी। बोला, "ले चुहिया, ले। तू भी क्या याद करेगी। ऐसी टोपी दुनिया में कोई नहीं सी सकता, सिवाय दरजी नफासत अली के!"

कहकर चुहिया हँसने लगी। फिर वह इधर-से-उधर से टोपी दिखाते हुए, थोड़ा इतराकर बोली, "देखो कुक्कू, अच्छी है ना?"

"अच्छी…बहुत अच्छी!" कुक्कू ने कहा तो चुहिया उछल-उछलकर नाचने लगी। बोली, "मैं जानती थी, मैं जानती थी कुक्कू, तुम्हें यह बहुत पसंद आएगी।"

चुहिया नाचती रही देर तक और उसके साथ-साथ उसकी रंग-बिरंगी टोपी भी नाची। लगा कि कमरे का फर्श और दीवारें भी नाच रही हैं। देख-देखकर कुक्कू भी हँसने और तालियाँ बजाने लगा।

□

9

वनदेवी ने दी जो फूलों की टोकरी

एक बार की बात, नानी की तबीयत ठीक नहीं थी। बुखार से माथा तप रहा था। नानी बोलीं, "कुक्कू, मुझसे चला नहीं जाएगा। जा, वैद्यजी को बुला ला। कहना, नानी को बहुत तेज बुखार है।"

कुक्कू दौड़ा-दौड़ा गया, वैद्य भूलारामजी को बुला लाया। उन्होंने आकर दवा दी। फिर कुक्कू से कहा, "देख, कुक्कू, नानी का बहुत खयाल रखना। दवा समय पर देते रहना।"

कुक्कू ने वैद्यजी की बातों को गाँठ बाँध लिया। अब तो वह सबकुछ छोड़कर नानी के पास ही बैठा रहता। उन्हें थोड़ी-थोड़ी देर बाद पानी पिलाता, दवा देता। कुछ खाने-पीने के लिए भी ले आता। नानी के सारे काम वह दौड़-दौड़कर करता था।

तीसरे दिन नानी की तबीयत सुधर गई। बोलीं, "अब मैं ठीक हूँ, कुक्कू। थोड़ी कमजोरी है, वह भी एक-दो दिन में ठीक हो जाएगी।...पर कुक्कू, तूने मेरा बड़ा खयाल रखा। तू तो मेरा बड़ा लाड़ला बेटा है रे, मेरा राजा बेटा!"

सुनकर कुक्कू बोला, "नानी, वैद्यजी ने कहा है, आपको पाँच दिन तक पूरा आराम करना है। आप चारपाई से उठना मत। जो काम आप कहोगी, मैं कर दूँगा।...देखना, कहीं दुबारा बुखार न आ जाए।"

सुनकर नानी के चेहरे पर एक संतोष भरी मुसकान आ गई। बोलीं, "नहीं रे, अब कोई चिंता की बात नहीं है। उठकर छोटे-मोटे काम तो मैं कर ही सकती हूँ।"

फिर एकाएक कोई बात उन्हें याद आई। बोलीं, "देख, कुक्कू, रोज-रोज तो तू जिद ठानकर मुझसे कहता है कि नानी-नानी, कहानी सुनाओ। आज तूने तो नहीं कहा, पर मुझे ही एक अच्छी कहानी याद आ रही है। वह मैं तुझे सुनाती हूँ। एक प्यारी सी लड़की सोनाली की कहानी।"

"कौन सोनाली, नानी… ?" कुक्कू ने उत्सुक होकर पूछा।

"वह अच्छी थी, बहुत अच्छी और उसने अपनी बीमार माँ की बहुत सेवा की!" कहकर नानी सुनाने लगीं कहानी…

एक थी नन्ही सी लड़की सोनाली। वह अपनी माँ से बहुत प्यार करती थी। घर में बस दो ही जने थे, माँ और सोनाली। दुनिया में उनका कोई न था।

एक दिन सोनाली की माँ को बुखार आ गया। उस दिन सोनाली स्कूल नहीं गई। दिन भर माँ के पास बैठी उनकी सेवा करती रही, पर बुखार उतरने का नाम ही नहीं ले रहा था। शाम होने पर तो बुखार और भी तेज हो गया। सोनाली की माँ ने सोनाली से कहा, "बेटी, मेरे बटुए में थोड़े से रुपए रखे हैं। यह पर्स ले जा। डॉक्टर से दवा ले आ।"

सोनाली झट बटुआ लेकर घर से निकल पड़ी। चलते-चलते एक पार्क के पास से निकली। वहाँ हरी साड़ी पहने एक सुंदर स्त्री खड़ी थी। चेहरे पर बड़ी सी हरी बिंदी। होंठों पर मीठी मुसकान। उसने बड़े प्यार से पूछा, "सोनाली बिटिया, तुम उदास क्यों हो ?"

सोनाली बोली, "मेरी माँ को बहुत तेज बुखार है। डॉक्टर से दवा लेने जा रही हूँ।"

हरी साड़ीवाली स्त्री ने सोनाली के सिर पर हाथ फेरते हुए कहा, "सोनाली, तुम अच्छी लड़की हो। लौटते समय इसी रास्ते से जाना। मैं तुम्हें कुछ देना चाहती हूँ।"

सोनाली 'धन्यवाद' कहकर आगे बढ़ गई। वह जल्दी से डॉक्टर की दुकान पर पहुँची। सोनाली डरते-डरते कतार में सबसे पीछे बैठ गई। बड़ी देर बाद उसका नंबर आया। अपनी माँ की बीमारी की बात कहते-कहते सोनाली रो पड़ी, पर डॉक्टर का दिल बिल्कुल नहीं पसीजा। बोला, "दिखाओ, तुम कितने रुपए लाई हो ?"

सोनाली ने पर्स डॉक्टर की ओर बढ़ा दिया। उसमें बस पाँच रुपए का एक नोट था। डॉक्टर बोला, "तुम भी मजाक करती हो। इतने कम पैसों में दवा नहीं आ सकती।"

सोनाली कुछ कहना चाहती थी, पर डॉक्टर का व्यवहार देखकर उसका दिल बैठ गया। वह धीरे-धीरे, उदास कदमों से लौट रही थी। तभी वह पार्क के पास आ पहुँची। वहाँ हरी साड़ीवाली सुंदर स्त्री अब भी खड़ी थी। वह बोली, "सोनाली, परेशान क्यों हो ? क्या दवा नहीं मिली ?"

डॉक्टर ने कहा है, "पैसे कम हैं। उसने दवा नहीं दी।" कहते-कहते सोनाली रो पड़ी।

"चिंता न करो। यह फूलों की टोकरी ले जाओ सोनाली। मैंने तुम्हारे लिए ही इसमें सुंदर-सुंदर फूल चुनकर रखे हैं।" उस स्त्री ने मीठे स्वर में कहा।

"पर···पर आंटी··· ?" सोनाली अपनी माँ की बीमारी के बारे में कुछ कहना चाहती थी, पर उस सुंदर स्त्री ने प्यार से उसके सिर पर हाथ फेरते हुए कहा, "सोनाली, अँधेरा होनेवाला है। तुम अब कहीं और मत जाना। सीधे घर जाओ। तुम्हारी माँ जरूर ठीक हो जाएँगी।"

उस स्त्री की बातों में इतनी मिठास थी कि सोनाली को बड़ा अच्छा लगा। उसने घर आते ही वह सुंदर फूलों की टोकरी माँ के सिरहाने रख दी। माँ को थोड़ा पानी पिलाया और धीरे-धीरे उनका माथा सहलाने लगी। उसी समय से सोनाली की माँ की तबीयत धीरे-धीरे ठीक होने लगी। सुबह होने पर वह एकदम ठीक थी।

सोनाली ने माँ को हरे कपड़ोंवाली उस सुंदर स्त्री के बारे में बताया, जो उसे पार्क के पास मिली थी।

"चल बेटी, मैं चलकर उसे धन्यवाद दूँ।" उसी शाम सोनाली की माँ ने सोनाली से कहा। पर वे पार्क के पास पहुँची, तो उन्हें हरी साड़ीवाली वह स्त्री कहीं दिखाई नहीं दी।

जब वे घर लौटीं तो फूलों की टोकरी मे लाल रंग की एक परची अटकी हुई थी। उस पर लिखा था, 'सोनाली, तुम अच्छी लड़की हो। इसीलिए वनदेवी ने तुम्हें फूलों की यह टोकरी उपहार में दी है। इसे सँभालकर रखोगी तो तुम पर कोई कष्ट नहीं आएगा।'

सोनाली ने माँ को वह परची दिखाई, तो माँ की आँखें खुशी से चमक उठीं। उन्होंने उस फूलों की टोकरी को प्यार से सहेजकर अलमारी में रख लिया। कहते हैं, वे फूल आज भी उतने ही ताजे और महक भरे हैं।···

नानी ने कहानी खत्म की तो देखा, कुक्कू की आँखें गीली हैं। धीरे से बोला, "कहानी अच्छी है नानी, बहुत अच्छी···और सोनाली भी बहुत अच्छी है!"

नानी ने कुछ नहीं कहा। बस, प्यार से कुक्कू के सिर पर थपकियाँ देने लगीं।

□

10

दुल्लीराम का जादू

एक बार की बात, कुक्कू चारपाई पर नानी के साथ बैठा बातें कर रहा था। तभी बड़ी सी पग्गड़, बड़ी-बड़ी मूँछोंवाले मामा दुल्लीराम आए। आकर जोर से कुक्कू की पीठ थपथपाई। फिर नानी की ओर देखकर बोले, "ताई, राम-राम।"

"राम-राम, भाई दुल्लीराम और सुनाओ, सब ठीक है ना?" नानी ने बड़े प्यार से कहा। फिर कुक्कू की ओर देखकर बोलीं, "कुक्कू, तेरे ये दुल्लीराम मामा बड़े कमाल के हैं। रोज रात को तू कहानियों के लिए जिद करता है न? आज मैं तुझे दुल्लीराम की ही कहानी सुनाऊँगी।"

"मामा दुल्लीराम की कहानी?" कुक्कू चौंक गया।

"हाँ कुक्कू, दुल्लीराम की कहानी, और वह भी तीन लोक से ऐसी निराली कि सुनकर तू भी क्या याद करेगा।" नानी हँसकर बोलीं।

कुक्कू सोच रहा था, भला कैसी होगी दुल्लीराम की कहानी? उधर दुल्लीराम ने बातों-बातों में कोई पुराना किस्सा छेड़ दिया था।...

"हाँ, बिल्कुल ठीक सुना तूने, ताई! अरे, मैंने तो सुना है कि वो जादूगर धुन्ना शाह पासवाले गाँव भेलापुर में तो आया था, अभी कोई हफ्ता-दस दिन पहले। पर लोगों ने कहा कि चलो भाई, जरा गोगापुर भी हो लो, तो बेचारे की बुरी हालत हो गई। बोला, वहाँ जाकर मरना है क्या? वहाँ तो दुल्लीराम है, जिसने कोई साल भर पहले मेरी हालत खराब कर दी थी और मैं किसी तरह जान बचाकर भागा था। तो अब इस जनम में तो वहाँ जाने से रहा...!" कहते-कहते दुल्लीराम जोर से हा-हा करके हँसा।

सुनकर नानी भी हँसने लगीं। बोलीं, "दुल्लीराम, सच्ची, तूने तो उस बेचारे की हालत ही ऐसी बिगाड़ दी थी कि सारी जादूगरी हवा हो गई...!"

नानी की बात अभी पूरी हुई भी न थी कि कुक्कू मचल गया। बोला, "नानी, नानी, बात क्या थी? जादूगर की हालत क्यों पतली हो गई··· ? क्या सच ही वो भाग गया था··· ?"

"और क्या, सामने बैठे दुल्लीराम मामा को नहीं देखता? इससे बड़ा जादू भी है किसी के पास··· ?"

सुनकर दुल्लीराम फिर हा-हा, हा-हा करके हँस पड़ा।

थोड़ी देर बाद दुल्लीराम उठकर गया, तो कुक्कू ने फिर तार पकड़ लिया। बोला, "नानी हुआ क्या था? क्या वाकई जादूगर भाग खड़ा हुआ था गोगापुर से··· ?"

"हाँ बेटा, तू जानता नहीं, दुल्लीराम है ही ऐसा कमाल का बंदा···! अच्छा ले, सुन। पूरी कहानी ही सुन ले!" कहकर नानी सुनाने लगीं कहानी···

"अपने गाँव गोगापुर का दुल्लीराम बचपन से ही कुछ अलग है। अजीब सा नाम है उसका, पर बड़ी तेज अक्लवाला है। पढ़ना-लिखना भी अच्छी तरह जानता है। नई-से-नई किताबें शहर से ला-लाकर पढ़ता रहता है। अखबार तो बिला नागा ध्यान से पढ़ता ही है। फिर जो पढ़ता है, इसे याद भी रहता है। कोई दस बरस बाद भी पूछ ले तो हरफ-हरफ सुना देगा। इसलिए गोगापुर में सभी दुल्लीराम का लोहा मानते हैं।

"इधर कुछ बरसों से तो दुल्लीराम को एक और शौक लगा है। वह खोज-खोजकर साइंस की किताबें भी पढ़ने लगा है। लोगों को बताता है कि सारी दुनिया में क्या-क्या हैरतअंगेज काम हो रहे हैं और साइंस में क्या-क्या नई खोजें हो रही हैं। इसलिए कोई इसे अपनी चालाकी से बेवकूफ नहीं बना सकता। अब तो हालत यह है कि आसपास के सारे गाँवों के लोग दुल्लीराम के गुण गाते हैं। कोई मुश्किल, परेशानी आती है, तो भी लोग इसी को याद करते हैं।···फिर है भी बड़ा खुशमिजाज। तूने देखा नहीं, कुक्कू, हरदम हँसता-हँसाता ही रहता है!"

कुक्कू ध्यान से सुन रहा था। बोला, "हाँ, नानी, मुझे तो बड़ा मजा आया उनकी बातें सुनकर।"

"तो तू भी कभी-कभी चला जाया कर उनके पास।" नानी बोली, "वहाँ नई-नई बातें सीखेगा।"

"हाँ नानी, यह तो बड़ी अच्छी बात है!" कुक्कू ने उत्साह से कहा। फिर बोला, "हाँ, नानी, वो जादूगर का चक्कर क्या है, यह तो आपने बताया ही नहीं?"

"अरे, वह किस्सा··· ? वह तो बड़ा मजेदार है।" कहकर नानी फिर से हँसने लगीं।

फिर बोलीं, "अच्छा ठीक है, मैं सुनाती हूँ तुझे पूरी कहानी और उन्होंने फिर से कहानी का सिरा पकड़ लिया"

हाँ, तो कुक्कू, दुल्लीराम के बारे में तो मैंने तुझे बता ही दिया। आँख बड़ी चौकन्नी है इसकी। कोई ज्यादा होशियारी दिखाए, तो यह फट से बड़े-बड़ों से टक्कर भी ले लेता है। फिर जादूगर धुन्ना शाह का किस्सा तो अजब ही है। हुआ यह कि एक दिन गोगापुर में आया जादूगर धुन्ना शाह। पता नहीं, कलकत्ते से आया था कि मद्रास से? आते ही हवा में हाथ उछाल-उछालकर बोला, "मैं हूँ जादूगर धुन्ना शाह! दुनिया जानती है मुझे। लोग मानते हैं मुझे। मैं चाहूँ तो दिन को रात, रात को दिन कर दूँ। मैं चाहूँ, तो पत्थर को पानी, पानी को पत्थर बना दूँ। मैं चाहूँ तो दुनिया को गेंद की तरह इधर से उधर घुमा दूँ और चाँद-तारों को जमीन पर ले आऊँ...!"

वह बोलता जाता और दोनों हाथ हवा में हिला-हिलाकर नाचता जाता। नाचता जाता और बोलता जाता।...बड़ी अजब-अजब बातें। सुनकर सब चकराए। और सचमुच जैसे जादू हो गया हो, लोग दोनों हाथ बाँधकर उसका कमाल देखने के लिए खड़े हो गए।

जादूगर धुन्ना शाह ने अपने तरह-तरह के जादू दिखाए। यहाँ तक कि किसी की जेब से पत्थर, किसी की जेब से मूँगा भी निकालकर दे दिया। जाने कितने लोहे के छल्ले वह निगल गया, जो बाद में दूसरों की जेब से निकले। एक की जेब से केला, दूसरी की जेब से संतरा भी निकालकर दिखा दिया।

बात तो हैरानी की थी ही। सो गोगापुर के लोगों ने उसकी बहुत तारीफ की, पर दुल्लीराम चुप रहा। जादूगर धुन्ना शाह तो उसी पर रोब डालना चाहता था। कुढ़कर बोला, "शायद मेरा ज़ादू दुल्लीराम को पसंद नहीं आया।"

इस पर दुल्लीराम बोला, "बात तो कुछ ऐसी ही है। बुरा न मानना, इससे बढ़कर जादू तो मैं दिखा सकता हूँ।"

अब तो जादूगर धुन्ना शाह बुरी तरह चिढ़ गया। बोला, "ठीक है, अगली बार मैं आऊँगा। मेरे और तुम्हारे जादू का मुकाबला होगा।"

सुनकर दुल्लीराम के चेहरे पर बड़ी चौड़ी मुसकान आ गई। बोला, "ठीक है।"

अब तो गोगापुर के सारे लोग उत्सुकता से देख रहे थे कि भला दुल्लीराम उस जादूगर से मुकाबले के लिए करता क्या है? पर उस पर तो जरा भी फर्क नहीं पड़ा। वह वैसे ही हो-हो-हो हँसता और अपने आनंद में मस्त रहता।

लोग पूछते, ''दुल्लीराम, तून अच्छी तरह जादूगर धुन्ना शाह के मुकाबले की तैयारी कर ली न? कहीं ऐसा न हो कि गोगापुर का नाम डूब जाए।''

इस पर दुल्लीराम हँसकर कहता, ''तैयारी तो वह करे, जो झूठा जादू दिखाए और केवल बातों का खाए या जिसे हाथ की सफाई दिखानी हो। पर मुझे क्या चिंता? मैं तो झूठा नहीं, सच्चा जादू दिखाऊँगा, जिसकी काट जादूगर धुन्ना शाह तो क्या, दनिया के किसी जादूगर के पास नहीं है। और रही गोगापुर की इज्जत की बात, तो भाई, बिल्कुल चिंता न करो। मैं गोगापुर की इज्जत नहीं डूबने दूँगा।''

सुनकर कुछ को तसल्ली हो जाती, पर कुछ लोग कहते, ''हमें तो नहीं लगता कि दुल्लीराम जादूगर धुन्ना शाह का मुकाबला कर पाएगा। आखिर कुछ तैयारी तो इसे करनी ही चाहिए न! जब हजारों लोगों के आगे खुले मंच पर मुकाबला होगा तो कहीं हम सबकी नाक न कटवा दे!''

ये बातें भी इधर-उधर से होती हुईं दुल्लीराम पर पहुँच जातीं, पर उस पर कोई फर्क न पड़ा। वह उसी तरह निश्चिंत होकर हँस देता और कहता, ''अरे भई, आने तो दो जादूगर धुन्ना शाह को। जब मुकाबले की घड़ी आएगी, तब की तब देखी जाएगी।''

धीरे-धीरे समय आगे सरकता गया और होते-होते कोई छह महीने बीत गए। तभी अचानक एक दिन जादूगर धुन्ना शाह फिर से गोगापुर में आया। उसने और भी तरह-तरह के जादू दिखाए। बहुत से नए खेल वह सीखकर आया था। देखकर गाँव वाले अचरज में पड़ गए। इसके बाद जादूगर बोला, ''आपने मेरा खेल देख लिया। अब दुल्लीराम अपना जादू दिखाए।''

उसकी बात सुन, सबकी निगाहें दुल्लीराम की ओर उठ गईं।

''भाइयो, मेरा जादू तो सीधा-सादा है!'' कहकर दुल्लीराम मंच पर एक घड़ा लेकर पहुँच गया। बोला, ''इसलिए न मैंने जादूगर धुन्ना शाह जैसा ढीला-ढाला रंग-बिरंगा चोगा पहना और न हवा में हाथ नचाए।''

सब गाँव के लोग हैरानी से देख रहे थे कि भला दुल्लीराम अब क्या करने वाला है। जादूगर धुन्ना शाह भी आँखें फाड़े देख रहा था कि देखें, दुल्लीराम कौन सी चाल चलता है?

पर दुल्लीराम एकदम निश्चिंत था। बोला, ''भाइयो, मैं पिछले तीन महीनों से अपने जादू की प्रैक्टिस कर रहा था और आखिर मुझे कामयाबी मिल ही गई। तो इसी जादू के बल पर मैंने इस छोटे से मुँहवाले घड़े में इतना बड़ा कद्दू डाल दिया है। आप लोग आँख खोलकर बड़े ध्यान से देखिए, कहीं यह घड़ा कहीं से टूटा तो

नहीं है न!···तो भाइयो, मैंने तो अपना जादू दिखा दिया। अब ये जादूगर महाशय बगैर घड़ा फोड़े, अपने जादू से इसे बाहर निकाल दें तो मैं इन्हें मान जाऊँगा। फिर इन्हें हवा में हाथ नचा-नचाकर कहने की जरूरत भी नहीं रहेगी कि मैं हूँ धुन्ना शाह, मुझे जानती है दुनिया···!''

जादूगर धुन्ना शाह ने सुना तो उसके चेहरे पर हवाइयाँ उड़ने लगीं। कुछ देर बाद उसने अपना सामान सँभाला और चुपके से खिसक लिया। गाँववालों ने दुल्लीराम का जय-जयकार करते हुए, पूरे गाँव भर में जुलूस निकाला।

जुलूस में एक छोटा बच्चा भी था। उसने दुल्लीराम से पूछा, ''जादूगर चाचा, यह तो बताओ, तुमने यह जादू किया कैसे? घड़े में साबुत कद्दू कैसे चला गया?''

''अरे, बहुत आसान है!'' दुल्लीराम हँसकर बोला, ''जब बेल पर कद्दू छोटा ही था, मैंने उस पर उलटा घड़ा रख दिया। अब कद्दू घड़े के अंदर बढ़ता चला गया। जब पूरा कद्दू हो गया, तो मैं उसे तोड़कर ले आया।···''

''यों कद्दू घड़े के अंदर चला तो गया, पर यह जादूगर तो क्या, इसका परदादा भी इसे घड़े से बाहर नहीं निकाल सकता था।'' कहकर दुल्लीराम हँसा, तो साथ-साथ पूरे गाँव वालों ने तालियाँ बजा दीं।···

नानी ने कहानी खत्म की, तो देखा कुक्कू भी तालियाँ बजा रहा है। ताली बजाते-बजाते वह जोर से बोला, ''दुल्लीराम जिंदाबाद···!''

कुक्कू का जोश देख, नानी मुसकराने लगीं। बोलीं, ''गोगापुर गाँव छोटा सा है, पर उसमें एक से बढ़कर एक कमाल के लोग हैं। कभी तुझे और भी कहानियाँ सुनाऊँगी।''

□

11

किस्सा गिल्लू गिलहरी का

नानी के घर के सामनेवाले मैदान में एक बड़ा सा पीपल का पेड़ था। होगा कोई सौ साल पुराना। दूर-दूर तक उसकी शाखाएँ फैली हुई थीं। वहाँ खूब छाया रहती थी, साथ ही दिन भर चिड़ियों की मीठी आवाजें सुनाई देतीं। इसलिए कुक्कू को वहाँ जाकर बैठना पसंद था।

कुक्कू पेड़ के नीचे बैठा, देर तक अपनी कहानियों की किताब पढ़ता रहता। कभी-कभी अपना होमवर्क भी कर लेता, साथ में मूँगफली लेकर जाता और मजे में खाता रहता।

उसी पीपल के पेड़ पर रहती थी एक गिलहरी। बड़ी चंचल, बड़ी नटखट। उसका नाम था, गिल्लू गिलहरी। उस नटखट गिलहरी से जल्दी ही कुक्कू की दोस्ती हो गई थी और इस दोस्ती का राज क्या था? तुम्हें यकीन नहीं आएगा। इस दोस्ती का राज था, कुक्कू की मूँगफलियाँ खाने की आदत। वह पीपल के पेड़ के नीचे बैठा अपनी किताब पढ़ता, तो साथ-ही-साथ मूँगफलियाँ भी खाता जाता। कभी-कभी गिल्लू गिलहरी पिछले दो पैरों पर खड़ी होकर बड़ी हैरानी से उसे देखती, जैसे कह रही हो, "कुक्कू, लगता है, मेरी तरह तुम्हें भी मूँगफलियाँ खाना बहुत पसंद है!"

"हाँ, वाकई!" कुक्कू हँसकर कहता और कुछ मूँगफलियाँ उसके आगे भी डाल देता।

गिल्लू गिलहरी खुश होकर कहती, "थैंक्यू...थैंक्यू कुक्कू...!" और फिर मजे में मूँगफली खाने में जुट जाती।

शुरू में तो उसे कुक्कू से कुछ डर भी लगता था कि कहीं वह उसे पकड़ न ले, पर फिर जल्दी ही समझ गई कि कुक्कू तो उसका दोस्त है। वह भला ऐसा क्यों करेगा?

अब तो गिल्लू गिलहरी बिल्कुल कुक्कू के आसपास ही घूमती रहती और कभी-कभी तो उसके चारों ओर गोल घेरा बनाकर भागती-दौड़ती और उसे रिझाती। गिल्लू गिलहरी की यह आदत कुक्कू को भा गई। गिल्लू भी बिना झिझक, जब-तब कुक्कू के आगे दो पैरों पर बैठकर दाँत किट-किट करके मूँगफली माँग लेती थी। कुक्कू मूँगफली फेंकता तो झट उठाकर दौड़ जाती।

होते-होते यह दोस्ती इतनी पक्की हो गई कि गिलहरी कुक्कू के कंधों पर भी उछलने-कूदने लगी। फिर तो कुक्कू को भी जोश आ गया। वह भी गिलहरी की तरह पेड़ पर चढ़कर कूदने लगा। कोशिश करता कि वह ज्यादा-से-ज्यादा लंबी कूद लगाकर दिखाए। इस खेल में उसे बड़ा मजा आता।

जब वह थककर बैठ जाता, तो गिल्लू गिलहरी झट से उसके पास आ जाती। पूछती, "क्यों कुक्कू, थक गए?"

"हाँ, थोड़ा थक तो गया हूँ, पर कोई बात नहीं। अभी थोड़ी देर में फिर से पेड़ पर चढ़कर कूदूँगा। सच, कितना मजेदार है यह खेल!"

"हाँ, वाकई…बहुत मजेदार!" गिलहरी हँसकर कहती।

फिर वह कुक्कू का दिल लगाने के लिए कहानियाँ सुनाने लगती। सुनकर कुक्कू की सारी थकावट गायब हो जाती। वह कहता, "अरे गिल्लू गिलहरी, तुम तो दिन भर कूदती-फाँदती रहती हो, पर जरा भी नहीं थकती हो। कितनी हैरानी की बात है!"

गिलहरी हँसकर कहती, "मैं गिलहरी जो हूँ। कुदरत ने मुझे बनाया ही ऐसा है कि खूब पेड़ों पर चढ़-चढ़कर कूदूँ और सख्त-से-सख्त चीजें कुट-कुट, कुट-कुट करके खा जाऊँ।…अच्छा कुक्कू, तुमने कभी मुझे अखरोट खाते देखा है? तुम देखोगे तो हैरान रह जाओगे।"

ऐसे ही एक दिन की बात है। कुक्कू थककर पेड़ के नीचे बैठा सुस्ता रहा था। तभी गिल्लू गिलहरी ने उसके पास आकर कहा, "सुनो कुक्कू, तुम उस दिन कह रहे थे न कि गिलहरी, तुम थकती नहीं हो। तो सुनो कुक्कू, तुम्हें बताऊँ, गिलहरी की चुस्ती से तो पहाड़ भी हार मानता है।"

"पहाड़ भी…! सच…?"

"हाँ जी, सच!" गिलहरी मुसकराई। फिर बोली, "अच्छा सुनो कुक्कू, मैं तुम्हें अपनी सहेली कुटकुट गिलहरी का किस्सा सुनाती हूँ, जिसने वाकई खूब ऊँची-ऊँची चोटियोंवाले विशाल पहाड़ को भी छका दिया था। तुम सुनोगे न यह कहानी?"

"हाँ-हाँ, सुनाओ।" कुक्कू ने उत्सुकता से कहा।

गिल्लू गिलहरी बोली, ''यह किस्सा है मेरी कुटकुट सहेली का और मुझे कुटकुट ने ही सुनाया था। लो तुम भी सुनो!'' और अगले ही पल गिलहरी की कहानी शुरू हो गई...

एक थी कुटकुट गिलहरी। वह बड़ी चुस्त और फुर्तीली थी। कभी पहाड़ पर चढ़ती, कभी उतरती थी। दिन भर उसका यही काम था।

पहाड़ था विशालकाय। उसकी चोटी आसमान को छूती थी। जरा सी गिलहरी को दिन भर ऊटपटाँग हरकतें करते देख, वह चिढ़ता था। एक दिन घमंड में आकर उसने कह ही दिया, ''अरी छुटकी गिलहरी, ज्यारा तेज न दौड़। तू नहीं जानती, मैं पहाड़ हूँ, पहाड़। कभी फिसलकर गिरी तो हड्डी-पसली चकनाचूर हो जाएगी।''

''अरे पहाड़ है, तो क्या ख़ुदा हो गया तू?'' गिलहरी ने भी तुर्की-बतुर्की जवाब दिया। बोली, ''तेरे जैसे पहाड़ों पर तो मैं दिन में बीस बार चढ़ती हूँ, बीस बार उतरती हूँ। तू अपने आप को समझता क्या है, हूँ... !'' गिलहरी ने बुरा सा मुँह बनाया और फिर उसी तरह मस्ती से भरकर उछलने-कूदने लगी।

अब तो पहाड़ को और भी गुस्सा आ गया। गरजता हुआ बोला, ''अरी पिद्दी गिलहरी, देख सँभल... ! मेरी एक चट्टान भी लुढ़क गई, तो तेरे प्राण निकल जाएँगे। और तू होश खोकर न जाने क्या अल्लम-गल्लम बोल रही है !''

''अब ज्यादा नखरे तो न दिखा! और न ज्यादा बढ़-बढ़कर बातें कर। सबकी अपनी-अपनी जगह है, पर्वतराज।'' गिलहरी बोली, ''तू ज्यादा लंबा-चौड़ा, ऊँचा है, तो क्या हुआ? अपनी जगह से पलभर हिल भी नहीं सकता। मेरी तरह दौड़ लगाकर दिखा और तो मेरी तरह अखरोट ही तोड़कर दिखा तो मैं समझ लूँगी कि तू बड़ा तीसमार खाँ है! तेरे ऊपर बड़े-बड़े अखरोट के पेड़ उगते हैं, पर उन अखरोटों को तोड़ तो मैं ही सकती हूँ। तेरा बड़प्पन किस काम का, तू न उन्हें तोड़ सकता है, न खा सकता है।...क्यों, मैं गलत तो नहीं कह रही?''

सुनकर पहाड़ शर्मिंदा हो गया। नीची आवाज में बोला, ''ठीक है गिलहरी बहन, तू जितना चाहे, मुझ पर दौड़-भाग। खेल-कूद। मैं तुझे कभी नहीं टोकूँगा।''

''यह हुई न बात!'' कुटकुट गिलहरी खुलकर हँसी और किट-किट करती पहाड़ पर नाचने-कूदने और दौड़ने लगी।...

कहानी पूरी हुई तो कुक्कू हँसकर बोला, ''अरे, यह तो नायाब कहानी है। एकदम नायाब... !''

फिर अचानक उसे भी याद आ गई नानी की सुनाई एक कहानी। उसमें भी पहाड़ डर गया था। एक मजदूर की हिम्मत और हौसले से। बोला, ''गिल्लू

गिलहरी, तुम कहो तो मैं भी एक कहानी सुनाऊँ। ऐसी ही नायब कहानी, जो सुनाई थी मेरी नानी ने।''

''हाँ-हाँ, सुनाओ-सुनाओ''' !'' गिल्लू गिलहरी ने खुश होकर कहा।

''अच्छा तो लो, सुनो !तुम्हें जरूर अच्छी लगेगी यह कहानी।'' कुक्कू बोला। और फिर शुरू हो गई उसकी कहानी'''

एक बार की बात, भगवान्‌जी ने सोचा, 'जरा खुद चलकर अपनी सृष्टि का हाल-चाल देखना चाहिए।'

घूमते-घूमते वे एक पहाड़ के पास पहुँचे। देखा, एक मजदूर कुदाली लेकर पहाड़ को खोद रहा है। उन्हें बड़ा आश्चर्य हुआ। उस मजदूर से उन्होंने पूछा, ''भाई, तुम यह क्या कर रहे हो ?''

मजदूर ने कहा, ''यह पहाड़ मेरा रास्ता रोककर खड़ा है। इसके कारण मैं दूसरी ओर के जंगल में नहीं जा पाता हूँ।''

''तो अब क्या करोगे ?'' भगवान्‌जी ने पूछा।

''मैं इस पहाड़ को खोदकर रास्ता निकाल लूँगा'' मजदूर ने कहा।

''पर भाई, यह तो बहुत मुश्किल काम है।'' भगवान्‌जी ने कहा।

इस पर मजदूर बोला, ''मुश्किल कैसे है ? मैं चाहूँ तो रास्ता निकालना तो अलग, अभी पहाड़ को परे खिसका देता हूँ।''

सुनकर भगवान्‌जी की आँखें आश्चर्य से फटने को हुईं। उन्होंने गौर से देखा और बोले, ''सुनो भाई, मैं यात्रा पर जा रहा हूँ। छह महीने में वापस आऊँगा। तब मैं देखूगा, तुमने पहाड़ को कितना परे खिसका दिया है।''

अभी भगवान्‌जी कुछ आगे ही गए थे कि अचानक पर्वत की करुण पुकार ने उनका ध्यान भंग किया। पर्वत जोर-जोर से रोता हुआ कह रहा था, ''बचाइए भगवान्‌जी, बचा लीजिए।''

''क्यों, क्या हुआ ?'' भगवान्‌जी ने चौंककर पूछा।

''यह आदमी मुझे परे खिसकाकर ही रहेगा।'' पर्वत ने फूट-फूटकर रोते हुए कहा।

''लेकिन यह तो अकेला मजदूर है और तुम इतने विशाल''' ?''

''तो क्या हुआ, भगवान्‌जी ! अभी-अभी वह अपनी घरवाली और बच्चों को भी ले आया है। अब तो वह मुझे खिसकाकर ही रहेगा। मैं भारी मुसीबत में पड़ गया हूँ। आप उसे समझाइए।''

पर्वत की पुकार सुनकर भगवान्‌जी लौटे। मजदूर से बोले, ''हाँ भाई, तुम्हारा

जोश देखकर मुझे यकीन हो गया है कि तुम इस पर्वत को जरूर परे खिसका सकते हो। तुम्हारी हिम्मत की मैं तारीफ करता हूँ। पर्वत ने भी तुम्हारी ताकत का लोहा मान लिया है। पर अब तुम बेकार पर्वत को कष्ट क्यों दे रहे हो? क्यों नहीं अपने लिए एक रास्ता निकाल लेते?''

''ठीक है, यही सही!'' मजदूर हँसा और फिर से अपनी कुदाल लेकर पर्वत फोड़कर रास्ता निकालने में जुट गया।...

कहानी खत्म होते ही कुक्कू ने पूछा, ''क्यों गिल्लू, कैसी रही कहानी?''

''सुंदर...सचमुच सुंदर!'' गिल्लू गिलहरी बोली, ''कहानी चाहे मेरी वाली हो या तुम्हारी, बात तो दोनों में एक ही है। मन में हिम्मत और हौसला हो, तो पहाड़ भी सिर झुका देता है।'' कहकर गिल्लू झट से पेड़ पर चढ़ी और एक डाल से दूसरी डाल पर उछलने-कूदने लगी।

''वाकई...सच कहा तुमने!'' कुक्कू बोला। फिर गिल्लू गिलहरी को यों मस्ती में भागते-दौड़ते देखा, तो जोश में आकर वह उठा और तेजी से पेड़ पर चढ़कर उछलने-कूदने लगा। इस बार उसने पहले से भी ज्यादा लंबी कूद लगाकर दिखा दी थी।

कुक्कू को इतनी फुरती से पेड़ पर चढ़ते, कूदते देखा, तो गिल्लू गिलहरी की आँखों में भी चमक आ गई। मानो वह चुपचाप कह रही हो, 'कुक्कू, अब तुम सच्ची-मुच्ची मेरे दोस्त बन गए हो!...हाँ, कुछ और भी करतब दिखाओ, और भी। तुम तो बहादुर लड़के हो, डरते क्यों हो?'

सुनकर कुक्कू दूने जोश से उछलने-कूदने लगा। आज उसने वाकई साबित कर दिया था कि वह गिल्लू गिलहरी का दोस्त है।

ऐसे ही दिन गुजरते जाते...मगर एक दिन इसी उछल-कूद में कुक्कू को ऐसी चोट आई कि नानी तो बुरी तरह परेशान हो गई। हुआ यह कि कुक्कू हमेशा की तरह पेड़ पर चढ़कर कूद रहा था कि अचानक एक डाली में उसका पैर उलझा।...कुक्कू सिर के बल गिरा। वह तो उसने अपने हाथों का सहारा ले लिया, नहीं तो उसका सिर खूनम-खून हो जाता। तो भी कुक्कू को खासी चोट आई थी। उसके हाथ-पैर, कंधे बुरी तरह छिल गए थे और फिर ऐसा बुखार आया कि उतरने का नाम ही नहीं लेता था।

कोई सात दिन कुक्कू चारपाई पर पड़ा रहा और इन सातों दिन गिलहरी या तो कुक्कू के सिरहाने बैठी रही, या फिर उसकी चारपाई के इर्द-गिर्द दौड़ती रही, ताकि कुक्कू का मनोरंजन होता रहे और वह अपना दुःख भूल जाए।

वैद्य भूलारामजी ने कुक्कू को मूँगफली खाने की मनाही कर दी थी। कुक्कू ने चारपाई पर लेटे-लेटे ही नानी को पुकारकर कहा, "नानी-नानी, जरा गिल्लू को तो मूँगफली लाकर दो।"

नानी मूँगफली ले आई। गिलहरी के बिल्कुल पास लाकर रख दी, पर गिल्लू गिलहरी ने मूँगफली को छुआ तक नहीं।

सात रोज बाद कुक्कू ठीक हुआ, तो फिर अपनी हिंदी की किताब लेकर उसी पेड़ के नीचे जा बैठा। उसके पास थोड़ी मूँगफलियाँ भी थीं। वह खाने लगा तो झट उछलती-कूदती गिल्लू गिलहरी भी वहाँ आ गई। कुक्कू के साथ बैठकर मूँगफलियाँ खाने लगी।

कुक्कू को बड़ी हैरानी हुई, "अरे वाह! अब गिल्लू गिलहरी मुझे देखकर भागती नहीं है। मेरे साथ-ही-साथ मूँगफलियाँ खा रही है।" यहाँ तक कि कुक्कू के कंधों पर ही कूदते हुए वह ऐसा धमाल मचाती कि कुक्कू का हँसते-हँसते बुरा हाल हो जाता।

और कुक्कू जब तक गाँव में रहा, कुक्कू और गिल्लू की यह सदाबहार दोस्ती देखकर हर कोई हैरान होता था।

ठीक होने पर कुक्कू कुछ दिनों के लिए मम्मी-पापा के साथ दिल्ली गया, पर उसके जाने के बाद भी गिल्लू गिलहरी उसी तरह किट-किट करती हुई नानी के आगे आ खड़ी होती। मानो पूछ रही हो, "क्यों नानी, अब कुक्कू कब आएगा?"

और नानी प्यार से गिल्लू को गोद में लेकर उसी तरह पुचकारने लगती, मानो वह कुक्कू को पुचकार रही हो!

□

12

कुक्कू के जादूवाले कंचे

कुक्कू को जाने कब कंचे खेलने का शौक लगा। उसके घर के पास ही गोपलू रहता था। कंचे खेलने में पूरे गाँव में वह उस्ताद था। कुक्कू को लगा, गोपलू इतना अच्छा खिलाड़ी है, तो भला मैं क्यों नहीं सीख सकता कंचे?

अब तो हर दूसरे-तीसरे दिन कुक्कू जिद ठान लेता, ''नानी-नानी, पैसे दो। कंचे लाने हैं और नानी से इकन्नी लेकर कुक्कू दौड़ पड़ता।''

इकन्नी के आठ बढ़िया चम-चम करते कंचे आ जाते। काँच के गोल-गोल, सुंदर कंचे। उनके अंदर भी तमाम सुंदर-सुंदर रंग-बिरंगे डिजाइन बने होते। उन्हें देखते ही कुक्कू खुश हो जाता और दौड़ा-दौड़ा खेल के मैदान में आ जाता। ''गोपलू से कहता, गोपलू देख, मेरे नए-नए कंचे। चल खेलते हैं।''

मगर एक-दो दिन बीतते-न-बीतते कुक्कू की फिर वही पुकार सुनाई देती, ''नानी-नानी, कंचे··· !''

''अभी कल खरीदकर दिए तो थे, वे कहाँ गए?'' नानी झुंझलाकर कहतीं।

''नानी, हार गया मैं!'' कहते-कहते कुक्कू की गरदन नीचे लटक जाती।

फिर पता चला, कुक्कू के सारे कंचे एक-एक कर गोपलू की जेब में चले जाते हैं। पहले तो वह कुक्कू से खेल सिखाने के ही दो अंटे धरा लेता है। फिर बाकी अंटे भी धीरे-धीरे जीत लेता है।

''ऐसे तो काम नहीं चलनेवाला। कुक्कू, तू कब तक नए अंटे खरीदता रहेगा?'' नानी चिंता में पड़ गईं। फिर एकाएक कुछ सोचकर बोलीं, ''चल कुक्कू, मैं सिखाती हूँ तुझे कंचे।''

''सच नानी, तुम!'' कुक्कू तो उछल पड़ा। जोर से। अभी तक उसके चेहरे पर अविश्वास की छाया थी। बोला, ''तुम नानी··· ? तुम सिखाओगी मुझे कंचे!''

"क्यों नहीं?" नानी मीठी-मीठी हँसी हँस दीं। बोलीं, "बचपन में मैं भी तो खेलती थी कंचे।"

"सच, अरे वाह! फिर तो मैं भी पक्कड़ हो जाऊँगा।...गोपलू से कभी नहीं हारूँगा।" कुक्कू खुश होकर नाचने लगा।

और जब नानी ने कुक्कू को कंचे खेलना सिखाया और खेल में जीतने के गुर बताए, तो कुक्कू मान गया कि नानी ऐसी-वैसी नहीं, बड़ी ही उस्ताद खिलाड़ी रही होंगी बचपन में। सिर्फ तीन दिन में नानी ने कुक्कू को कंचे का ऐसा पक्का निशाना लगाना सिखा दिया कि कुक्कू खुद ही अपनी कलाकारी देख-देखकर मुग्ध हो गया। फिर बोला, "नानी, अब जाऊँ गोपलू को हराने?"

नानी हँसीं, "ऐसे कैसे जाएगा रे कुक्कू। पहले मेरी फीस तो देता जा। सिखाने की फीस...!"

"फीस...?" कुक्कू की आँखें फैल गईं। यह तो उसने सोचा ही नहीं था।

नानी बोलीं, "मेरी फीस यह है कि तू शाम को सिर्फ एक घंटे कंचे खेला करेगा। बाकी टाइम पढ़ेगा या काम करेगा।"

"मंजूर!" कुक्कू उछला और हाथ में कंचों को खनखनाता हुआ बाहर निकल गया। उस दिन उसने गोपलू को एक नहीं तीन-तीन बार हराया। पूरे दस कंचे जीत लिए। गोपलू हैरत में आ गया। बोला, "ऐ रे कुक्कू, तेरे में कोई भूत तो नहीं आ गया?"

कुक्कू खिड़-खिड़ करके हँसा। बोला, "हाँ, सच्ची-मुच्ची!"

अगले दिन गोपलू फिर दस कंचे हारा और तीसरे दिन तो कुक्कू के आगे पड़ते ही अपने कंचे लेकर ऐसे भागा कि गाँव के सारे बच्चे तालियाँ बजा उठे। जाते-जाते बोला, "ना कुक्कू, ना। मैं तेरे से नहीं जीत सकता। तेरे तो जादूवाले कंचे हैं।"

सुनकर कुक्कू खूब ठठाकर हँस पड़ा और बच्चे भी हँसे।

अब तो कुक्कू गोगापुर में कंचों का चैंपियन हो गया था, मगर वह बड़े गर्व से कहता था, "मेरी कोच तो मेरी नानी हैं। उन्हीं से मैंने सीखा है सबकुछ...।"

□

13

नानी का बटुआ

कुक्कू को टॉफियाँ खाना अच्छा लगता था। रोज वह सुबह-शाम नानी से कहता, "नानी···नानी, पैसे दो, टॉफियाँ लेनी हैं।"

नानी हर बार कुक्कू को एक अठन्नी निकालकर देती थीं। कुक्कू दौड़ा-दौड़ा जाता। अपनी मनपसंद टॉफियाँ खरीदता और उन्हें जेब में रख, उछलता-कूदता घर आ जाता।

पर ज्यादा टॉफियाँ खाने से कुक्कू के दाँत खराब होने लगे। कभी-कभी पेट में भी दर्द होता। अब नानी टॉफी के लिए पैसे देने में आनाकानी करने लगी थीं। तब कुक्कू ने दूसरा तरीका निकाला। वह चुपके से नानी के बटुए में से पैसे निकालकर ले जाता। टॉफियाँ खरीदकर बाहर ही खा लेता। फिर उछलता-कूदता घर आ जाता।

नानी कुछ दिनों से देख रही थीं, बटुए में रखे पैसे कम हो जाते हैं। समझ गईं, कुक्कू की शरारत है। पर कुक्कू से पूछा तो वह हँसते-हँसते बोला, "मैं क्या जानूँ नानी!"

एक दिन दोपहर का समय था। नानी अपनी खाट पर लेटी हुई थीं। कुक्कू चुपके से उठा और दूसरे कमरे में अलमारी में रखे बटुए को उठा लिया। अभी वह बटुए से पैसे निकाल ही रहा था कि अचानक अजीब सी भरभराई आवाज सुनाई दी, "ठहरो!"

कुक्कू चौंक गया। घबराकर बोला, "तुम···तुम कौन बोल रहे हो, क्या भूत··· ?"

"नहीं-नहीं, मैं बटुआ बोल रहा हूँ।" फिर वही आवाज सुनाई दी, "साफ-साफ कह दो, आज तक कितने पैसे चुराए हैं तुमने ?···नहीं तो तुम एकदम छुटकन्ने होकर इसी बटुए में बंद हो जाओगे, मक्खी की तरह!"

"नहीं-नहीं, ऐसा मत करना। मैं साफ-साफ बताए देता हूँ।" कुक्कू रुआँसा हो गया, "अभी सिर्फ पंद्रह दिन से ही मैंने यह काम शुरू किया है। रोजाना एक रुपया निकालता हूँ, नानी जब दोपहर में सो जाती हैं, तब। पर आगे से यह गलती नहीं करूँगा, कभी नहीं··· !"

"तो ठीक है, मुझे उसी जगह रख दो, जहाँ से तुमने उठाया था।" फिर वही भरभराई आवाज सुनाई दी।

कुक्कू ने झटपट बटुआ रखा और अपनी खाट पर आकर लेट गया। देखा, नानी भी अपनी चारपाई पर उसी तरह लेटी हैं। उसका मन हुआ, वह नानी को उठाकर सारी बात बताए, पर अंदर-ही-अंदर वह ड़र भी रहा था।

उस दिन के बाद जाने क्या हुआ, कुक्कू ने खुद ही टॉफियाँ खाना कम कर दिया। नानी कभी-कभी टॉफी के लिए पैसे देतीं, तो कुक्कू गुमसुम सा कहता, "नहीं नानी, रहने दो।"

हाँ, उसके बाद एक-दो बार कुक्कू ने नानी से डरते-डरते यह जरूर पूछा, "नानी-नानी, क्या तुम्हारा बटुआ जादूवाला है?···बोलता भी है?"

पर नानी कभी सीधे-सीधे इसका जवाब नहीं देतीं। हँसकर कहती हैं, "रहने दे कुक्कू, बटुआ भी कहीं बोलता है? तूने जरूर कोई सपना देखा होगा।"

□

14

लो आ गए गिठमुठिए

एक दिन की बात, कुक्कू नानी के घर के भीतरवाली कोठरी में गया। अपना मिट्टी का बना घोड़ा ढूँढ़ने के लिए। तभी उसे कुछ खुस-खुस सुनाई दी। थोड़ी देर बाद आवाज कुछ साफ हो गई, "अरे, कुक्कू आ गया...कुक्कू!"

कुक्कू ने आँखें फाड़कर इधर-उधर देखा, पर उसे कोई दिखाई नहीं पड़ा। "तो फिर यह आवाज कहाँ से आ रही थी?" कुक्कू ने अचरज से भरकर सोचा।

तभी उसे जमीन पर किसी के जोर-जोर से नाचने-कूदने की आवाज सुनाई दी। 'कहीं यह कोई चूहा तो नहीं?' कुक्कू ने हैरान होकर सोचा।

इतने में कुक्कू की नजर लकड़ियों के गट्ठर के पीछे गई। वहाँ छोटी सी जगह में दो छोटे-छोटे बौने उछल-कूद कर रहे थे। वे इतने छोटे थे कि बड़े आराम से कुक्कू की हथेली पर जाते।

देखकर कुक्कू की आँखें फटी-की-फटी रह गईं। उसने पूछना चाहा, "कौन हो तुम लोग?" तभी वे दोनों बौने खिलखिलाकर हँसे। बोले, "हम गिठमुठिए हैं, गिठमुठिए।"

"गिठमुठिए!...यह क्या होता है?" कुक्कू ने हैरानी से पूछा।

"खड़े हों तो हम गिठ यानी हाथ के बराबर, बैठें तो मुट्ठी के बराबर। इसीलिए हमें कहा जाता है गिठमुठिए।" दोनों बौनों ने एक साथ खिलखिलाकर कहा।

"पर तुम आए कहाँ से हो?" कुक्कू ने पूछा तो उन्होंने कहा, "यह बात अपनी नानी से पूछ लेना। अभी तो चलो, साथ-साथ खेलते हैं।"

कुक्कू उन दोनों गिठमुठियों के साथ देर तक खेलता रहा। चकरी, लट्टू, फिरकी सब वे चलाना जानते थे और कहानियाँ तो इतनी मजेदार सुनाते थे कि हँसते-हँसते कुक्कू के पेट में बल पड़ जाएँ।

फिर गिठमुठिए बोले, "अब हम जाते हैं कुक्कू, फिर आएँगे।"

उसी रात कुक्कू ने नानी से कहा, "नानी...नानी, पता है, आज गिठमुठिए आए थे। बड़ी देर तक मेरे साथ खेलते रहे। खूब बातें हम लोगों ने कीं।"

"अरे, यह तो मैं किस्से-कहानियों में सुनती थी कि कभी-कभी गिठमुठिए आते हैं धरती पर। वे नीचे पाताल लोक से आते हैं।...पर यह तो किस्से-कहानियों की बात है। हो सकता है, तूने कोई सपना देखा हो।" नानी ने अचरज से भरकर कहा।

"नहीं नानी, सचमुच!" कुक्कू बोला, "उन्होंने मुझे मिट्टी के बने ये दो हाथी भी दिए।"

नानी ने देखा, वे हाथी भी बौने हाथी थे। जैसे धरती पर कोई नहीं बनाता। अब तो उन्हें यकीन हो गया कि सचमुच गिठमुठिए ही आए थे कुक्कू के साथ खेलने के लिए। बोलीं, "ओ कुक्कू, तू तो है ही ऐसा लाड़ला। अब वे आएँ, तो उनके साथ प्यार से खेलना। मैंने सुना है, वे हम आदमियों के बड़े पुराने दोस्त हैं।"

सुनते ही कुक्कू की आँखों के आगे एक बार फिर उन हँसोड़ नन्हे-मुन्ने गिठमुठियों के चेहरे आ गए। उनका गिठमुठियापन याद करके कुक्कू मुसकरा दिया।

□

15

चल सहेली महल में

चाँदनी रात थी। कुक्कू नानी के साथ खाट पर लेटा बातें कर रहा था। तभी एक नन्ही सी चुहिया भागती हुई आई और तेजी से खाट के चारों ओर चक्कर लगाने लगी।

कुक्कू हैरानी से देख रहा था, नानी भी। तभी दौड़ते-दौड़ते अचानक चुहिया रुकी और फुदक-फुदककर नाचने लगी। देखकर नानी और कुक्कू दोनों को हँसी आ गई।

कुक्कू समझ गया कि यह जरूर उसकी दोस्त चुहिया है, जो एक दिन रंग-बिरंगी टोपी पहनकर उसे दिखाने आई थी। उसका मन हुआ कि वह अपनी दोस्त चुहिया को नानी से मिलवाए। पर वह उसे आवाज देता, इतने में ही चुहिया एकाएक जोर से उछली और फिर पल भर में उड़न-छू हो गई।

देखकर नानी को हँसी आ गई। बोलीं, "कुक्कू, लगता है, इस चुहिया को तो सर्कस में भरती होना चाहिए।"

सुनकर कुक्कू भी हँसने लगा। फिर बोला, "नानी...नानी, यह चुहिया बड़े कमाल की है और बड़ी ही दिलखुश चुहिया है। एक दिन तो यह दरजी नफासत अली से टोपी भी सिलवा लाई और दिन भर उसे पहनकर घूमती रही...!"

"सच्ची...!" नानी को बड़ी हैरानी हुई।

"हाँ नानी, सच्ची...!" कहकर उसने चुहिया और दरजी नफासत अली की कहानी सुना दी, जो उसे चुहिया ने सुनाई थी।

सुनकर नानी को बड़ा अच्छा लगा। बोलीं, "सचमुच इस चुहिया में कुछ तो अनोखी बात है ही। देखा था न, कैसे मजे में नाच रही थी!"

फिर एकाएक उन्हें भी याद आ गई एक चुहिया और उसकी महलोंवाली

प्यारी सहेली की कहानी। बोलीं, "कुक्कू, सुनेगा कहानी... ? बड़ी ही मजेदार कहानी है!"

"फिर तो सुनाओ नानी, बस जल्दी से सुना दो।" कुक्कू ने जिद की।

"अच्छा, तो सुन!" और फिर नानी की कहानी शुरू हो गई।...

दो चुहियाँ थीं। पक्की सहेलियाँ। उनमें एक खेत में रहती थी, दूसरी किसी तरह गोगापुर के राजा गोगामल के महल में जा पहुँची थी। दोनों मजे में थीं, पर उन्हें एक-दूसरे की बहुत याद आती थी। वे महीने में एक बार जरूर आपस में मिल लेती थीं। एक-दूसरे को अपना सुख-दुःख और हाल-चाल बताती थीं।

महलवाली चुहिया अकसर खेतवाली चुहिया से कहती थी, "चल ना, मेरे साथ महल में। तू यहाँ क्यों पड़ी है? वहाँ बड़े ठाठ हैं।"

इस पर खेतवाली चुहिया कहती, "अरी सहेली, खेतवाली चुहिया का सुख तू नहीं पा सकती, तू कितने ही ऊँचे-ऊँचे महल-अटारियों में रह ले, पर खेत की खुली हवाओं में रहने का जो सुख है, उसका तो कोई मुकाबला ही नहीं।"

अच्छी बात यह थी कि अलग-अलग रहते हुए भी, उनका प्यार कम होने की बजाय, बढ़ता ही जा रहा था।

एक दिन की बात, खेतवाली चुहिया पर बड़ा संकट आ गया। वह कहीं घूमने जा रही थी कि अचानक बैलगाड़ी का पहिया उस पर आ गया। खेतवाली चुहिया बिलबिलाकर रह गई। उसे लगने लगा, अब वह बच नहीं पाएगी।

इस हाल में भी खेतवाली चुहिया सोच रही थी, "आखिर कैसे महलवाली चुहिया तक यह संदेशा पहुँचे, ताकि उसे कम-से-कम मेरे मरने का तो पता चल ही जाए।"

तभी उसे कुछ सैनिकों के घोड़ों की टापें सुनाई दीं। चुहिया जोर-जोर से पुकारने लगी, "आँईं-माँईं, आँईं-माँईं...!" सैनिक चौंक करके रुक गए, तो खेतवाली चुहिया और भी जोर-जोर से गाने लगी—

आँईं-माँईं, आँईं माँईं, आँईं माँईं...
महलोंवाली मेरी प्यारी सहेली से कहना,
खेतवाली चुहिया, मर गई, मर गई मर गई!...

सैनिक डरे। सोचने लगे, 'अरे, यहाँ कोई भूत तो नहीं है?'

रास्ते भर वे यही बातें करते जा रहे थे। आखिर गोगापुर के राजदरबार में पहुँचे, तब भी उनके चेहरों पर घबराहट थी। राजा गोगामल ने पूछा, "क्या बात है, तुम लोग इतने घबराए हुए से क्यों लग रहे हो?"

तभी एक सैनिक ने डरते-डरते कहा, "महाराज, रास्ते में एक भूत मिला। वह गाना गा रहा था, आँईं-माँईं, आँईं-माँईं, आँईं माँईं/महलोंवाली मेरी प्यारी सहेली से कहना/खेतवाली चुहिया मर गई, मर गई, मर गई···!"

अभी सैनिक की बात पूरी हुई भी न थी कि राजा गोगामल के सिंहासन के नीचे से आवाज आई, "आँईं-माँईं, आँईं-माँईं, आईं माँईं/हाय मेरी प्यारी सहेली खेत की/मर गई, मर गई मर गई।"

इस पर राजा गोगामल बुरी तरह चौंका। बोला, "भई, तुम भूत की बात कर रहे थे, पर भूत तो खेत में ही नहीं, यहाँ भी है।"

तभी चुहिया झट निकलकर आई। बोली, "आँईं माँईं, आँईं माँईं आँईं माँईं/ राजा साहब! मैं भूत नहीं, चुहिया हूँ महलों की। प्यारी सहेली मेरी खेत की/मर गई मर गई मर गई···।"

राजा गोगामल ने चुहिया को देखा, तो हैरानी से पूछा, "अरी चुहिया, तू···! तू यहाँ क्या रही है?"

इस पर चुहिया ने पूरी बात बता दी।

राजा गोगामल ने उसी समय एक वैद्य को महलोंवाली चुहिया के साथ-साथ भेज दिया। थोड़े ही दिनों में खेतवाली चुहिया बिल्कुल ठीक-ठाक हो गई। उसने महलोंवाली अपनी सहेली चुहिया को अपने साथ ही रख लिया, पर जो सैनिक आए थे, उन्हें तीसरे दिन ही यह कहते हुए लौटा दिया, "आँईं-माँईं, आँईं-माँईं/ राजाजी से कहना/खेतवाली चुहिया का धन्यवाद-धन्यवाद।"

सैनिकों ने लौटकर राजा को यह बताया तो राजा के चहरे पर एक मीठी सी मुसकान आ गई।

□

16

कुट्टी नहीं, अब्बा!

एक बार की बात, कुक्कू और सत्ते में किसी बात पर अनबन हो गई। दोनों एक-दूसरे से बोलते तक नहीं थे।

कुक्कू बोला, ''नानी, नानी, मैं किससे खेलूँ?''

''क्यों, तेरा दोस्त सत्ते है न!'' नानी बोलीं, ''उसके साथ जाकर खेल।...और फिर बिरजू भी तो है। जा, उन दोनों के साथ कहीं घूमकर आ।...या फिर गेंद-बल्ला खेल ले।''

''नहीं नानी, सत्ते नहीं खेलता मेरे साथ। बिरजू भी।'' कुक्कू ने कहा।

''क्यों, सत्ते क्यों नहीं खेलता तेरे साथ? वह तो तेरा पक्का दोस्त है।''

''बस, वह मुझसे नाराज है।'' कुक्कू ने बताया।

''नाराज है, क्यों... ? तुम लोग तो इतने अच्छे दोस्त हो, फिर क्या बात हुई?'' नानी को बड़ी हैरानी हुई। फिर कुक्कू को समझाते हुए बोलीं, ''देख कुक्कू, छोटी-छोटी बातों पर रूठना थोड़े ही अच्छा लगता है।''

''पर नानी, मेरा क्या कसूर? कल उसने गहरे लाल रंग की कमीज पहनी हुई थी। मैंने दो-एक बार हँसी-हँसी में उसे लाली बंदर कह दिया। बस, इसी बात से चिढ़ गया। उसने बिरजू से भी कह दिया कि वह मेरे साथ न खेले। इसलिए आज सुबह से वे दोनों मुझसे बात ही नहीं कर रहे हैं।''

नानी बोलीं, ''गलती तो तेरी है, कुक्कू। तुझे इस तरह लाली बंदर कहकर नहीं चिढ़ाना चाहिए था सत्ते को। जा अब, फौरन दौड़कर जा। उससे सॉरी बोलकर आ। सत्ते बड़ा अच्छा लड़का है। फौरन तेरे साथ अब्बा कर लेगा।''

''क्या पता नानी, मैं सॉरी बोलूँ, फिर भी वह मुझसे अब्बा न करे। मैं कैसे जाऊँ उसके पास?'' कुक्कू ने धीरे से कहा। दबी हुई आवाज में।

"अरे पागल, जैसे तुझे उसकी याद आ रही है, वैसे वह भी तो तुझे याद कर रहा होगा न! तू सॉरी बोलेगा, तो दौड़कर आएगा और तेरे गले से लग जाएगा।" नानी बोलीं, "जो अच्छे दोस्त होते हैं, वे एक-दूसरे से अलग रह ही नहीं सकते, बिल्कुल बंदर और ऊँट की तरह···!"

"बंदर और ऊँट··· ? कौन से बंदर और ऊँट, नानी ? क्या तुम किसी कहानी की बात कर रही हो··· ?"

"हाँ, कुक्कू, कहानी ही है, पर ऐसी कहानी, जो हर किसी को याद कर लेनी चाहिए, क्योंकि इसमें जिंदगी का एक बड़ा पाठ भी छिपा हुआ है। तू सुनेगा, कहानी बंदर और ऊँट की··· ?"

"हाँ नानी, जरूर। सुनाओ न!" कुक्कू ने उत्सुक होकर कहा।

"अच्छा तो सुन··· !" कहते-कहते नानी ने शुरू कर दी कहानी···

एक ऊँट और बंदर में बड़ी अच्छी दोस्ती थी, पर थोड़े दिनों बाद किसी बात पर उनमें अनबन हो गई। दोनों अब एक-दूसरे से बोलते नहीं थे, पर दोनों को एक-दूसरे की याद बहुत आती थी।

एक दिन तालाब के किनारे एक पेड़ पर बैठे बंदर को उस पार के अमरूद के पेड़ों की महक आई, तो वह व्याकुल हो गया। उसे याद आया कि पहले ऊँट की मदद से वह तालाब को कितनी आसानी से पार कर लिया करता था।

आखिर बंदर ने ऊँट से कहा, "भई ऊँट, तुम मुझसे नाराज तो होगे, पर फिर भी पुरानी दोस्ती का हवाला देकर मैं यह गुजारिश तो कर ही सकता हूँ कि तुम मुझे तालाब के उस पार छोड़ आओ।"

"क्यों नहीं, मित्र!" ऊँट ने कहा, "यह तो बहुत छोटी सी बात है।"

ऊँट ने झट अपनी पीठ पर बंदर को बैठाया और तालाब के पास जा पहुँचा। वहाँ ऊँट की पीठ पर चढ़े-चढ़े ही बंदर ने ढेरों मीठे-मीठे अमरूद तोड़े और खाए। ऊँट को भी खिलाए।

फिर वे देर तक बाग की सैर करते रहे। दोनों को एक-दूसरे का साथ बहुत अच्छा लग रहा था।

"माफ करना मैंने तुमसे कुट्टी करके बहुत बड़ी भूल की थी।" आखिर बंदर से नहीं रहा गया, तो उसने कह ही दिया।

"हाँ और मैंने भी··· !" ऊँट के स्वर में भी गहरा पछतावा था।

"तो ठीक है, आज से हमारी कुट्टी नहीं, अब्बा है।" बंदर ने कहा।

"वह तो कब की हो गई···!" ऊँट ने कहा और खुदर-खुदर हँस दिया। साथ ही साथ बंदर भी खिलखिला कर हँसा दिया।

दोनों साथ-साथ बड़ी देर तक हँसते रहे और फिर तालाब के दूसरे किनारे की ओर चल दिए।···

कहानी खत्म हुई, तो नानी बोलीं, "कुक्कू, कैसी लगी कहानी?"

"अच्छी, बहुत अच्छी···!" कुक्कू बोला और उसी समय उठ खड़ा हुआ।

"क्यों, क्या हुआ?" नानी बोलीं, "खड़े क्यों हो गए कुक्कू?"

"जा रहा हूँ नानी, सत्ते के पास। उसे मनाने···!" कहते-कहते कुक्कू ने सत्ते के घर की ओर दौड़ लगा दी।

□

17

जब कुक्कू ने की पुताई

एक दिन कुक्कू के घर रामू ढेर सा चूना लेकर आया। उसे पानी में भिगोया। कुक्कू हैरानी से देखता रहा। उसकी समझ में नहीं आया, यह सफ़ेद-सफेद सी चीज क्या है। तब रामू ने समझाया, ''कुक्कू, यह चूना है, चूना! दीवारों पर फेरा जाएगा। इससे दीवारें खूब चमकेंगी।''

कुक्कू हैरान था। अब भी बात पूरी तरह उसकी समझ में नहीं आई थी।

पर अगले दिन रामू ने कुक्कू के घर की दीवारों पर चूना करना शुरू किया, तो थोड़ी ही देर में दीवारें चमचमा उठीं। कुक्कू समझ गया, ''अरे, यह तो बड़ी जादुई शै है!''

दिन भर रामू चूना करता रहा। शाम को हाथ-मुँह धोकर घर चला गया, मगर कुक्कू था कि उसे चैन नहीं पड़ रहा था। वह मन-ही-मन सोच रहा था, 'अहा! कैसी जादुई चीज है यह चूना भी! मैं ऐसा करता हूँ कि आधी रात को उठकर बाहरवाली सारी दीवार चमचमा देता हूँ। सुबह रामू आएगा, तो देखकर हक्का-बक्का रह जाएगा।'

कुक्कू ने देखा कि बाल्टी में काफी सारा चूना बचा है, मगर उसने इधर-उधर देखा, कूँची कहीं नजर नहीं आई। तब उसने सोचा, 'बाहर जाकर कोई कपड़े का पुत्ता उठा लाता हूँ। उसी से काम चल जाएगा।'

कुक्कू चूने की बाल्टी उठाकर बाहर लाया। घुप अँधेरा था। एक बाघ न जाने कहाँ से आकर कुक्कू की घर की दीवार से सटा खड़ा था। सोच रहा था, 'सुबह होते ही रास्ता टटोलता हुआ जंगल चला जाऊँगा।'

इधर कुक्कू कपड़े के पुत्ते की तलाश में था कि अचानक अँधेरे में बाघ की पूँछ उसके हाथ में आ गई। उसे महसूस हुआ यह तो कोई बालोंवाली चीज है।

खुश होकर वह अपने आप से बोला, 'ओह, यह रही कूँची। देखो न, रामू भैया भी कहाँ छिपाकर रख गया था कूँची, ताकि मैं पीछे से कहीं चूना करना न शुरू कर दूँ। पर भई, मैं कुक्कू हूँ। आखिर ढूँढ़ ही ली न कूँची!'

बस, कुक्कू ने कूँची को चूने की बाल्टी में डुबोया और बड़े मजे में चूना करना शुरू कर दिया। उसे बड़ा मजा आ रहा था। बस, एक ही अजीब बात लग रही थी कि कूँची को जब वह खींचता तो ठीक से खिंच नहीं रही थी और साथ ही एक अजीब सी कराह सुनाई देती थी।

'हो सकता है, रामू भैया कूँची को रस्सी से बाँध गए हों।' कुक्कू ने सोचा तो भी दीवार पर जितना चूना कर सकता था, उसने किया और फिर हाथ-पैर धोकर अपनी चारपाई पर सो गया। हाँ, साथ ही एक काम और भी उसने किया, अपनी कूँची यानी बाघजी की पूँछ को भी ठीक से धो दिया। उसके बाद तो बाघ ऐसा बगटुट भागा कि कुछ न पूछो।

सुबह कुक्कू के घरवालों ने घर की दीवार के बाहर चूना किया हुआ देखा और साथ चूने की बाल्टी में बाघ के बाल देखे, तो हक्के-बक्के रह गए।

"रात को चूना किसने किया था? तुमने···?" पूछने पर कुक्कू ने शरमाते हुए हाँ कहा, पर उसे बाघ का कुछ पता नहीं था। हाँ, इतना जरूर है कि वह बाघ उस इलाके में दुबारा कभी नजर नहीं आया।

□

18

कुक्कू, फिर आना जंगल में...!

एक दिन कुक्कू सुबह-सुबह कहीं घूमने निकला। सर्दियों की अच्छी खुशनुमा धूप थी। चलते-चलते वह एक जंगल में जा पहुँचा। चारों तरफ फल-फूलों से लदा था जंगल। हर तरफ इतने पेड़-ही-पेड़ कि कुक्कू को लगा, उसने तो आज तक इतने पेड़ नहीं देखे। बीच-बीच में मोर, तोते, मैना की आवाज। कुक्कू खुशी-खुशी आगे बढ़ता जा रहा था।

कुछ और आगे गया, तो एक जगह सुंदर चट्टान देखकर उसके मन में आया, यहाँ दो घड़ी सुस्ता लूँ। वह उस चट्टान पर बैठा ही था कि उसे पास से क्रीं-क्रीं-क्रीं की आवाज सुनाई दी। उस आवाज में बड़ा दर्द था।

कुक्कू चौंका, ''अरे, यह किसकी आवाज है... ?''

उसने पीछे मुड़कर देखा। एक नन्हा खरगोश एक पेड़ के नीचे बैठा था। उसकी आँखों में गहरा दुःख और उदासी थी। कुक्कू ने सोचा, 'हो न हो, वह आवाज इसी खरगोश की थी। शायद यह किसी मुसीबत में हो!'

कुक्कू धीरे से चलकर उस नन्हे खरगोश के पास गया। प्यार से पुचकारते हुए उसके सिर पर हाथ फेर दिया। तभी अचानक खरगोश की आँख से आँसू टपका।

''अरे, तुम तो जरूर किसी परेशानी में हो। मुझे बताओ तो सही।'' कुक्कू ने पूछा।

इस पर खरगोश ने अपना बायाँ पैर उठा दिया। कुक्कू ने देखा, एक नागफनी का काँटा उसमें गड़ा था।

''ओह! तो यह मुश्किल है तुम्हारी।'' कुक्कू ने कहा और प्यार से धीरे-धीरे वह काँटा निकाल दिया।

काँटा निकलते ही खरगोश की आँखों में खुशी छा गई। थोड़ी देर में वह कुक्कू के इर्द-गिर्द उछलने-कूदने लगा। जैसे कह रहा हो, "अरे कुक्कू, तुम कितने अच्छे हो!"

कुक्कू को लगा कि नन्हा खरगोश बार-बार कुछ इशारा कर रहा है। शायद वह कुक्कू को अपने घर ले जाना चाहता था। कुक्कू उस नन्हे खरगोश के पीछे-पीछे चल दिया।

नन्हे खरगोश ने कुक्कू को अपने माँ-बाप और भाई-बहनों से मिलवाया। उसने सबको बताया कि कुक्कू ने किस तरह काँटा निकालकर उसे एक बड़ी मुसीबत से बचा लिया। वरना वह तो दर्द से मरा जा रहा था।

सुनते ही नन्हे खरगोश के परिवार के लोग कुक्कू के चारों ओर उछलने-कूदने और नाचने लगे। कुक्कू को इतना अच्छा लगा कि उसकी आँखों में खुशी के आँसू छलछला आए।

लौटते समय कुक्कू को नन्हे खरगोश का पूरा परिवार विदा करने आया।

नन्हे खरगोश के माता-पिता ने आँखों में चमक भरते हुए कहा, "कुक्कू... कुक्कू...! फिर आना...आना जरूर।"

"हाँ, जरूर आऊँगा, अब चलता हूँ। नानी इंतजार कर रही होगी।" कुक्कू ने मुसकराते हुए कहा।

कुक्कू घर आया, तो सचमुच नानी बेसब्री से उसका इंतजार कर रही थीं। वे काफी परेशान थीं, पर जब कुक्कू ने उन्हें नन्हे खरगोश और उसके परिवारवालों के बारे में बताया, तो नानी की आँखों में भी चमक आ गई।

□

19

कुक्कू के दोस्त

अगले दिन कुक्कू फिर घूमने निकला, तो सर्दियों की प्यारी सी धूप हर कहीं बिखरी हुई थी। रुई के फाहों जैसी मुलायम। कुक्कू खुश होकर सोचने लगा, ''अरे, सर्दियों की यह धूप तो बिल्कुल उस नन्हे खरगोश जैसी है, जिसके पैरों से मैंने कल काँटा निकाला था। तब कितना खुश हुआ था वह खरगोश और फिर कैसे उसके घर के सारे लोगों ने उछल-उछलकर अपनी खुशी प्रकट की थी!''

उस नन्हे खरगोश की याद आते ही कुक्कू के चेहरे पर एक मीठी मुसकान आ गई। वह सोचने लगा, ''आखिर कभी तो वह दुबारा मिलेगा ही न! तब कितना मजा आएगा।''

कुक्कू इन्हीं विचारों में गुम आगे चलता जा रहा था।

सड़क के दोनों ओर लाल और पीले कनेर के सुंदर फूलों के झाड़ थे। उनकी हलकी सुगंध हवा में तैर रही थी। कनेर की लचकीली झाड़ियों पर बैठी चिड़ियों की चह-चह मन को आनंदित कर रही थी। कुक्कू सड़क के दोनों ओर हवा में झूलते सुंदर फूलों की सुंदरता में खोया हुआ था। तभी उसकी निगाह छोटे से गदबदे पिल्ले पर पड़ी। चमकीले काले रंग का वह पिल्ला बड़ा फुरतीला था। कुक्कू ने पुचकारा, तो वह उछलता-कूदता उसके पीछे-पीछे चल दिया।

कुक्कू को बहुत मजा आ रहा था। वह बीच-बीच में फिर पुचकार देता तो पिल्ला ऊँची-ऊँची छलाँग भरने लगता था। कुक्कू हँसकर बोला, ''वाह रे डब्बू, तू तो बड़े कमाल का है!''

पिल्ला खुश हो गया। अपना यह नया नाम उसे भी अच्छा लगा। जोर से उछल-उछलकर और कलामंडियाँ खाकर उसने अपनी खुशी प्रकट की।

अभी कुक्कू थोड़ा और आगे आया था कि एक और पिल्ला उसके पीछे-पीछे चल दिया। यह भी काले रंग का पिल्ला था, जिसके शरीर पर कहीं-कहीं सफेद चकत्ते थे। कुक्कू ने हँसकर पहलेवाले पिल्ले से कहा, "अरे डब्बू, यह क्या तेरा भाई है?"

"हाँ-हाँ, यह मेरा भाई है डुगडुग। इसका नाम मैंने अभी-अभी डुगडुग रखा है। कैसा है?" डब्बू ने हँसते हुए पूछा।

"डब्बू और डुगडुग, नाम तो दोनों ही अच्छे हैं और तुम दोनों भाइयों की जोड़ी भी अच्छी है।" कुक्कू बोला।

घर आते ही कुक्कू ने बाहर दरवाजे से ही आवाज लगाई—"नानी, ओ नानी देखो तो कौन आया है? मेरे प्यारे-प्यारे दोस्त हैं, डब्बू और डुगडुग। इनके खाने का कुछ इंतजाम करो।"

नानी को हैरानी हुई कि कुक्कू के कौन से नए दोस्त आ गए? पर बाहर जब डब्बू और डुगडुग को देखा, तो नानी की बड़े जोर की हँसी छूट गई। उन्होंने झट डब्बू और डुगडुग को एक बड़ी कटोरी में दूध लाकर दिया।

दोनों ने दूध पिया और उछल-कूद करने लगे। थोड़ी देर बाद डब्बू और डुगडुग ने आपस में अच्छी कुश्ती भी लड़कर दिखाई। फिर नानी ने पुचकारा तो दोनों नानी के चारों तरफ घेरा बनाकर दौड़ लगाने लगे।

इतने में डब्बू और डुगडुग की माँ भी आ गई। वह खूब चमकीले काले रंग की सुंदर सी कुतिया थी। डब्बू और डुगडुग माँ को देखते ही उसकी तरफ दौड़े।

कुछ देर बाद नानी ने पुचकारा। डब्बू और डुगडुग दोनों फिर नानी के आसपास उछल-कूदकर अपना खेल दिखाने लगे।

नानी ने डब्बू और डुगडुग की माँ को भी दूध में भिगोकर रोटी दी। उसने खूब स्वाद से रोटी खाई। फिर डब्बू और डुगडुग उछलते-कूदते हुए, अपनी माँ के साथ-साथ चल दिए। हाँ, वे बार-बार गरदन पीछे घुमाकर देखते थे, मानो कहना चाहते हो, 'धन्यवाद नानी!'

□

20

गोगापुर का कमालदास

एक बार की बात, नानी के पास कुक्कू और उसके दोस्त बैठे कहानी सुनने की जिद कर रहे थे। तभी बिरजू को याद आ गया, गोगापुर के राजा गोगामल और कमालदास का किस्सा। बोला, "दादी माँ, आपने एक बार गोगामल और कमालदास का किस्सा सुनाया था न। आज फिर से सुनाओ न एक बार। कुक्कू भी सुन लेगा।"

"अच्छा ठीक है, आज यही किस्सा सुनाती हूँ।" नानी हँसकर बोलीं और फिर शुरू हो गई उनकी कहानी...

बड़े पुराने समय की बात है, गोगापुर के राजा थे गोगामल। उन्होंने ही गोगापुर बसाया था, कोई हजार साल पहले। राजा गोगामल के दरबार में कई दरबारी थे, पर वे सबसे अधिक चाहते थे कमालदास को। कमालदास चतुर था, बुद्धिमान भी था। राजा गोगामल बात-बात में उसकी तारीफ करते थे। इससे बाकी दरबारी जलते थे।

एक बार सब दरबारियों ने राजा गोगामल से शिकायत की, "महाराज, आपने कमालदास को बहुत सिर पर चढ़ा रखा है। भला उसमें ऐसी कौन सी खास बात है, जो हममें नहीं है ?"

सुनकर राजा गोगामल एक क्षण के लिए चुप रहे। फिर बोले, "कल सुबह तड़के ही आप सभी लोग यहाँ आ जाएँ। राजधानी के चारों ओर सात कोस की परिक्रमा करनी है। आपके साथ कमालदास भी जाएगा। खाने-पीने का कोई सामान आप साथ लेकर न जाएँ। लौटने पर आपको अपनी बात का जवाब मिल जाएगा।"

अगले दिन सुबह सभी दरबारी यात्रा पर निकलने के लिए तैयार होकर आए। चलने से पहले राजा ने सबको एक-एक थैला पकड़ाया। बोले, "इसमें सौ लड्डू

हैं। इन्हें आप साथ ले जाएँ, पर ध्यान रहे, ये टूटने न पाएँ। जैसे आप ले जा रहे हैं, वैसे ही पूरे-के-पूरे सौ वापस लेकर आइए।''

दरबारियों को बात अजीब लगी, पर भला राजा से वे क्या कहते! सभी अपना--अपना थैला लेकर चल पड़े। चलते-चलते अभी एक-दो कोस ही पार हुए थे कि सभी को जोरों की भूख लगी। पास में देसी घी में बने बेसन के बढ़िया लड्डू थे, पर खाएँ कैसे? लड्डू कम हुए, तो भला राजा गोगामल नाराज न होंगे?

मन मसोसकर सभी आगे चल पड़े, लेकिन जैसे-जैसे आगे चलते जा रहे थे, तो हालत खराब हो रही थी। आखिर चलते-चलते पूर सात कोस की परिक्रमा करके दरबारी शाम के समय वापस दरबार में पहुँचे, तो सभी की हालत देखने लायक थी। उनके पैर डगमग-डगमग पड़ रहे थे, जैसे जान ही न हो। पर कमालदास मौज में था। वह बड़े मजे से चलता आ रहा था।

लौटने पर राजा गोगामल ने पूछा, ''बताइए, कैसी रही आप की यात्रा?'' पर दरबारी इतने पस्त हो चुके थे कि उनमें जवाब देने की भी हिम्मत नहीं थी।

कमालदास बोला, महाराज, ''मेरी यात्रा तो बहुत अच्छी रही, पर इन लोगों को खासी परेशानी हुई। कारण यह है कि ये सब-के-सब भूख से बेहाल थे।''

''और तुम··· ? तुमने क्या मेरे दिए हुए लड्डू खा लिये।'' राजा गोगामल ने कड़कती आवाज में पूछा।

''नहीं महाराज, पूरे के पूरे सौ लड्डू आप मेरे थैले में गिन लीजिए।'' कमालदास ने मुसकराते हुए कहा, ''असल में पूरे रास्ते मैं इन्हें गिनता ही तो आया हूँ। थैले से निकालकर गिन-गिनकर अँगोछे में रखता था, फिर अँगोछे से वापस थैले में डालता। जो थोड़ा चूरा बच रहता था, उसे खाकर फिर आगे चल पड़ता था।···यों पूरे रास्ते लड्डू गिनता रहा और चूरा खाता रहा। मेरी तो मौज हो गई। लड्डू वाकई स्वादिष्ट रहे होंगे, क्योंकि जब चूरा इतना अच्छा था तो···!''

सुनते ही सब दरबारियों की आँखें खुल गईं। राजा ने सबके लिए बढ़िया दावत का इंतजाम कराया। सब दावत खा रहे थे और मन-ही-मन कमालदास की चतुराई की तारीफ कर रहे थे।

□

21

सबसे अच्छा मौसम

कल का सुनाया हुआ राजा गोगामल का किस्सा इतना मजेदार था कि अगले दिन कुक्कू, सत्ते और बिरजू नानी से कहानी सुनने बैठे, तो कुक्कू के मुँह से निकला, "नानी···नानी, राजा गोगामल का ही कोई और किस्सा सुनाइए न!"

"अच्छा लगा, राजा गोगामल और कमालदास का किस्सा···?" नानी ने हँसते हुए पूछा।

"अच्छा, बहुत अच्छा···!" बिरजू बोला, "सच्ची दादी, कमालदास तो बड़े ही कमाल का आदमी है···!"

"कमालदास ने लड्डू खाए और नहीं भी खाए। कितने मजे की बात है नानी!" सत्ते हँसा।

"अच्छा, तो ठीक है, सुनाती हूँ···गोगामल और कमालदास की ही कोई कहानी!" कहकर नानी ने एक पल सोचा और फिर अगले ही पल उनका किस्सा शुरू हो गया···

एक बार राजा गोगामल अपने दरबार में बैठे थे। थोड़ी इधर-उधर की बातें और गपशप चल रही थी। अचानक राजा ने पूछा, "अच्छा, आप लोग बताइए, सबसे अच्छा मौसम कौन सा है?"

सुनकर सभी चौंके और सोच-विचार में डूब गए। हर मौसम की अपनी खासियत थी। तो भला किसका नाम लें? अच्छी तरह विचार करके किसी ने वसंत का नाम लिया, किसी ने जाड़े, किसी ने बारिश का।

फिर राजा ने पूछा, "सबसे बुरा मौसम कौन सा है?" जवाब में किसी ने गरमी का नाम लिया, किसी ने वर्षा का। किसी ने जाड़े को सबसे बुरा मौसम बताया, पर राजा को तसल्ली नहीं हुई।

मंत्री ने कहा, "महाराज, कमालदास चुप बैठा है। इससे पूछिए, यह शायद सही जवाब दे पाए।"

इस पर कमालदास हँसकर बोला, "महाराज, समय आने पर मैं जवाब दूँगा।"

इसके कुछ समय बाद की बात है। मौसम सुहावना था, आसमान में हल्के-हल्के बादल थे, ठंडी हवा चल रही थी। कमालदास ने कहा, "चलिए महाराज, जरा जंगल में घूमकर आएँ।"

राजा कमालदास और कुछ प्रमुख दरबारियों के साथ रथ में बैठकर घूमने चल दिए। एक जगह तंबू-शामियाने तान दिए गए। वहीं भोजन बना। मीठे आम चूसे गए। पास ही गाँव से कुछ गायक आ गए। उनसे आल्हा और मीठी धुनोंवाले कुछ लोकगीत सुनकर बोले, "सचमुच आनंद आ गया।"

पर थोड़ी ही देर बाद एकाएक मूसलाधर वर्षा होने लगी। आसपास जल ही जल। राजा को चिंता हुई, वापस कैसे लौटेंगे। अँधेरा छाने लगा था। वर्षा थमी तो किसी तरह वापसी की यात्रा शुरू हुई, लेकिन कुछ दूर चलते ही अटकाव आ गया। एक बरसाती नदी थी, उस पर लकड़ी का कमजोर सा पुल था। बाढ़ के कारण वह पुल बह गया था। अब क्या हो?

पास ही एक नाववाला था। कमालदास ने उससे कहा, "जैसे भी हो, पेड़ काट कर जल्दी से एक पुल बनाओ। हमें वापस राजधानी पहुँचना है।"

नाववाला होशियार कारीगर था। उसने जैसे-तैसे पुल बना दिया। रथ नदी के पार हुआ और फिर राजधानी में आ पहुँचा।

सब दरबारियों से विदा लेकर महल में जाते हुए राजा ने कहा, "अगर वह नाववाला समय पर न मिल गया होता, तो सचमुच हम बड़ी मुसीबत में फँस गए होते। पता नहीं, रात कैसे कटती?"

सुनते ही कमालदास की हँसी छूट गई। बोला, "महाराज सही जवाब पाने के लिए थोड़ी बहुत मुसीबत तो झेलनी ही पड़ती है।"

"क्या मतलब?" राजा गोगामल ने हैरानी से पूछा।

इस पर कमालदास मंद-मंद मुसकाते हुआ बोला, "महाराज, आपने पूछा था, सबसे अच्छा मौसम कौन सा है और सबसे बुरा कौन सा? आपके दोनों सवालों का एक ही जवाब है, बारिश, जिसके दोनों रूप खुद अपनी आँखों से आपने देख लिये। बारिश के मौसम से सुहावना मौसम भी कोई दूसरा नहीं है और इससे ज्यादा मुसीबतें लानेवाला मौसम भी कोई दूसरा नहीं है।"

सुनते ही राजा गोगामल हँस पड़े। बोले, "कमालदास, तुम्हारा जवाब हमें कभी भूलेगा नहीं, पर जवाब देने का अंदाज उससे भी प्यारा है!"

कहकर राजा ने अपना हीरे का हार उतारकर कमालदास को पहना दिया। सारे दरबारियों ने भी मान लिया कि कमालदास का कोई जवाब नहीं।

"वाह… !" सत्ते खुश होकर बोला, "कमालदास का वाकई जवाब नहीं… !"

कुक्कू और बिरजू बोले, "कमालदास जिंदाबाद… !"

"पर कहानी अभी खत्म कहाँ हुई… ?" नानी हँसीं।

"क्या खत्म नहीं हुई… ? आगे भी चलेगी कहानी।" बच्चे हैरान। खुश भी थे।

"हाँ!" नानी ने मुसकराते हुए कहा।

"तो फिर सुनाओ न, नानी!" कुक्कू की जिद।

"हाँ-हाँ, सुनाओ, दादी!" सत्ते बोला। बिरजू भी।

"लो सुनो… !" और नानी की कहानी आगे चल पड़ी…

"हाँ, तो बच्चो, कमालदास की अक्लमंदी ने गोगापुर में झंडे गाड़ दिए। राजा गोगामल ही नहीं, गोगापुर में जिसे भी देखो, वह कमालदास की चतुराई की कहानी ले बैठता। "भई, ऐसा समझदार दरबारी, तो शायद ही किसी बड़े-से-बड़े राजा के राज़दरबार में होगा। राजा गोगामल इसीलिए तो उसकी इतनी तारीफ करते हैं।"

गलियों, चौराहों पर खड़े होकर लोग बात-बात पर कमालदास की तारीफ़ करते और खुले मन से दाद देते।

धीरे-धीरे दरबार में कमालदास का रुतबा बढ़ने लगा। राजा हर बात में उससे सलाह लेता था। इससे दूसरे दरबारी कमालदास से जलने लगे। उनमें से एक ने आखिर राजा गोगामल से कह दिया, "महाराज, आप कमालदास को जरूरत से ज्यादा महत्त्व दे रहे हैं। आखिर उसमें ऐसा क्या है, जो हममें नहीं है।"

सुनकर राजा गोगामल मुसकराए। बोले, "ठीक है, कल आप लोग सबसे बड़ा पत्ता ढूँढ़कर ले आएँ। इनमें जिसका पत्ता सबसे बड़ा होगा, उसे मैं कमालदास की जगह अपना खास सलाहकार बना लूँगा।"

इस पर सब दरबारी खुश होकर अपने-अपने घर गए। सबने घर पर बैठे-बैठे खूब दिमाग लगाया। जमीन से आकाश तक के कुलाबे मिलाए। आखिर कमालदास को हराना जो था।

अगले दिन राजदरबार में कोई केले का पत्ता लेकर आया, तो कोई अरबी का, कोई कमल का। कुछ लोग जंगली पत्ते भी उठा लाए। ढेर सारे एक-से-एक बड़े पत्ते इकट्ठे हो गए। इतने में कमालदास आता दिखाई दिया। उसके एक हाथ में

पान का पत्ता था, दूसरे हाथ में लाल कपड़े की पोटली। देखकर सब दरबारी हँसने लगे। बोले, "वाह कमालदास! सचमुच बहुत बड़ा पत्ता ले आए!"

इस पर कमालदास मुसकराकर बोले, "मुझे तो सबसे शुभ पत्ता यही लगा, जिसे किसी दुश्मन को भी दो, तो वह दोस्त बन जाए। फिर देखिए, इसमें अनोखा स्वाद और गुण कितने हैं। लीजिए आप भी खाइए।"

कहकर कमालदास ने अपनी पोटली खोली और उसमें से पान के बीड़े निकाल-निकालकर दरबारियों को देने लगा। दरबारियों ने खाया, तो पान के स्वाद और गुणों की तारीफ करनी पड़ी।

राजा गोगामल भी दूर से यह देख रहे थे और मन-ही-मन हँस रहे थे। कमालदास ने राजा के पास जाकर थोड़ा झुककर कहा, "लीजिए महाराज, आप भी इसका आनंद लीजिए। मेरी नजरों में तो पान के पत्ते से बड़ा कोई पत्ता नहीं है।"

राजा गोगामल ने कमालदास के हाथ से पान का बीड़ा लिया और हँसते हुए बोले, "देख लिया आपने, कमालदास का जादू! आप लोगों से सबसे बड़ा पत्ता लाने को कहा था, पर बड़े पत्ते का अर्थ समझा सिर्फ कमालदास ने।" सुनकर सब दरबारियों के चेहरे शर्म से झुक गए।

□

22

एक थी सुरसती

एक बार नानी से मिलने पड़ोस की एक स्त्री आई। देखने में बड़ी दुबली-पतली, कमजोर सी, पर आवाज में बड़ा दम। खासी कड़क आवाज थी। नानी बोलीं, ''कुक्कू, ये तेरी सुरसती मौसी हैं। बड़ी दिलेर। इनके बारे में मैंने तुझे कभी बताया है?''

''नहीं, नानी!'' कुक्क ने उत्सुकता से कहा।

''अरे, बड़ी हिम्मतवाली है सुरसती! एक बार तो इस अकेली ने बड़े-बड़े डाकुओं को छका दिया था। बेचारे बात की बात में भागते नजर आए!'' कहकर नानी हँसने लगीं।

''सच्ची, नानी···!'' कुक्कू को यकीन नहीं हो रहा था। आखिर इतनी दुबली-पतली सी सुरसती मौसी ने अकेले इतने सारे डाकुओं को भगाया कैसे?

''अरे, इसे कम मत समझो। एकदम आफत की परकाली है!'' कहकर नानी हँसने लगीं। सुरसती मौसी भी हँसीं।

थोड़ी देर बाद वे उठकर गईं, तो कुक्कू ने फिर से पूछ लिया वही सवाल, ''नानी, नानी, सुरसती मौसी ने इतने सारे डाकुओं को भगाया कैसे···?''

''ओहो, इसकी भी एक कहानी है। लगता है, तू सुने बगैर रहेगा नहीं। अच्छा, तो ले सुन।'' और नानी ने कहानी सुनानी शुरू की···

भई, ऐसी हिम्मती और दिलेर है सुरसती कि गोगापुर तो छोड़, आसपास के दस गाँवों में न होगी। इसका विवाह अपने गोगापुर के व्यापारी सेठ देवकीनंदन से हुआ था। उनका घर बहुत बड़ा था। अच्छी-खासी संपत्ति थी। बच्चे-अभी छोटे ही थे। एक दिन देवकीनंदन को किसी काम से बाहर जाना पड़ा। उन्होंने सुरसती से कहा, ''मुझे चिंता है, बड़ा घर है। रात में कहीं चोर आ गए तो···?''

''आप चिंता न कीजिए। पीछे जो होगा, मैं सँभाल लूँगी।''

सुरसती ने कह तो दिया, पर मन-ही-मन वह भी डर रही थी, साथ-ही-साथ

खुद को धीरज भी बँधाती जा रही थी, "जो भी होगा, देखा जाएगा।"

आधी रात को छत पर सचमुच खटपट की आवाज सुनाई दी। सुरसती का दिल काँप उठा। थोड़ी देर बाद दुबारा खटपट की आवाज आई, साथ ही कुछ लोगों के बोलने की भी आवाजें सुनाई दीं। एक कह रहा था, "बाहरवाला रोशनदान तोड़कर अंदर चलो।"

सुरसती ने सोचा, अब तो कुछ करना ही होगा। उसके घर के आँगन में आम के पाँच पेड़ थे। उनके नाम सुरसती ने युधिष्ठिर, भीम, अर्जुन, नकुल, सहदेव रख दिए थे। बस, जोर-जोर से उन्हीं को पुकारने लगी।

"अरे अर्जुन, सुन तो! मेरे पेट में बड़े जोर का दर्द हो रहा है। जरा चूल्हे पर पानी तो गरम करके ले आ।...भीम, तू उठ गया है? चल, फटाफट आग तू जला दे।...ले भीम, कुल्हाड़ी ले जा। मेरी चारपाई के नीचे ही पड़ी है। जाकर जरा जल्दी से लकड़ी फाड़ दे और हाँ, नकुल, तू भी उठ गया? देख तो बेटा, कोई बिल्ली छत पर बड़ी देर से खटर-पटर कर रही है। मुई को चैन नहीं है रात में भी। जरा डंडा लेकर हड़काइयो तो! बिना डंडे के यह मानेगी नहीं।...सहदेव, तू जरा रोशनदान के पास जाकर तो देख बेटा, कहीं कोई चूहा तो नहीं है? बड़ी देर से आवाज आ रही है।...जान खा ली इस चूहे ने।...अरे वाह, अर्जुन, ले आया पानी गरम करके...मेरा प्यारा बेटा! बहादुर बेटा! चल, जरा अब सिर दबा दे।..."

यही नहीं, बल्कि वह खुद युधिष्ठिर, भीम, अर्जुन, नकुल, सहदेव की आवाजों में जवाब भी देती जा रही थी। अलग-अलग आवाजें बदलकर लगातार बोलती जा रही थी।...

घर में आधी रात के समय इतनी आवाजें सुनीं, तो चोर घबरा गए। वे सोचकर आए थे कि घर में एक अकेली औरत है, उसे काबू में कर लेंगे। पर इतने लोगों के नाम पर और आवाजें सुनीं, तो अपने कंबल और डंडा-डोली उठाकर भागे।

अगले दिन देवकीनंदन आए, तो सुरसती ने सुनाया सारा किस्सा। कहा, "आम के पाँच पेड़ सचमुच के पाँच पाँडव बन गए। अगर कल घर लुटने से बच गया, तो इन्हीं की मेहरबानी से!"

देवकीनंदन बोले, "बात तो तुम्हारी सही है सुरसती, पर इनसे बढ़कर तो तुम्हारी बुद्धि है, जिसने विपत्ति में भी धीरज नहीं छोड़ा और रास्ता निकाल लिया। सच ही तुम्हारा नाम सुरसती बड़ा ही फबता है।"

सुनकर सुरसती धीरे से हँस पड़ी।

□

23

मिल गई कुक्कू की गेंद

एक दिन कुक्कू ने नानी से कहा, ''नानी...नानी, मुझे गेंद ला दो, नीलीवाली... बस, नीलीवाली ही लाना।''

नानी हँसकर बोलीं, ''ठीक है, ला दूँगी। नीलीवाली ही लाऊँगी।''

उसी शाम नानी कुक्कू के लिए एक छोटी सी, प्यारी सी नीली गेंद ले आईं। देखकर कुक्कू तो नाच उठा। घर में देर तक फर्श और दीवार पर टप्पे खिलाता रहा। फिर कुछ देर बाद वह बाहर भाग खड़ा हुआ। बाहर मैदान में सत्ते, बिरजू, पप्पू, हरीश और भोला थे। सब चिल्लाते हुए दौड़े, ''गेंद आ गई, गेंद। कुक्कू की गेंद!''

फिर तो और बच्चे भी आ जुटे। देर रात तक खूब खेल जमा। कभी गेंदतड़ी, तो कभी पंचगुट्टी। कुक्कू का मन भरता ही नहीं था, और बच्चे भी जोश में थे। कुक्कू की नीली गेंद ने सबमें उत्साह भर दिया था। सब खेल रहे थे और साथ ही उछल-उछलकर अपनी खुशी प्रकट कर रहे थे।

अचानक खेलते-खेलते गेंद दूर नाले की तरफ चली गई। कुक्कू उसे पकड़ने तेजी से दौड़ा, मगर उसके देखते-ही-देखते लुढ़कते-लुढ़कते गेंद नाले में जा पड़ी।

कुक्कू रुआँसा हो गया, ''हाय, मेरी गेंद...!''

वह घर आया तो नानी ने पूछा, ''क्यों कुक्कू, परेशान क्यों है? गेंद कहाँ गई?'' पर कुक्कू कुछ नहीं बोला। चुपचाप चारपाई पर पड़कर सो गया।

पूरी रात कुक्कू को गेंद के सपने आते रहे। खेलते-खेलते कभी गेंद झाड़ी के पीछे चली जाती, कभी तालाब में। कुक्कू ढूँढ़ता, मगर गेंद मिलती ही नहीं थी। पूरी रात वह इधर-उधर मारा फिरता रहा, रोता रहा...गेंद कभी मिलती, तो फिर गायब हो जाती। और एक बार तो वह उड़ते-उड़ते आसमान में भी चली गई। अब भला आसमान में कैसे जाए कुक्कू?

सुबह कुक्कू उठा तो बेहद उदास था। नानी ने उसके सिर पर हाथ फेरा, तो उसका बुरी तरह रोना छूट गया। रोते-रोते बोला, "नानी, मेरी गेंद···!"

"क्या हुआ गेंद को?" नानी ने उसे पुचकारते हुए पूछा।

"नाले में···! कल रात में मैं खेल रहा था, तो नाले में चली गई। अब तो मिलने से रही नानी।"

कुक्कू की बात पूरी हो पाती, इससे पहले ही नानी हँस पड़ीं। बोलीं, "वो देख सामने, शेरू···! उसके मुँह में क्या है?"

"अरे-अरे मेरी गेंद! देखूँ कहीं फट तो नहीं गई।" कुक्कू दौड़ा और शेरू को पुचकारकर उससे अपनी गेंद ले ली। उसने जमीन पर टप्पा मारा, तो गेंद खूब उछली।

"वाह! गेंद तो ठीक है!" कुक्कू उछला और नाचने लगा। उसने शेरू को पुचकारा और बाहर खेलने भाग निकला। कुक्कू के पीछे-पीछे शेरू भी भागता चला गया।

अब तो कुक्कू को खेल में एक नया साथी मिल गया, शेरू। जब-जब उसकी गेंद दूर चली जाती, शेरू मुँह में लेकर उठा लाता। कुक्कू और उसके साथी शेरू की इस अदा पर झूम उठते।

□

24

गोगापुर का मिल-जुल संगीत

"बेटा कुक्कू, गोगापुर की सबसे बड़ी खासियत है उसका मिल-जुल संगीत। इसी वजह से लोग आपसे में बड़े प्रेम से रहते हैं। कोई किसी को सताता नहीं है, कोई किसी को दबाता भी नहीं है। यही वजह है कि गोगापुर सबसे निराला है।" नानी बता रही थीं, "गोगापुर के राजा गोगामल ने जब गोगापुर बसाया था, तब से इसकी यही खासियत चली आ रही है, जो अब भी जारी है।"

"वाह नानी, यह तो अच्छी बात है, बहुत अच्छी बात!" कुक्कू ने खुश होकर कहा।

"पर क्क्कू, क्या तू पूछेगा नहीं कि मिल-जुल संगीत कैसा होता है?"

"हाँ नानी, कैसा होता है मिल-जुल संगीत? बताओ तो जरा।" कुक्कू बोला।

नानी बोलीं, "वह तुझे ऐसे समझ में नहीं आएगा। मैं तुझे एक कहानी सुनाती हूँ। सुनेगा न गोगापुर के मिल-जुल संगीत की कहानी?"

"हाँ नानी, सुनाओ...सुनाओ न कहानी!"

"अच्छा, तो ले सुन!" नानी बोलीं और शुरू हो गई यह कहानी...

एक बार की बात, किसी जंगल में एक पेड़ के नीचे न जाने कौन अपने बाजे छोड़ गया। बाँसुरी, ढोल, शहनाई, तुरही, हारमोनियम, सितार, खड़ताल और न जाने कौन-कौन से बाजे। जंगल के जानवरों ने देखा तो डरकर कहने लगे, "अरे बाप रे! यह न जाने क्या गड़बड़ घोटाला है!"

वे तो उन बाजों को छूने से भी डर रहे थे। पर खरगोश थोड़े दिन शहर में घूमकर आया था। उसने शहर में बाजे देखे थे और इन बाजों के संगीत का आनंद भी लिया। उसने एक पेड़ के नीचे ढेर सारे बाजे देखे तो कहा, "डरने की कोई

बात नहीं। ये तो दिल बहलानेवाले बाजे हैं। इनसे तरह-तरह के सुर निकलते हैं, मधुर संगीत पैदा होता है।''

खरगोश की बात थोड़ी-थोड़ी जानवरों के पल्ले पड़ी। पूरी तरह अब भी वे नहीं समझ पाए थे। तब खरगोश ने एक-एक बाजे को बजाकर दिखाया। बाँसुरी, शहनाई, तुरही को मुँह से बजाया। हाथों से ढोल, सितार, हारमोनियम और खड़ताल का संगीत पैदा करके दिखाया। फिर तो सभी जानवर झूम उठे। लोमड़ी, भालू, चीता; सभी ने अपने-अपने मनपसंद बाजे उठा लिये और बजाने लगे। लगने लगा, जंगल में अच्छी खासी संगीत-पार्टी जम गई है।

और सचमुच जंगल में महीने भर के भीतर अच्छी खासी संगीत-पार्टी बन ही गई। खरगोश उसका डायरेक्टर था। सब उसका कहना मानते। जानवर लड़ना-भिड़ना भूल ही गए। जंगल का पूरा वाताबरण संगीतमय हो गया।

अब तो आसपास के जंगलों में भी इस संगीत पार्टी की माँग होने लगी। जहाँ ये संगीत-पार्टी हवाओं में मीठा संगीत छोड़ देती, जानवर लड़ना-भिड़ना भूल जाते। प्यार और शांति की बात करने लगते।

पर इस बात से सबसे ज्यादा परेशान था शेर। अब उसकी कोई पूछ ही नहीं थी। इसकी बजाय तो नन्हे से खरगोश का रुतबा कई गुना अधिक बढ़ गया था।

शेर गुस्से में आकर सोचता, 'इस पिद्दी से खरगोश को सबक सिखाना चाहिए। कभी ऐक झापड़ में काम तमाम कर दूँगा।'

पर खरगोश को प्यार करनेवाले इतने जानवर थे कि उसकी कभी हिम्मत ही नहीं षड़ी।

खरगोश और पूरी संगीत-पार्टी भी महसूस कर रही थी कि शेर खीजा हुआ है। उसका कोई इलाज होना चाहिए। लोमड़ी ने कहा, ''सारे जानवर मिलकर शेर को घेर लो। अपने आप जंगल छोड़कर चला जाएगा।''

भालू ने कहा, ''मैं इतने जोर से ढोल बजाऊँगा कि शेर को नानी याद आ जाएगी।''

पर खरगोश ने दूसरा ही रास्ता निकाला। वह शेर के पास गया। बोला, ''महाराज, हम जगह-जगह जंगल में जाकर संगीत का कार्यक्रम पेश करते हैं, पर उसमें आनंद नहीं आता, क्योंकि आप हमारे बीच नहीं हैं। अब आप हमारी पार्टी के आगे-आगे चला करेंगे। यह सुनहरा बेंत सँभालिए, जब आप बेंत ऊपर करेंगे, संगीत का कार्यक्रम तभी शुरू होगा। जब बेंत नीचे करेंगे, तो सारे बाजे बंद हो जाएँगे।''

सुनकर शेर खुश हो गया। उधर संगीत पार्टी का रुतबा और बढ़ गया। अब जहाँ-जहाँ पार्टी जाती, आगे-आगे शेर भी सुनहरा बेंत लिया पहुँचता। कोई संगीत पार्टी के लोगों को परेशान भी नहीं करता था। कई सालों तक संगीत पार्टी ऐसे ही जंगल-जंगल में शांति की धुनें बिखराती रही। कहते हैं, अब भी कभी-कभी जंगल में उसका संगीत सुनाई देता है।

□

25

सुंदर है नानी का चूल्हा

कुक्कू की नानी का नाम था देवयानी। वे बड़ी सुघड़ थीं। घर के काम-काज से लेकर मिट्टी की मूर्तियाँ बनाने, चौके की सजावट और चूल्हा बनाने में भी उनका कोई जोड़ नहीं था। रोटियाँ भी ऐसी ही सुंदर नाजुक-नाजुक बनातीं। लगता, तवे पर नाच रही हैं। खाने में भी बहुत स्वाद! और उनके बनाए चूल्हे की तो इतनी तारीफ होती थी कि गाँव में हर कोई चाहता था कि देवयानी ही उसके लिए चूल्हा बना दे।

उसी गाँव में एक सेठानी तारादेवी भी रहती थी। उसे यह बुरा लगता था कि उसके पास इतना पैसा होते हुए भी हर कोई देवयानी की ही तारीफ करता है। उसे कोई नहीं पूछता।

एक दिन की बात, गाँव की औरतें देवयानी के चूल्हे की बार-बार तारीफ कर रही थीं, तो तारादेवी बोली, ''इसमें ऐसा क्या है ? मैं तो देवयानी से ज्यादा अच्छा चूल्हा बना सकती हूँ।''

इस पर बूढ़ी दादी गोमती ने कहा, ''तो ठीक है, दोनों आज अभी-अभी घर जाकर चूल्हा बनाओ। कल सुबह मैं देखूँगी, किसका चूल्हा अच्छा बना है।''

देवयानी घर पहुँचीं तो चिंता में पड़ गईं। उन्होंने कुक्कू से कहा, ''आज तो बड़ी मुश्किल आ गई।''

''मुश्किल''! कौन सी मुश्किल, नानी ?'' कुक्कू को हैरानी हो रही थी, नानी किस मुश्किल की बात कर रही हैं। वे तो हर मुश्किल को फूँक मारकर उड़ा देती हैं।

नानी ने बताया, ''देख कुक्कू, चूल्हा बनाने के लिए तालाब की चिकनी मिट्टी लानी है, पर वह इतनी जल्दी भला कैसे आ सकती है ? फिर मुझे अपना अनोखा चूल्हा बनाने में समय भी थोड़ा ज्यादा लगता था।''

कुक्कू ने कहा, "चिंता न करो, नानी। मैं अभी चला जाता हूँ, चिकनी मिट्टी लाने!"

"साथ में सत्ते और बिरजू को भी लेते जाना।" नानी बोलीं।

देवयानी नानी के घर के सामने बड़ा सा मैदान था। उसमें हमेशा बच्चे खेलते रहते थे। कुक्कू ने देखा, इस वक्त भी पंद्रह-बीस बच्चे तो खेल ही रहे थे। कुक्कू ने वहाँ जाकर सत्ते और बिरजू को बुलाकर सारी बात कही। फिर सबसे कहा, "जो-जो, चलना चाहे, चले। हम तालाब से चिकनी मिट्टी लेने जा रहे हैं। मेरी नानी चूल्हा बनाएँगी, रात-ही-रात में।"

सुनते ही गाँव के सारे बच्चे दौड़कर देवयानी दादी के पास पहुँच गए। पूछा, "कैसी मिट्टी चाहिए, दादी? बताओ जल्दी से।"

देवयानी बोलीं, "तुम सब ऐसे ही दौड़ते हुए चले जाओ। तालाब से एक-एक मिट्टी का डला उठा लाओ। मुझे रात में ही चूल्हा बनाकर पूरा करना है। नहीं तो तारा जीत जाएगी, मैं हार जाऊँगी।"

"नहीं-नहीं, ऐसा कैसे हो सकता है? हमारी देवयानी दादी कभी नहीं हार सकतीं।" बच्चे चिल्लाए, "हम अभी जाते हैं और मिट्टी के डले लेकर आते हैं। हाँ, बदले में गुड़ तो मिलेगा ना, दादी?"

"क्यों न दूँगी?" देवयानी बोलीं, "जाओ, अब सबके सब दौड़कर जाओ।"

छोटे-बड़े सभी बच्चे उसी समय शोर मचाते हुए भाग खड़े हुए। तालाब से मिट्टी के डले निकाले। फिर सिर पर एक-एक डला रखकर जुलूस की शक्ल में देवयानी दादी के घर की ओर चल दिए। जुलूस में सबसे पीछे चार साल का चीनू था। वह भी देवयानी दादी को बहुत प्यार करता था।

देवयानी ने मिट्टी के डले उतरवाकर सब बच्चों को बदले में गुड़ दिया और चूल्हा बनाने बैठ गई। आसपास सब बच्चे भी उन्हें घेरकर बैठे हुए थे। नानी जब लिपाई करने के बाद रंगों से चूल्हे की सजावट कर रही थीं, तो बच्चे भी अपनी-अपनी सलाह दे रहे थे। देवयानी बच्चों की बात मान लेतीं, तो बच्चे खुश होकर तालियाँ पीटने लगते।

उधर सेठानी तारा ने नौकरों से मिट्टी मँगवाकर चूल्हा बनवाया। अपने हाथ मिट्टी से बचाने के लिए वह नौकरों से ही कह-कहकर काम कराती रहीं।

अगले दिन गोमती दादी ने दोनों चूल्हे देखे। देवयानी के चूल्हे में सचमुच कला थी। तारादेवी का चूल्हा, बहुत बड़ा था, पर ज्यादा काम का न था।

बाद में दादी ने देवयानी के चूल्हे की रोटी खाई और सेठानी के चूल्हे की भी।

फिर मुसकराकर बोली, ''देवयानी जीत गई, क्योंकि उसके चूल्हे से बनी रोटियों में ममता की मिठास थी, जबकि सेठानी के चूल्हे की बनी रोटियों में अभिमान की बू थी। इसलिए रोटियाँ भी कड़ी थीं।''

सुनकर देवयानी का चेहरा खिल गया और बच्चे तालियाँ पीट-पीटकर 'हमारी दादी जिंदाबाद!' का नारा लगाने लगे।

''और कुक्कू... ?'' उसकी खुशी का तो ठिकाना ही न था। अपनी प्यारी नानी के चेहरे पर मुसकराहट देखकर वह मन-ही-मन मगन हो रहा था।

□

26

उड़ी-उड़ी रे पतंग

गोगापुर में बहुत से बच्चे पतंग उड़ाते थे। कुक्कू बड़ी ललचाई आँखों से उन्हें देखता। सोचता, 'काश, मेरे पास भी पतंग होती, तो मैं भी इसी तरह पतंग उड़ाता।'

एक दिन कुक्कू ने नानी से जिद की। बोला, "नानी-नानी, मुझे भी पतंग ला दो। नीली, पीली, हरी पतंग, जैसी सोनू की है।"

नानी उसी समय कुक्कू के साथ गईं। उसे एक सुंदर सी, नीली, पीली, हरी पतंग खरीदकर दी। साथ में हुचका भी, मंझा भी।

मगर कुक्कू अब क्या करे? उसे तो यह भी नहीं पता था कि पतंग कैसे उड़ाई जाए, हुचके पर मंझा कैसे लपेटे? तब नानी ने मंझा खोलकर हुचके पर चढ़ाया। फिर कहा, "ले कुक्कू, यह हुचका और पतंग ले जा। जाकर सोनू से ही सीख लेना पतंग उड़ाना।"

मगर सोनू तो अपनी ही मस्ती में था। कुक्कू सोनू के पास गया, तो वह कंधे उचकाकर बोला, "मैं अपनी पतंग उड़ाऊँ या तेरी? जा, जा, खुद कोशिश कर, सीख जाएगा।"

सोनू की लाल पतंग हवा में अपनी कलाकारी दिखाते हुए उड़ रही थी। कभी वह तनिक नीचे आकर हवा में गोते खाती, तो कभी फिर शान से तनकर ऊपर उठने लगती, जैसे आसपास की सब पतंगों को मुँह चिढ़ा रही हो।

अब तो कुक्कू मैदान के एक कोने पर खड़ा होकर, अकेला पतंग उड़ाने लगा। उड़ाता रहा, उड़ाता रहा, उड़ाता रहा!...मगर पतंग थोड़ी सी ऊपर उठती, फिर गिर जाती। उसे छुड़ैया देनेवाला भी कोई नहीं था। जितने भी बच्चे थे, सब सोनू के इर्द-गिर्द थे। कुक्कू का अनाड़ीपन देखकर हँस रहे थे।

फिर अचानक गोवर्धन चाचा उधर से आ निकले। बोले, ''अरे कुक्कू, ऐसे पतंग थोड़े ही उड़ेगी। ला, मैं छुड़ैया देता हूँ।''

गोवर्धन चाचा ने छुड़ैया दी तो पतंग ऊपर उठ गई। फिर वे दौड़कर कुक्कू के पास गए। डोर हाथ में लेकर पतंग को साधने लगे। पतंग को कैसे साधना है, कैसे ऊपर उठाना है, कैसे ढील देनी है और कैसे खींचना है, कैसे पेंच लड़ाना है, सब उन्होंने समझाया। और फिर कुक्कू को पतंग साधनी आ गई, तो वे अपनी राह चले गए।

कुक्कू मजे में पतंग उड़ाता रहा। शाम तक उसकी तिरंगी पतंग हवा में शान से उड़ती रही, उड़ती रही।

इस पर सोनू को आया गुस्सा। उसने मन-ही-मन सोचा, 'कुक्कू की पतंग काटनी चाहिए।'

धीरे-धीरे सोनू की लाल पतंग इठलाती और ऐंठती हुई कुक्कू की पतंग के पास आ गई, जैसे कह रही हो, ''अब खुद को बचा सकती है, तो बचा ले। वरना फिर मत कहना। मैं तो ऐसा घिस्सा दूँगी कि···!''

इस पर कुक्कू की तिरंगी पतंग थोड़ा डरी। झिझकी। उसे समझ में नहीं आ रहा था, अब वह क्या करे ?

डर तो कुक्कू भी रहा था। सोनू की पतंग एकदम पास आई तो उसे लगा, ''कहीं सचमुच मेरी पतंग कट न जाए। मैं तो इतना होशियार भी नहीं हूँ कि सोनू से पेंच लड़ा सकूँ।''

डर के मारे कुक्कू ने जल्दी से डोर खींचनी शुरू की, पर सोनू तो किसी न किसी तरह उसकी पतंग काटने पर ही तुला था। उसने जोर से घिस्स्ग देने की कोशिश की, ताकि कुक्कू की पतंग के कन्ने कट जाएँ या फिर डरकर वह दूर भागे।

पर हुआ उलटा ही। जैसे ही सोनू ने अपनी लाल पतंग को कुक्कू की पतंग के बिल्कुल नजदीक लाकर जोर का घिस्सा दिया, देखते-ही-देखते उलटा खुद उसी की पतंग कट गई। कुक्कू की पतंग मजे से आकाश में इठला रही थी।

सोनू का घमंड चूर-चूर हो गया। वहाँ खड़े उसके दोस्त भी हक्के-बक्के थे। एक ने तो कह ही दिया, ''ज्यादा घमंड करना अच्छा नहीं होता, सोनू। कुक्कू ज्यादा होशियार तो नहीं, पर उसे एकदम अनाड़ी भी नहीं समझना चाहिए। आखिर तो गोवर्धन चाचा ने उसे पतंग उड़ाना सिखाया है और वे पतंगबाजी के पुराने चैंपियन हैं।''

अब सोनू क्या कहता ? उसका चेहरा फक पड़ गया था। कुछ देर बाद वह

टहलता हुआ कुक्कू के पास से निकला, तो कुक्कू ने उसे पास बुला लिया। बोला, "अरे सोनू, उदास मत हो। तू मेरी पतंग उड़ा ले ना···! दोनों साथ-साथ उड़ाएँगे।"

सुनकर सोनू के चेहरे पर मुसकान आ गई। कुक्कू भी हँस पड़ा। दोनों दो अच्छे दोस्तों की तरह देर तक पतंग उड़ाते रहे।

□

27

जसोदा नानी का जन्मदिन

कुक्कू की नानी के घर से कुछ दूर ही रहती थीं, जसोदा नानी। वे बहुत बूढ़ी थीं और ज्यादा चल-फिर भी नहीं पाती थीं। कुक्कू कभी-कभी जसोदा नानी के घर भी चला जाता थी। उस घर में कोई और न था। बस, अकेली जसोदा नानी ही थीं। कुक्कू वहाँ जाता, तो नानी बहुत खुश होती थीं। वे उसे ढेरों कहानियाँ सुनाती थीं। सुनकर कुक्कू को बड़ा अच्छा लगता था। वह नानी के छोटे-मोटे काम भी कर देता। जसोदा नानी खुश होकर उसे बहुत असीसें देतीं।

फिर एक दिन कुक्कू जसोदा नानी के घर गया, तो देखा कि अरे, वहाँ तो ताला लगा है। कुक्कू ने सोचा, "शायद जसोदा नानी अपने बेटे-बेटियों या नाती-पोतों से मिलने गई होंगी।"

उसके अगले दिन भी वे नहीं थीं। एक-एक दिन करके कोई महीना भर बीत गया। कुक्कू सोचने लगा, "कहाँ चली गईं जसोदा नानी! इतनी अच्छी-अच्छी प्यारी-प्यारी कहानियाँ सुनानेवाली जसोदा नानी। पता नहीं, अब कब आएँगी?"

पर कुक्कू की एक मुश्किल और थी। उसे पता था कि जसोदा नानी का जन्मदिन आनेवाला है। उसने जसोदा नानी को भेंट करने के लिए एक सुंदर सा फूलों का गुलदस्ता बनाया था। अब भला उसका वह क्या करे?

आखिर जिस दिन जसोदा नानी का जन्मदिन था, कुक्कू ने उस गुलदस्ते के साथ एक परची चिपका दी। उस पर लिखा, "जसोदा नानी, आपको जन्मदिन मुबारक हो!" पर कुक्कू जसोदा नानी के घर गया तो देखा, वे तो अब भी नहीं लौटीं। आखिर कुक्कू ने फूलों का वह गुलदस्ता जसोदा नानी के दरवाजे के पास वाले आले में रखा और चला आया।

उसके कुछ दिन बाद उस गुलदस्ते के फूल तो मुरझा गए, पर उसके इर्द-गिर्द

एक गौरैया ने घर बनाया। थोड़े दिन और बीते तो घोंसले में गौरैया के नन्हे बच्चे चीं-चीं-चीं करने लगे।

जसोदा नानी घर आईं, तो उन्होंने उस आले में चीं-चीं, चीं-चीं की आवाज सुनी। वहाँ गौरैया का प्यारा सा घोंसला था। कुक्कू के गुलदस्ते के इर्द-गिर्द ही गौरैया ने अपना घोंसला बनाया था। साथ ही कुक्कू के हाथ की लिखी परची पर भी उनका ध्यान गया, जिस पर लिखा था, 'जन्मदिन मुबारक हो जसोदा नानी।'

पढ़कर जसोदा नानी खूब खुश हुईं। उन्होंने खूब सारी चॉकलेट और टॉफियाँ खरीदीं और कुक्कू की नानी के घर जा पहुँचीं। पहले कुक्कू की नानी से गले मिलीं। फिर कुक्कू से बोलीं, ''कुक्कू, तुम्हारी शुभकामनाएँ मिलीं। लो, अब मुँह मीठा करो।''

उसी शाम कुक्कू जसोदा नानी के घर गया। गौरैया के बच्चों पर नजर पड़ते ही खुश होकर बोला, ''अरे जसोदा नानी, यह क्या?''

''यही तो है तुम्हारा प्यारा-प्यारा उपहार है, कुक्कू बेटा।'' कहकर जसोदा नानी मुसकरा दीं। उन्होंने प्यार से कुक्कू के माथे को चूम लिया।

□

28

नानी के गुट्टे

एक दिन कुक्कू ने नानी से कहा, नानी-नानी, अपना संदूक तो दिखाओ। नानी हँसकर बोलीं, ''क्यों, मेरे संदूक में ऐसा क्या है... ?''

''बस, वैसे ही!'' कुक्कू ने जिद ठान ली, ''दिखाओ न नानी, अपना बड़ावाला नीला संदूक!''

नानी ने संदूक खोला, तो उसमें छिपा नानी का अटरम-पटरम खजाना सामने था। कुक्कू ने देखा तो उसे बहुत मजा आया। तभी संदूक के एक कोने में उसे खट-खट की आवाज सुनाई दी। कुक्कू ने चौंककर देखा। लाल रंग की एक मखमली थैली में से आवाज आ रही थी। कुक्कू बोला, ''नानी नानी यह क्या?''

नानी हँसकर बोलीं, ''गुट्टे! मैं बचपन में गुट्टों से खेला करती थी। वही हैं ये।''

कुक्कू बोला, ''नानी-नानी, मैं गुट्टे लूँगा।''

''तू क्या करेगा गुट्टों का? गुट्टे तो लड़कियाँ खेलती हैं!'' नानी ने हैरान होकर कहा।

कुक्कू ने जिद की, ''ऊँ-ऊँ नानी, मुझे तो गुट्टे चाहिए, जरूर चाहिए।''

नानी ने गुट्टोंवाली लाल मखमली थैली निकालकर कुक्कू को पकड़ा दी। कुक्कू ने थैली खोली, तो अंदर से बड़े सुंदर चौकोर लाल रंग के गुट्टे निकले। कुक्कू थोड़ी देर उन्हें उछालता रहा। फिर बोला, ''नानी-नानी, मुझे गुट्टे खेलना सिखाओ ना!''

नानी झट गुट्टे फैलाकर जमीन पर बैठ गईं। कुक्कू को गुट्टे खेलना सिखाने लगीं। कैसे एक-एक, दो-दो या ज्यादा गुट्टे एक साथ उछालने हैं और लपकने हैं? नानी ने बताया। नानी के हाथों में फुरती ऐसी कि कुक्कू हैरान रह गया। बोला,

"नानी, तुम तो बहुत पक्कड़ हो, मैं कच्चड़ हूँ।"

"तो क्या हुआ? तुम भी सीख जाओगे जल्दी ही। कोई मुश्किल थोड़े ही है।" कहकर नानी फिर मजे में गुट्टे उछालने लगीं।

थोड़ी देर में रधिया चाची की बेटी पूनम आ गई। पड़ोस की सरला, कमला और बीना आ गईं। राजू और गोविंदा आ गए। गुट्टों का ऐसा खेल जमा कि कुक्कू निहाल!

सबसे अच्छा उसे यह लग रहा था कि खुद नानी नन्ही बच्ची बनकर सबके साथ-साथ खेल रही थीं। सबसे ज्यादा गुट्टे वही जीततीं। हर बार जीतने पर खिल-खिल करके जोर से तालियाँ बजातीं।

जल्दी ही कुक्कू गुट्टे खेलने लग गया। अब जहाँ कहीं कोई उसे गुट्टे खेलता दिखाई देता, तो वह हँसकर कहता, "नानी के गुट्टे, नानी के गुट्टे!" और नानी का हँसता, किलकारी भरता रूप उसकी आँखों के आगे आ जाता।

□

29

ऐसी कमाल की खिचड़ी

एक बार की बात, कुक्कू सत्ते और बिरजू के साथ घूमने जा रहा था। रास्ते में मिलीं सोमा बुआ। सत्ते बोला, "बुआ राम-राम···!"

"राम-राम बेटा, राम-राम। खुश रहो।" सोमा बुआ ने कहा।

सत्ते बोला, "बुआ, एक दिन मैं और कुक्कू आ जाएँ तुम्हारे घर? हमें भी खिचड़ी खिलाओगी न, पत्थर की खिचड़ी?"

सुनकर सोमा बुआ हँसने लगीं। बोलीं, "हट पगले, तुझे तो तर घी की खिचड़ी खिलाऊँगी। वो···वो तो मजाक वाली बात थी!"

"तो ठीक है बुआ, हम लोग आएँगे किसी दिन।" सत्ते ने मुसकराते हुए कहा और सोमा बुआ सत्ते के साथ-साथ कुक्कू और बिरजू को भी प्यार भरी असीसें देकर आगे बढ़ गईं।

कुक्कू को बड़ी हैरानी हो रही थी, पत्थर की खिचड़ी भला कैसी होती है? उसने सत्ते से पूछा, "क्यों सत्ते, सोमा दीदी क्या पत्थर की खिचड़ी बनाती हैं··· ?"

"सोमा बुआ तो नहीं बनातीं, पर बरसों पहले इनके यहाँ एक राहगीर आकर रुका था। उसने बनाई थी पत्थर की खिचड़ी!" कहकर सत्ते हँसने लगा।

पिर कुक्कू की उत्सुकता देख बोला, "अच्छा, तुझे सुनाऊँ क्या पत्थर की खिचड़ीवाली कहानी? सुनेगा··· ?"

"हाँ-हाँ, सुनाओ न···!" कुक्कू बोला। और सत्ते ने कहानी सुनानी शुरू कर दी···

एक बार की बात, एक राहगीर घूमता-घामता गोगापुर में आ निकला। रात का समय था। उसने गाँववालों से पूछा, "रात को रुकने के लिए कहीं ठिकाना मिल सकता है?" एक लड़के ने कहा, "सामने सोमा बुआ का घर है, वहाँ ठहर जाओ। पर रात को भूखा रहना पड़ेगा, बुढ़िया कंजूस बहुत है।"

राहगीर सोमा बुआ के घर की ओर चल पड़ा। वहाँ जाकर बोला, "परदेसी हूँ। रात रुकने के लिए ठिकाना मिलेगा?" सोमा बुआ ने उसे ठहरा लिया। कहा, "बाहरवाली बैठक में टिक जाओ।"

राहगीर दिन भर का थका हुआ था। पेट में चूहे कूद रहे थे। बोला, "कुछ खाने को मिल सकता है?"

सोमा बुआ बोलीं, "ना बेटा, घर में कुछ खाने को तो है नहीं।" पर सोमा बुआ के कहने के ढंग से राहगीर समझ गया, बुआ झूठ बोल रही हैं।

तभी उसे एक तरकीब सूझी। बोला, "बुआ, मुझे पत्थर की बड़ी स्वादिष्ट खिचड़ी बनानी आती है। तुम कहो, तो वही बना लें।"

"पत्थर की खिचड़ी!" बुआ चौंकीं। बोलीं, "अच्छा बेटा, बना लो। मैं भी खाकर देखूँगी, कैसी बनी है।"

सोमा बुआ ने आग जला दी। पतीली लाकर दी। राहगीर ने एक पत्थर लिया। उसे अच्छी तरह धो-धाकर पानी में डाला। बोला, "बस बुआ अभी थोड़ी देर में खिचड़ी बनी जाती है।...हाँ, थोड़ी दाल, जीरा और नमक घर में हो, तो देखना...इससे स्वाद और बढ़ जाएगा।"

"लाती हूँ कहीं से ढूँढ़कर!" कहती हुई सोमा बुआ अंदर गईं। एक कटोरी दाल और थोड़ा जीरा-नमक ले आईं। राहगीर ने दाल और नमक पतीली में डाला और बोला, "वाह बुआ, अब तो ऐसी खिचड़ी बनेगी कि तुम उँगलियाँ चाटती रह जाओगी,...पर थोड़े से चावल और घी और होता...तब तो कहना ही क्या!"

"लाती हूँ। अभी लाई!" कहकर बुआ अंदर गईं। चावल और घी भी ले आईं।

राहगीर ने सारा सामान पतीली में डाला और इंतजार करने लगा। थोड़ी देर बाद खुदर-बुदर हुई और खिचड़ी तैयार।

खिचड़ी वाकई स्वादिष्ट बनी थी। राहगीर ने पत्थर को निकालकर अलग किया और आधी खिचड़ी सोमा बुआ को परोस दी, आधी खुद थाली में ले ली। बोला, "खाकर देखो तो बुआ, पत्थर की खिचड़ी कैसी बनी है।"

बुआ बोलीं, "वाकई, लाजवाब! मुझे पता नहीं था, पत्थर की खिचड़ी इतनी बढ़िया बनती है।"

"अरे, बुआ, बनानेवाला हो तो हर चीज की खिचड़ी बन सकती है।" कहकर राहगीर जोर से हँसा।

उसकी हँसी में क्या रहस्य है, यह बुआ नहीं समझ पाईं।

अगले दिन राहगीर घर लौटा तो उसने घरवालों को रास्ते में पत्थर की खिचड़ी खाने का दिलचस्प किस्सा सुनाया। सुनकर हँसते-हँसते सभी लोट-पोट हो गए।

□

30

जब चिड़ियाघर में नाचा मोर

एक बार की बात, कुक्कू सत्ते और बिरजू के साथ चिड़ियाघर देखने गया। उसे लगा, वह तो सचमुच एक अनोखी दुनिया में आ गया है। बाघ, भालू, हाथी, लकड़बग्घा, ऊदबिलाव, जेब्रा, हिप्पो, लंगूर, बत्तखें और भी न जाने कौन-कौन से जानवर थे चिड़ियाघर में। कुक्कू देखता, तो आँखें फैलती जातीं।

घूमते-घामते कुक्कू मोरोंवाले बाड़े में आ गया। एक बाड़े में दो सफेद मोर थे। दूसरे में हरे-नीले रंग के। कुक्कू ने सत्ते से कहा, "ये मोर नाचते क्यों नहीं?"

"नाचेंगे, जब उनकी मरजी होगी!" सत्ते ने कहा।

बिरजू बोला, "हो सकता है, आज ये किसी बात पर नाराज हों। जब खुश होंगे, तभी तो नाच दिखाएँगे।"

"वाह! क्या हम रोज-रोज आएँगे चिड़ियाघर देखने?" कुक्कू ने कहा और फिर वह हाथ नचाता हुआ, सफेदवाले मोरों को देखकर बोला, "नाच मोर, नाच! नाच मोर, नाच!"

और आश्चर्य! देखते-ही-देखते सफेद मोर नाचने लगा। भीड़ में जितने भी लोग थे, सब देख रहे थे और अचरज से तालियाँ बजा रहे थे। बहुत से तो कुक्कू की पीठ भी ठोंक रहे थे, "वाह! कुक्कू, मान गए!"

अभी लोग सफेदवाले मोर का नाच देख-देखकर मुग्ध हो रहे थे कि अचानक उसकी देखा-देखी हरा-नीला मोर भी नाच उठा। दोनों का नाच हर पल तेज होता जा रहा था, जैसे दोनों के नाच का मुकाबला हो रहा हो। लोग जितने जोर-जोर से तालियाँ बजा रहे थे, उतना ही मोरों का जोश बढ़ता जा रहा था।

और सचमुच, मोरों का नाच जब बंद हुआ, सबके चहरों पर आनंद-ही-

आनंद था। दर्शक बार-बार कुक्कू का कंधा थपथपा रहे थे और एक-दूसरे से कह रहे थे, "यह बच्चा न होता, तो आज इतना आनंद न आता।"

कुक्कू ने आकर नानी को पूरा किस्सा सुनाया। सुनकर नानी भी हैरानी से बोलीं, "अरे, कुक्कू, तेरा तो मोरों पर भी जादू चल गया। सच, कितने कमाल की बात है!"

फिर बोलीं, "कुक्कू, तू इस पर कहानी क्यों नहीं लिखता? लिखकर अपने भोलानाथ मास्टरजी को दिखाना। वे बड़े खुश होंगे।"

"हाँ नानी, यह तो आपने अच्छी बात कही!" कुक्कू बोला, "भोलानाथ मास्टरजी हमसे कहते रहते हैं कि तुम लोग अपने जीवन में कुछ भी अलग और नया देखो तो उसे अपनी डायरी में लिख लो। वह डायरी बीच-बीच में मुझे दिखा दिया करो।"

अगले ही दिन कुक्कू ने यह पूरा किस्सा लिखा और भोलानाथ मास्टरजी को दिखाया। भोलानाथ मास्टरजी को वह इतना पसंद आया कि उन्होंने उसे स्कूल की पत्रिका में छपने के लिए दिया।

हैडमास्टर साहब ने पढ़ा वह किस्सा तो कुक्कू को बुलाकर पूछा, "सच में ऐसा ही हुआ था क्या?"

कुक्कू के हाँ कहते ही वे खूब जोरों से हँसे। बोले, "वाह! हमारे स्कूल में ऐसा अनोखा बच्चा भी है, जो मोरों को नचा सकता है।"

अगले दिन सुबह-सुबह स्कूल की प्रार्थना-सभा के बाद उन्होंने सब बच्चों को कुक्कू का यह अनोखा किस्सा सुनाया। बोले, "कुक्कू का दिल सच्चा है। ऐसे बच्चों के दिल की बात तो पशु-पक्षी भी समझ लेते हैं।"

सुनकर सब हैरान रह गए। सोचने लगे, "हम भी तो कुक्कू जैसे हो सकते हैं!"

कुक्कू और मोर की यह कहानी आज बच्चे-बच्चे की जुबान पर है।

□

31

नन्ही सी नीना की कहानी

कुक्कू के स्कूल में 26 जनवरी का फंक्शन था। उसमें सब बच्चों ने हँसी-खुशी भाग लिया। प्रभात फेरी भी हुई। बाद में मास्टर भोलानाथजी ने कहा, ''तुम लोग रुको। अभी थोड़ी देर में सबको बूँदी के लड्डू मिलेंगे।''

सुनकर बच्चे खुश हो गए।

बाद में लड्डुओं से भरे पैकेट आए। हर पैकेट में चार लड्डू। मास्टर भोलानाथ ने कुक्कू और सत्ते से कहा, ''तुम लोग सब बच्चों को लड्डुओं का एक-एक पैकेट दे दो।''

बहुत बच्चे थे। कुक्कू को चिंता थी कोई बच्चा छूट न जाए। इसलिए एक तरफ से सत्ते ने और दूसरी तरफ से कुक्कू ने पैकेट बाँटने शुरू किए। होते-होते सब लड्डू बँट गए। हर बच्चे को मिल भी गए। बस, कुक्कू और सत्ते ही रह गए।

मास्टर भोलानाथजी ने पूछा, ''कुक्कू, लड्डू बँट गए?''

कुक्कू बोला, ''हाँ, मास्टरजी!''

तभी एक बच्चे ने कहा, ''मास्टरजी, सारे लड्डू बँट गए, पर कुक्कू और सत्ते के लिए तो लड्डू बचे ही नहीं।''

''अरे, तो तुम लोगों ने बताया क्यों नहीं? मास्टरजी ने प्यार से कुक्कू को झिड़कते हुए कहा।''

उन्होंने दो पैकेट और मँगवाए। अपने हाथ से कुक्कू और सत्ते को लड्डू दिए, साथ ही उनकी पीठ थपथपाकर कहा, ''तुम लोगों ने अपने बारे में नहीं सोचा, दूसरे बच्चों का ही खयाल रखा कि कोई छूट न जाए। इस बात से मुझे बहुत खुशी हुई।''

सुनकर कुक्कू और सत्ते भी खुश थे।

रात को कुक्कू ने नानी को यह बात बताई तो नानी ने भी कुक्कू और सत्ते

को बहुत आशीषें दीं। फिर कहा, "चलो, इसी बात पर मैं तुम्हें नन्ही सी नीना की कहानी सुनाती हूँ।"

"कौन नीना, नानी?" कुक्कू ने पूछा।

नानी हँसकर बोलीं, "तुम कहानी सुनो तो खुद ही जान जाओगे कि कितनी अच्छी और भली लड़की थी नीना। लो सुनो···!" और नानी ने कहानी सुनानी शुरू की···

पुराने समय की बात है, गोगापुर में गोमा दादी रहती थीं। उनके परिवार में कोई और न था। गोमा दादी बूढ़ी थीं और उनके पास बेशुमार दौलत थी, पर वे बिल्कुल अकेली थीं। उनके कोई संतान भी नहीं थी, जिसे वे अपनी अपार दौलत सौंप जाएँ।

बुढ़ापे में गोमा दादी सोचने लगीं, "मरने से पहले मैं अपनी यह दौलत किसी को सौंपकर जाऊँ, तो कितना अच्छा होगा। पर समझ में नहीं आ रहा, मैं इतनी सारी धन-दौलत किसे सौंपूँ? मैं उसी को यह सब सौंपना चाहूँगी, जिसके दिल में प्यार और हमदर्दी हो, ताकि मेरे मरने के बाद जो इस पैसे से दीन-दुखियों और गरीबों की मदद करे।"

उन्होंने काफी सोचा, पर उन्हें अपने सवाल का जवाब नहीं मिला। उम्र के साथ-साथ गोमा दादी की बेचैनी भी बढ़ती जा रही थी।

एक बार की बात है, गोगापुर में बिल्कुल बारिश नहीं हुई। अकाल के कारण लोग दाने-दाने को मोहताज थे। ऐसे में गोमा दादी ने लोगों की मदद के लिए एक बहुत बड़ा तंबू लगवाया। वहाँ उन्होंने भूखे और पीड़ित लोगों के लिए रोटियाँ बँटवानी शुरू कर दीं। पर साथ ही तंबू के आगे उन्होंने बड़े-बड़े अक्षरों में लिखवा दिया कि "बच्चे रोटियाँ लेने आएँगे, तो उन्हें सबसे पहले रोटियाँ दी जाएँगी।"

अब तो तंबू में बच्चों की अच्छी-खासी भीड़ रहने लगी। कुछ रोटियाँ बड़ी थीं तो कुछ छोटी। जैसे ही रोटियों से भरा टोकरा आता, बच्चे बड़ी रोटियाँ लूटने के लिए टूट पड़ते। पर एक छोटी सी बच्ची दूर खड़ी रहती। सारे बच्चे अपने लिए बड़ी-बड़ी रोटियाँ छाँटकर ले जाते। कुछ बच्चे तो इसके लिए छीना-झपटी भी करते थे। कुछ लड़ते-झगड़ते भी थे। अंत में एक छोटी सी रोटी बची रहती। नन्ही बच्ची नीना चुपचाप उसी को लेकर चली जाती।

गोमा दादी कई दिनों से यह देख रही थीं। उन्होंने कभी नीना को बड़ी रोटी के लिए झगड़ते नहीं देखा। उसकी आँखों में जैसे सभी के लिए प्यार और हमदर्दी

हो। भगदड़ में अगर कोई बच्चा गिर जाता, तो वह हाथ पकड़कर उसे खड़ा कर देती और हिम्मत बँधाती।

एक दिन नीना रोज की तरह अपनी टोकरी में छोटी रोटी रखकर ले गई, पर घर पहुँचने पर जैसे ही उसकी मम्मी ने रोटी का टुकड़ा तोड़ा, अंदर से ढेरों हीरे-मोती निकल आए।

देखकर नीना की मम्मी चौंक गईं। उन्हें लगा, कहीं कुछ गड़बड़ है। उन्होंने उसी समय नीना से रोटी वापस कर आने को कहा। बोलीं, ''तुम गोमा दादी के पास जाकर यह रोटी उन्हें देना। शायद गलती से यह हमारे पास आ गई है।''

थोड़ी ही देर में नीना दौड़ी-दौड़ी गोमा दादी के पास पहुँची। बोली, ''दादी माँ, आपसे शायद गलती हुई है। आपने मुझे गलत रोटी दे दी। इसके अंदर से हीरे-मोती निकले हैं।''

गोमा दादी बोलीं, ''नहीं-नहीं, यह तुम्हारे सब्र का फल है। मैंने तुम्हारी जैसी भली लड़की कोई और नहीं देखी। ये हीरे-मोती रख लो। कभी संकट में तुम्हारे काम आएँगे।''

लेकिन नीना ने रोटी लेने से इनकार कर दिया। बोली, ''मेरी माँ ने इन्हें वापस कर आने के लिए कहा है। तो मैं इन्हें कैसे ले सकती हूँ?''

आखिर गोमा दादी नीना के साथ उसके घर गईं। उसकी मम्मी से बोलीं, ''ये हीरे-मोती मेरी ओर से नीना के लिए उपहार हैं। इन्हें आप रख लीजिए। लौटाइए नहीं।''

बड़ी मुश्किल से नीना की मम्मी वे हीरे-मोती रखने को तैयार हो गईं।

गोमा दादी का मन अब शांत था। उन्होंने मरने से पहले वसीयत में सारी दौलत नीना के नाम कर दी। लिखा, 'मेरी यह सारी दौलत प्यारी नीना के लिए है, जिसके मन में जरा भी लालच नहीं है। वह अपनी इच्छा से गरीबों की भलाई के लिए धन खर्च करेगी, तो मेरी आत्मा को शांति मिलेगी।'

और सचमुच गोमा दादी के जाने के बाद नीना ने ऐसा ही किया। इसीलिए दूर-दूर तक लोग उसे दुखियों के दुःख दूर करनेवाली प्यार की देवी कहकर पुकारते थे।

□

32

खिल-खिल हँसे गेंदे के फूल

नानी हर बरस घर की क्यारी में उगाती थीं गेंदे के फूल। जब गेंदे के फूलों का मौसम चला जाता, तो बीज सँभालकर रख लेती। फिर अगले बरस उन्हीं से पौधे तैयार करती और फिर नानी के घर के चारों ओर गेंदे के फूल झूमते-नाचते नजर आते।

नानी ने इस बार भी सर्दियाँ आने से पहले गेंदे के बीज निकाले। बीज क्यारी में बोने ही वाली थीं कि कुक्कू दौड़कर पहुँचा। बोला, ''नानी-नानी, दिखाओ तो, यह क्या है?''

''अरे पगले, बीज हैं···गेंदे के बीज···!'' नानी ने कुक्कू को वे बीज दिखा दिए।

''नानी, मैं बो दूँगा न!'' कुक्कू ने बड़ी मनुहार करते हुए कहा।

नानी को लगा, कहीं कुक्कू कुछ गड़बड़ न करे। उन्होंने कुछ देर सोचा, फिर बोलीं, ''ठीक है कुक्कू, पर जरा ध्यान से।''

नानी बताती जातीं, कुक्कू क्यारी में गड्ढे खोदता जाता, बीज बोता जाता। एक-एक कर उसने सारे बीज बो दिए। फिर बाल्टी और लोटा लेकर उनमें अच्छी तरह पानी का छिड़काव किया।

अब तो रोज कुक्कू को यही चिंता सताती कि बीच उगेंगे कि नहीं? वह रोज बीजों में पानी का छिड़काव करता और गौर से देखता कि पौध उगी कि नहीं।

कुछ दिनों में सचमुच जहाँ बीज बोए थे, वहाँ हरी-हरी कोंपलें नजर आने लगीं। कुक्कू उछल पड़ा, ''नानी, पौध···नई पौध!'' कुछ दिनों में पौध बड़ी हुई, तो नानी ने घर के आँगन में और पिछवाड़े भी जगह-जगह पौध बो दी।

सर्दियाँ आते ही नानी का पूरा घर गेंदे के पीले-पीले फूलों से महमहा गया, पर इस बार गेंदे के फूल इतने बड़े और खुशबूदार थे कि नानी हैरान हो गईं।

उन्होंने अचंभे से फूलों की ओर देखा। नानी को लगा, जैसे गेंदे के फूलों से आवाज आ रही हो, 'नानी...नानी, इस बार फूल कुक्कू ने लगाए हैं न! बच्चों का प्यार सबसे सच्चा, सबसे निर्मल होता है। इसे हम फूल भी समझ लेते हैं।... इसीलिए तो इस बार के फूल अनोखे हैं।'

नानी ने चौंककर कुक्कू की ओर देखा। उन्हें लगा कि कुक्कू के चेहरे पर भी वहीं हँसी और वही महक है, जो गेंदे के फूलों में है।

नानी ने कुक्कू को छाती से लगा लिया। उन्हें लगा, फूल भी संग-संग हँसे हैं, खिल-खिल, खिल-खिल, खिल-खिल...!

उस दिन के बाद से नानी के घर का नाम गाँव भर में पड़ गया, 'फूलोंवाला घर।' नानी जब-जब यह सुनतीं, प्यार से कुक्कू को पुचकारकर निहाल हो जातीं।

□

33

गोगापुर की दीवाली

कुक्कू को गोगापुर में रहते हुए लंबा अरसा हो गया था। बीच-बीच में उसके मम्मी-पापा आते। उससे दिल्ली चलने के लिए कहते, पर कुक्कू को तो वाकई गोगापुर भा गया था। वह अपनी नानी को छोड़कर जाना नहीं चाहता था। फिर गोगापुर गाँव के लोग भी उसे बहुत अच्छे लगते थे। सब उसे बहुत प्यार करते थे।

पर एक बार की बात, बारिश गोगापुर और आसपास के गाँवों के लिए आफत बनकर आ गई। इतना पानी बरसा, जैसे आसमान फट पड़ा हो। गोगापुर के पास में ही एक और गाँव था भीमापुर, जो नदी के बिल्कुल किनारे पर था। वहाँ तो सब कुछ बरबाद हो गया।

नानी ने कुक्कू को बताया, "भीमापुर में नदी की बाढ़ के कारण इस साल बहुत तबाही हुई है। लोगों की तैयार फसलें बरबाद हो गईं। एक ही परिवार में कई-कई लोग बीमारी की चपेट में आ गए। हे भगवान्, ऐसे दुर्दिन तो पहले कभी न देखे, न सुने। लगता है, भीमापुर के लोगों के लिए तो प्रलय ही आ गई।"

सुनकर कुक्कू को बड़ा दुःख हुआ। सोचने लगा, "क्या हम भीमापुर के लोगों की कोई मदद नहीं कर सकते?"

थोड़े दिन बाद दीवाली थी। कुक्कू के दोस्त पटाखे लेकर आए, पर कुक्कू ने एक भी पटाखा नहीं चलाया। बोला, "मेरी नानी बताती हैं, भीमापुर में लोग बहुत दुःखी हैं। जब पड़ोस में लोग इतने दुःखी हों तो क्या पटाखे चलाना अच्छा लगता है?"

पहले तो कुक्कू के दोस्त कुक्कू की इस बात का खूब मजाक उड़ाते रहे, पर फिर धीरे-धीरे कुक्कू की बात का उन पर असर हुआ। बोले, "अच्छा कुक्कू, तू ही बता, क्या किया जाए?"

तब कुक्कू ने सुझाया, ''इस बार हम पटाखे नहीं जलाएँगे। वह पैसा इकट्ठा करके भीमापुर के लोगों की मदद करेंगे।''

कुक्कू के दोस्तों ने कुछ देर सोचा, फिर बोले, ''कुछ पैसा बड़ों से भी ले लें, तो थोड़े ज्यादा पैसे हो जाएँगे। उससे कुछ तो उन लोगों का काम चलेगा।''

अगले दिन कुक्कू और उसके दोस्तों ने एक छोटी सी संदूकची ली। घर-घर जाकर कहा, ''आप लोग पटाखे न चलाएँ। वह पैसा इसमें डाल दें।''

तीन दिनों में ही कुक्कू और उसके दोस्तों ने काफी रुपए इकट्ठे कर लिये। वह संदूकची उन्होंने मुखिया गुलजारी बाबू को दी। कुक्कू बोला, ''आप हमारी ओर से इसे भीमापुर के लोगों तक पहुँचा दें।''

गुलजारी बाबू ने यह देखा तो उन्हें यकीन ही नहीं हुआ। बच्चों का त्याग देखकर उनकी आँखें भर आईं। उन्होंने गाँववालों से कहा, ''बच्चे जब इतना कर सकते हैं, तो क्या हमारा कोई कर्तव्य नहीं बनता? आखिर भीमापुर के लोग भी तो हमारे भाई ही हैं। हममें से कितनों की रिश्तेदारियाँ और भाई-बंधु हैं वहाँ। बच्चे ठीक ही कह रहे हैं। वे लोग इतनी मुसीबत में हैं, तो हम दीवाली मनाएँ, यह क्या अच्छा लगता है?''

सुनकर गोगापुर के लोगों में जोश आ गया। गुलजारी बाबू ने घर-घर जाकर कपड़े और अनाज इकट्ठा किया। फिर सब कुछ बैलगाड़ी पर रखकर बच्चों की टोली के साथ भीमापुर की ओर चल दिए। वहाँ जाकर उन्होंने कहा, ''यह कुक्कू और उसके दोस्तों की ओर से दीवाली की छोटी सी सौगात है।''

भीमापुर के लोगों ने खुश होकर कुक्कू और उसके दोस्तों को खूब प्यार किया।

उस दिन गोगापुर के लोगों ने सिर्फ एक दीया जलाया, प्यार का दीया। उसमें पड़ोस के गाँव के लिए संदेश था कि हम एक हैं। हर मुसीबत में एक-दूसरे के काम आते रहेंगे।

□

34

नानी, मैं तोता लूँगा

एक बार गाँव के बाजार में एक तोते बेचनेवाला आया। उसके पास पिंजरे में तोता था। कुक्कू ने जिद की, "नानी, नानी, मैं तोता लूँगा।"

नानी ने तोतेवाले से कहा, "भाई, तुम्हारा यह तोता कुक्कू को अच्छा लगा है। वह लिये बिना न रहेगा। बोलो, कितने पैसे दूँ?"

तोतेवाला हँस पड़ा। बोला, "इसीलिए तो लाया हूँ।" उसने पचास रुपए लिये और पिंजरा कुक्कू के हाथ में पकड़ा दिया।

कुक्कू ने पिंजरे में गरदन हिलाकर टें-टें करते तोते को देखा, तो उसका मन नाच उठा। उसने घर आकर आँगन में पिजरा टाँग दिया।

रोज सुबह कुक्कू तोते को हरी मिर्च और अमरूद खिलाता। दूध में भीगी रोटी भी देता। तोता खाता तो कुक्कू आँखें फाड़े देखता रहता। सोचता, 'वाह, कितना सुंदर तोता है। कितनी प्यारी इसकी चोंच है। अमरूद खाता है, तो कितना अच्छा लगता है।'

पर कुक्कू को तोते की बोली बिल्कुल पसंद न थी। टें-टें-टें, टें-टें-टें, बस दिन-रात यही टें-टें! यह भी कोई बात हुई। कुक्कू तोते को सिखाने लगा, "बोल मिट्ठू, सीताराम...सीताराम!"

कुक्कू की खुशी का ठिकाना न रहा, जब उसने देखा कि हफ्ते भर में ही तोता सीताराम कहना सीख गया। एक दिन कुक्कू अपने दोस्तों को घर बुलाकर लाया। उनके सामने तोते से बोला, "बोल मिट्ठू सीताराम!" पर तोता टिटकारती आवाज में बोला, "टें-टें, टें-टें, टें-टें, टें-टें...!"

कुक्कू ने फिर समझाया, "सीताराम...सीताराम बोल!"

मगर तोते का वही राग, "टें-टें, टें-टें...!"

कुक्कू के दोस्त खूब हँसे। वे वापस लौट रहे थे। तभी अचानक जोर की आवाज सुनाई दी, "सीताराम···!" हँसते-हँसते कुक्कू और उसके दोस्तों के पेट में बल पड़ गए।

कक्कू समझ गया, तोता जरा मौजी है। उसे कुक्कू को चिढ़ाने में मजा आता है। इसीलिए सबके आगे तो वह 'सीताराम···सीताराम' बोलता है, मगर कुक्कू को अपना टें-टें, टें-टें राग ही सुनाता है।

कुक्कू कभी-कभी हारकर कहता, "अच्छा भई! तेरी ये टें-टें, टें-टें ही ठीक है," तो तोता बोल पड़ता, "सीताराम, प्यारे कुक्कू सीताराम!"

सुनकर कुक्कू निहाल हो जाता।

अब तो कुक्कू यह भी जान गया कि मिट्ठू तोता सिर्फ उसे खिजाने के लिए ही सीताराम कहता है। और मजे की बात यह कि मिट्ठू तोता यह छेड़छाड़ किसी और से नहीं, सिर्फ कुक्कू से ही करता था।

कुक्कू की नानी कभी-कभी कहतीं, "लगता है, तुम दोनों का पिछले जन्म का कोई नाता है!" और मीठी-मीठी हँसी हँस देतीं। साथ ही कुक्कू भी हँस पड़ता है।

□

35
मैं दूत हूँ, सेठजी!

एक बार की बात, नानी अपने घर के सामनेवाले मैदान में खाट डालकर बैठी थीं। तभी गाँव के मास्टर पन्नालालजी आए। थोड़ा हालचाल लेने के बाद नानी ने पूछा, "और मास्टरजी, आपके भाई हजारीलाल का क्या हालचाल है··· ? वह तो गाँव आया ही नहीं बहुत दिनों से ?"

"अरे ताई, उसका तो बनारस में बड़ा मन लग गया है।" मास्टरजी ने कहा, "कोई बड़े सेठजी हैं, उनका पूरा-का-पूरा कारोबार वही देखता है। सेठजी भी उसे बड़ा आदर-मान देते हैं।···यहाँ तो ताई, आप जानती ही हो, कोई काम-धाम करता न था, पर वहाँ तो सारी जिम्मेदारी सँभाल ली उसने। पर हाँ, मन का मौजी वैसा ही है। अपने गोगापुर के कुछ लोग गए थे बनारस में उससे मिलने। उसने सबकी बड़ी आव-भगत की, फिर गाँव में एक-एक का हालचाल पूछा।···खैर, अब तो बहुत सुधर गया है ताई, पर रहता अपनी मस्ती में है!"

सुनकर नानी हँसने लगीं। बोलीं, "देखो मास्टरजी, आप तो ज्ञानी हो, पर एक बात बताऊँ।···मुझे लगता है, कुछ लोगों को भगवान् भी एकदम अलग मिट्टी, अलग साँचे से बनाता है। वे हमें औरों से अलग और कुछ अजीब तो लगते हैं, पर कोई ढंग का काम पा जाएँ, तो ऐसा कर दिखाते हैं कि चारों तरफ उनके नाम का डंका बजने लगता है। आपका भाई हजारीलाल भी ऐसा ही है···!"

"सच ताई, बात तो आपकी ठीक ही है। पहले तो मैं उसके बारे में सोच-सोचकर दु:खी होता था कि इसका जीवन चलेगा कैसे? पर अब लगता है, वह अपनी मस्ती में जी रहा है। इतने लोग उसके गुण गाते हैं। शायद भगवान् ने उसे पैदा ही इसीलिए किया था।"

कुछ देर बाद मास्टर पन्नालालजी गए, तो कुक्क ने पूछा, ''नानी, कौन से हजारीलाल? आप किन हजारीलाल की बात कर रही थीं… ?''

नानी हँसने लगीं। बोलीं, ''इसकी भी एक कहानी है कुक्कू।…ले सुन!'' और नानी ने कहानी सुनानी शुरू की…

गोगापुर में एक था हजारीलाल। वह बड़ा हाजिरजवाब और बातूनी आदमी था। खुद भी खुश रहता, औरों को भी खुश रखता था। गोगापुर में भला कौन था जो उसे जानता न हो?

हजारीलाल काम-धंधा कुछ नहीं करता था। बस, बातों का खाता था। हर कोई चाहता था, हजारीलाल उसके पास बैठे। दो घड़ी बातें करके दिल बहलाए। लिहाजा कोई-न-कोई उसे अपने घर खाने पर बुला लेता था। हजारीलाल का काम चल जाता था। उसकी जेबें हमेशा खाली रहतीं, पर जीवन ठाट से चलता था।

एक दिन हजारीलाल के मन में आया कि कहीं बाहर चलकर घूमना चाहिए। उसने दोस्तों से बात की, तो सबने उत्साहित होकर कहा, ''इसमें क्या मुश्किल है? जाओ घूम आओ।''

दोस्तों ने हजार-डेढ़ हजार रुपए इकट्ठे करके दिए। हजारीलाल ने पैसे गाँठ में बाँधे और चल दिया। वह मथुरा, वृंदावन, प्रयाग कई जगह घूमा। आखिर में घूमते-घूमते बनारस आ गया। अब उसके पास पैसे बहुत कम रह गए थे। होते-हवाते उसकी जेब एकदम खाली हो गई। हजारीलाल सोचने लगा, 'अब क्या किया जाए? गोगापुर में तो मुझे हर कोई जानता था, पर यहाँ बनारस में… !'

आखिर कुछ सोचकर हजारीलाल आगे चल दिया। गंगा किनारे एक सेठजी लोगों को पूरी-कचौड़ियाँ खिला रहे थे। उनके आसपास भारी हुजूम था। हजारीलाल भूखा तो था ही, बढ़िया पूड़ी-कचौड़ी देखकर उसके मुँह में पानी आ गया। उसने सोचा, 'यहाँ तो इतने सारे लोग हैं। अगर पूरी-कचौड़ियाँ खत्म हो गईं, तो मैं तो भूखा का भूखा रह जाऊँगा।'

तभी हजारीलाल को एक तरकीब सूझी। वह वहीं से जोर से चिल्लाकर बोला, 'मैं दूत हूँ, मैं दूत हूँ, रास्ता छोड़ो… !'

लोगों ने सचमुच रास्ता छोड़ दिया। हजारीलाल सेठजी के पास पहुँचकर बोला, ''लाइए सेठजी, कुछ खिलाइए-पिलाइए।''

सेठ ने उसे आराम से पूरी-कचौड़ियाँ खिलाईं। फिर पूछा, ''हाँ जनाब, अब बताइए, आप किसके दूत हैं?''

हजारीलाल मुसकराकर बोला, ''सच बताऊँ सेठजी, मैं तो पेट का दूत हूँ।

इसीलिए तो इतने लोगों की भीड़ पार करके आप तक आ पहुँचा।...हाँ, अगर आप मेरे लिए कुछ काम-धंधा तलाश दें, तो आपका दूत बन जाऊँगा।" सुनकर सेठजी जोरों से हँस पड़े।

उसी दिन सेठ गोवर्धन बिहारी ने हजारीलाल को अपने अनाज और दालों के व्यापार में देखभाल के लिए रख लिया। हजारीलाल का स्वभाव इतना अच्छा था कि सेठ का व्यापार दिन दूना, रात चौगुना बढ़ गया, साथ ही हजारीलाल की भी तरक्की होती गई।

कुछ दिन बाद गोगापुर से हजारीलाल के दोस्त बनारस घूमने आए। हजारीलाल का ठाट देखकर चौंक गए। बोले, "हम तो पहले ही जानते थे, तुम बातों का ही खाओगे।"

हजारीलाल ने अपने दोस्तों को बनारस में खूब घुमाया, पर जब वापस गोगापुर चलने की बात आई तो बोला, "बस, अब तो यहाँ गंगा मैया के पास ही रहूँगा। बनारस मुझे रास आ गया है।"

हाँ, उसने दोस्तों से गोगापुर में हरेक का हालचाल पूछा। फिर कहा, "सबको मेरी ओर से राम-राम कहना। कभी भगवान् ने चाहा तो फिर मिलना होगा।"

हजारीलाल के बाकी दिन भी खूब राजी-खुशी कटे।

□

36

मिली वहाँ अक्ल की परदादी

चाँदनी रात। नानी छत पर बैठी थीं, पास ही बहुत सारे बच्चे। यों ही इधर-उधर की बातें चल रही थीं। बच्चे बातें भी कर रहे थे और खेल-खेल में एक-दूसरे को चिढ़ा भी रहे थे।

बिरजू सबसे निशाने पर था। उसे सब बुद्धू कह रहे थे। उसने नानी से शिकायत की, तो नानी हँसने लगीं। बोलीं, ''खेल-खेल की बातों का बुरा नहीं मानते, बिरजू। यही बात तो अक्ल की परदादी ने कही थी बुद्धूराम से··· !''

''अक्ल की परदादी··· ?''

''हाँ-हाँ, वही अक्ल की परदादी, जो एक पहाड़ की चोटी पर रहती थी और उसने बुद्धूराम को सही सीख दी··· !''

''क्या आप किसी कहानी की बात कर रही हैं, नानी··· ?'' कुक्कू ने पूछा।

''हाँ-हाँ, कहानी!'' नानी हँसीं। बोलीं, ''लो सुनो यह कहानी··· !'' और नानी ने कहानी सुनानी शुरू की···

एक था बुद्धू। सब उसे कहते थे बुद्धूराम। इस बात से वह चिढ़ता था। सोचता था, जैसे भी हो, मुझे अक्लमंद होना चाहिए।

एक दिन बुद्धू ने दुःखी होकर अपनी घरवाली सुंदरी से कहा, ''अरे, सुनो तो! जरा बताओ, अक्ल कहाँ मिलती है? थोड़ी अक्ल मिल जाए, तो लोग मुझे बुद्धू कहना छोड़ देंगे। सारे दिन लोग मुझे चिढ़ाते हैं। मैं तो परेशान हो गया हूँ।''

सुनकर सुंदरी को हँसी आ गई। बोली, ''मुझे तो पता नहीं, पर सुना है, पहाड़ पर एक बुढ़िया माई रहती है। वह बड़ी अक्लमंद है। उससे जाकर बात करो।''

''ठीक है, यही करता हूँ।'' कहकर बुद्धूराम ने सिर हिलाया।

अगले दिन बुद्धू सुबह-सुबह नाश्ता करके निकला। पहाड़ की चढ़ाई चढ़ने

लगा। होते-होते दोपहर हो गई। ऊपर पहुँचा तो देखा, एक बुढ़िया अपने खेतों में पानी दे रही है। बुद्धू ने पूछा, "क्या तुम्हीं अक्ल की परदादी हो? जल्दी से मुझे थोड़ी अक्ल दे दो। बताओ, मुझे कितने पैसे देने होंगे।"

सुनते ही बुढ़िया जोर से हँस पड़ी। बोली, "ठीक है, दे दूँगी। जितनी कहोगे, उतनी अक्ल दे दूँगी, लेकिन बताओ तो बेटा, तुम अक्ल का करोगे क्या?"

"करना क्या है! सब गाँववालों पर अपने अक्लमंद होने का रोब गाँठूँगा। सब मुझे बुद्धू कहकर चिढ़ाते जो हैं।" बुद्धूराम ने सिर झटककर कहा।

"अच्छा, बुद्धू कहते हैं? च च च...यह तो बुरी बात है।" बुढ़िया बोली। फिर पूछने लगी, "अच्छा बताओ तो, तुम्हारे घर पर कौन-कौन हैं?"

"कोई नहीं, बस मेरी घरवाली है सुंदरी। वह तो बड़ी ही सुंदर, बड़ी ही अच्छी है!" बुद्धू बोला।

बुढ़िया मुसकराई, "अच्छा ठीक है, तो कल उसे भी साथ लेकर आना।"

अगले दिन बुद्धू के साथ सुंदरी भी गई। बुढ़िया ने देर तक सुंदरी से बातें कीं। सुंदरी उसे भा गई। वह थी ही इतनी अक्लमंद।

कुछ देर बाद बुढ़िया बोली, "जा बुद्धू, अब घर जा। मैंने देख लिया, तेरी घरवाली में बहुत अक्ल है। फिर तो तुझे चिंता करने की जरूरत ही नहीं है। आपस में अक्ल बाँटकर काम चलाओ। जब भी तेरे सामने कोई दुःख-परेशानी आए, तो घरवाली से सलाह कर लिया कर।"

"अरे वाह! यह तो मैंने सोचा नहीं था कि मेरी घरवाली के पास अक्ल की पूरी पोटली है, पोटली!" कहकर बुद्धू हँसा। फिर सुंदरी के साथ उसने बुढ़िया को प्रणाम किया। सुंदरी का हाथ पकड़कर बुद्धू मजे से अपने घर की ओर चल पड़ा।

□

37

शेरू ने भी खेली होली

होली को दो ही दिन बचे थे, पर कुक्कू का मन अभी से बेकाबू हो रहा था। सोच रहा था, 'वाह, होली पर कितना मजा आएगा। सब दोस्तों को रंगों से नहलाऊँगा। फिर खूब जी भरकर झूमेंगे, नाचेंगे, गाएँगे।'

होलीवाले दिन कुक्कू ने सुबह से रंगों की कई बालटियाँ भरकर रख लीं। सोच रहा था, 'जैसे ही दोस्त आएँगे, एक के बाद एक सारी बालटियाँ उँड़ेल दूँगा।'

पर दोस्तों का कुछ पता ही नहीं था। आखिर बड़ी देर बाद पड़ोस का सत्ते आया। जैसे ही सत्ते दरवाजे के आगे दिखाई दिया, कुक्कू ने छत पर जाकर रंग की पूरी बालटी उस पर उलट दी।

पर सत्ते चौकन्ना था। वह उछलकर एक ओर कूदा, तो बच गया, पर पूरा रंग पड़ा शेरू पर।

शेरू भूरे रंग का बड़ा प्यारा सा कुत्ता था, जो सारे दिन कुक्कू के आसपास ही घूमता था। कुक्कू भी उसे बहुत प्यार करता था।

आज भी शेरू कुक्कू के इर्द-गिर्द ही उछल-कूद रहा था, पर रंग की बालटी पड़ने ही वह चौंका। अब वह पूरी तरह लाल रंग से सराबोर हो गया था।

शेरू को समझ में नहीं आया, यह क्या चक्कर है? गुस्से में आकर वह खूब जोर से भोंकने लगा, पर कुक्कू और सत्ते को तालियाँ बजा-बजाकर जोर-जोर से हँसते-कूदते देख, उसका गुस्सा काफूर हो गया। वह भी मौज में आकर जोर-जोर से उछल-कूद करने लगा। जैसे कह रहा हो, "हाँ-हाँ, यह तो एक मजाक था, बड़ा प्यारा सा मजाक...! क्या मैं जानता नहीं कि होली पर रंगों से भीगने में कैसा आनंद आता है?"

इतने में कुक्कू के और दोस्त भी आ गए। बिरजू, पप्पू, सोनू, भोला, हरीश,

भुल्लू और पप्पन। सब हँसकर बोले, "वाह कुक्कू, क्या हम नहीं थे, तो शेरू के साथ ही होली खेलने लग गए?"

कुक्कू गर्व से बोला, "और क्या! मेरा शेरू निराला है। रंगों से बिल्कुल डरता नहीं है।"

सब एक-दूसरे पर पिचकारियों से रंग डाल रहे थे, तो शेरू पर भी रंग की धार पड़ी। सुबह वह लाल-गुलाबी लग रहा था, तो अब लाल, पीला, हरा, गुलाबी। जाने कितने ही रंग मिल जाने से, अब वह रंग-बिरंगा हो गया था।

दोस्तों ने होली की खुशी में गुझियाँ खाईं और गाने गाए तो शेरू ने भी उछल-कूदकर साथ निभाया। उसे भी गुझियाँ खाने को मिलीं।

जब कुक्कू के दोस्त सत्ते और बिरजू चलने लगे, तो उन्होंने कहा, "यार कुक्कू, यह होली तो शेरू की होली की वजह से हमारी यादगार होली बन गई।"

शेरू मजे में हँस रहा था और पूँछ हिला रहा था।

□

38

कुक्कू की साइकिल चली पम-पम-पम

कुक्कू को सर्दियों में नहाने से डर लगता था, पर गरमियों में इतनी देर तक नदी के पानी में घुसा रहता था कि अकसर स्कूल जाने में उसे देर हो जाती थी। तब नानी ने एक तरीका निकाला। उसने कुक्कू से कहा, ''कुक्कू, अगर तुम सर्दियों में रोज नहाओगे, तो तुम्हें हर दिन का एक रुपया मिलेगा। गरमियों में जल्दी नहाकर आ जाओगे, तो भी एक रुपया मिलेगा।''

कुक्कू खुश हो गया। बोला, ''वाह नानी, मुझे तो बहुत फायदा हो गया। सर्दी हो या गरमी, मुझे हर रोज एक रुपया मिलेगा ही।''

नानी हँसकर बोली, ''ऐसे थोड़े ही। तुम नहाने की शर्त पूरी करोगे, तभी मिलेगा रुपया।''

''शर्त पूरी करूँगा नानी, पक्की बात!'' कुक्कू ने जोश में आकर कहा। बस, छुट्टीवाले दिन मैं मौज में आकर देर तक नहाऊँगा, फिर चाहे सर्दी हो या गरमी। बस, तब न टोकना।

और सचमुच उसी दिन से कुक्कू बदल गया। अब तो हर राज वह सर्दियों में जरूर नहाता। बदले में नानी से एक रुपया लेकर अपनी गुल्लक में डाल लेता। ऐसे ही दिन बीतते गए। गरमियाँ आईं तो वह छुट्टी के दिनों को छोड़कर बाकी दिनों में झटपट नहाकर आ जाता। समय पर स्कूल पहुँच जाता। तब भी रोज एक रुपया अपनी गुल्लक में डाल लेता।

ऐसे ही होते-होते समय बीता। कुक्कू अब दस-ग्यारह साल का हो गया था। कुक्कू के मम्मी-पापा उसे लेने आए, ताकि शहर में उसे आगे पढ़ाया जाए।

नानी ने कुक्कू के लिए ढेरों पकवान बना दिए। उसके लिए नए कपड़े भी दिए। तो भी नानी से बिछड़ने पर कुक्कू की आँखें भर-भर आती थीं।

जब कुक्कू चलने लगा, तो नानी को अचानक कुछ याद आया। बोली, "अरे, कुक्कू के नहाने के रुपए तो रह ही गए!"

"क्या, नहाने के रुपए?" कुक्कू की मम्मी-पापा की समझ में कुछ नहीं आया। उन्होंने पूछा, "नहाने के रुपए कैसे?" जब नानी ने बताई सारी बात, तो सब हँसते-हँसते लोट-पोट हो गए।

कुक्कू झटपट अपनी गुल्लक को उठाने चला, पर एक थोड़े ही, पूरी सात गुल्लक थीं। सब ऊपर तक भरी हुई थीं। उन्हें तोड़ा तो खन-खन कर रुपए निकले। पूरे नौ सौ तीस रुपए थे। कुक्कू के मम्मी-पापा ने वे रुपए एक थैली में डाल लिये।

जब कुक्कू शहर में आया, तो उन रुपयों से कुक्कू के लिए नई साइकिल खरीदी गई। कुक्कू उस साइकिल पर खूब फर्राटे भरता, दौड़ता, साथ ही जोर-जोर से गाना भी गाता

कुक्कू की साइकिल चली
पम-पम-पम,
तरा-रम-पम-पम···!

कभी-कभी वह दोस्तों को भी साथ बैठाकर सैर कराता। जब कभी वह अपने दोस्तों से कहता, "सुनो···सुनो, यह साइकिल मैंने अपने नहाने के रुपयों से खरीदी है!" तो वे हँसते-हँसते लोटपोट हो जाते। संग-संग कुक्कू भी हँस देता और जोर-जोर से गाता, "कुक्कू की साइकिल चली, पम-पम-पम···!"

□

39

चीनू का चिड़ियाघर

(बाल उपन्यास)

1

चीनू और बिल्ली का बच्चा

चीनू का घर नदी किनारे था। पास ही था एक सुंदर हरा-भरा पहाड़, जो उसके गाँव रंगीपुर की सरहद को छूता था।

जैसा सुंदर सा नाम था रंगीपुर का, वैसे ही सुंदर था रंगीपुर। वहाँ सुंदर-सुंदर पेड़-ही-पेड़ थे, फूल-ही-फूल। इसी रंगीपुर में रहती थी वह फूल सी सुंदर लड़की। नाम तो उसका न जाने क्या था, पर सब उसे चीनू कहकर बुलाते थे।

चीनू घूमने की शौकीन थी। इतनी सी उम्र में भी दुनिया की नई-नई चीजें देखने और नई-नई बातें जानने की बड़ी उत्सुकता थी उसे। कभी वह अपनी मम्मी और पापा से जिद करती, कभी भैया और दीदी से कि चलो, घूमने चलो! और जब वे न चलते, तो खुद ही चल पड़ती अकेली। उसे डर नहीं लगता था।

मम्मी समझातीं, "बेटी, ऐसे अकेले जाना ठीक नहीं। जैसे ही फुरसत होगी, मैं तुझे घुमाने ले जाऊँगी।"

पर चीनू पर इसका असर न पड़ता। उसका घूमने का मन होता, तो वह बालों में कंघी करती, कस के रिबन बाँधती, पैरों में चप्पल पहनती और झट बाहर सड़क पर आ जाती। फिर जिधर पाँव ले जाते, उधर बढ़ती चली जाती। रास्ते में जो कुछ नजर आता, उसे वह गौर से देखना न भूलती। फिर मन-ही-मन उसकी एक कहानी बना लेती।

घर लौटकर आती, तो मम्मी से कहती, "सुनो मम्मी सुनो, कहानी सुनो।"

कहानी सुनकर मम्मी हैरान रह जातीं। सोचतीं, ''अरे, इतनी प्यारी-प्यारी कहानियाँ कहाँ से आती हैं चीनू के पास?''

पर इसका राज तो सिर्फ चीनू ही जानती थी और उसने यह किसी को बताया न था।

ऐसे ही एक बार चीनू के मन में आया कि चलो, कहीं घूमने चलते हैं। शाम का समय था। मौसम बड़ा प्यारा था। ऐसे में भला किसकी घूमने की तबीयत न होती! पर मम्मी पर जैसे इसका कोई असर ही नहीं था। वे रसोई के किसी काम में लगी थीं। दीपू भैया खेलने गया था और पारो दीदी हाथ में मोबाइल लिये, अपनी सहेली से हँस-हँसकर बातें कर रही थी। उनकी बातें खत्म होने में ही न आती थीं।

चीनू ने सोचा, 'अरे, मेरी किसी को परवाह ही नहीं। कोई यह भी नहीं सोचता कि ऐसे बढ़िया मौसम में घर में बैठे-बैठे मैं कितनी बोर हो रही हूँ। कुछ और नहीं, तो कोई मुझसे दो-चार बातें ही कर लें, पर नहीं, कोई मेरे बारे में नहीं सोचता। कोई नहीं।'

'इससे तो अच्छा है, थोड़ा सा घूम ही आऊँ। तबीयत बहलेगी। आसपास के पेड़-पौधे देखकर भी खुशी होगी।' उसने अपने आपसे कहा और निकल पड़ी। अकेली।

घर के बाहर कदम रखते ही चीनू को खुशी हुई। इसलिए कि मौसम बड़ा प्यारा-प्यारा था। जोर की हवा चल रही थी और आसमान में बादल मृगछौनों की तरह दौड़ रहे थे और कूद रहे थे।

''वाह, क्या खूब! कितना अच्छा है कि मैं इस सुहाने मौसम में घूमने निकल आई।'' चीनू ने अपने आप से कहा और आसपास के पेड़-पौधों और फूलों को देखती हुई तेजी से आगे बढ़ने लगी।

अलबत्ता, चीनू घर से निकलकर अभी थोड़ी दूर ही गई थी कि मिला उसे एक बिल्ली का बच्चा। बड़ा ही प्यारा, नटखट बिल्ली का बच्चा।

बिल्ली के बच्चे ने चीनू से कहा, ''चीनू, ओ चीनू, मैं रीनू आंटी के घर जा रहा हूँ। तू भी चल न मेरे साथ।''

''रीनू आंटी के घर, भला किसलिए?'' चीनू ने पूछा।

''अरे, इतना भी नहीं जानती बुद्धू? रीनू आंटी मुझे प्यार करती हैं न, इसलिए!'' बिल्ली के बच्चे ने कहा।

चीनू खुशी-खुशी उसके साथ चल पड़ी और चलते-चलते थोड़ी ही देर में वे रीनू आंटी के घर जा पहुँचे।

रीनू आंटी ने बिल्ली के बच्चे के साथ चीनू को देखा तो खुश हुईं, बहुत खुश। खूब बातें कीं उन्होंने बिल्ली के बच्चे से और चीनू से भी। फिर चीनू से पूछा, "अच्छा चीनू, सच-सच बताओ कि क्या खाओगी? क्या चीज तुम्हें सबसे ज्यादा पसंद है?"

"रसगुल्ले…!" एकाएक चीनू के मुँह से निकला। फिर उसने थोड़ा सुधार करते हुए कहा, "स्पंजी रसगुल्ले।"

रीनू आंटी ने झट चीनू के लिए स्पंजी रसगुल्ले मँगवा लिये। फिर बड़े प्यार से उसे खिलाए।

चीनू को यह देखकर खुशी हुई कि रीनू आंटी ने उस बिल्ली के बच्चे को भी एक-दो नहीं, पूरे चार रसगुल्ले खाने को दिए।

इस पर बिल्ली का बच्चा इतना खुश हुआ कि उछलने-कूदने और कलामुंडियाँ खाने लगा। उसकी आँखें मारे खुशी के बिजली के लट्टू जैसी जल रही थीं। देखकर चीनू खूब हँसी, खूब हँसी। फिर बिल्ली का बच्चा बोला, "देखो मैं नाच दिखाता हूँ।"

और सचमुच ऐसा बढ़िया लयभरा नाच दिखाया उसने, जो सिर्फ एक बिल्ली का बच्चा ही दिखा सकता था। वह मजे में झूम-झूम और घूम-घूमकर नाच रहा था। कभी-कभी आगे की टाँगें उठाकर वह लचकने लगता।

रीनू आंटी के घर पड़ोस की लड़कियाँ पढ़ने आती हैं। उन्होंने दरवाजे से ही उचककर देखा, अंदर क्या तमाशा हो रहा है? और जो कुछ उन्होंने देखा, उससे वे हँसते-हँसते लोटपोट हो गईं।

उन्होंने भी शायद किसी बिल्ली के बच्चे को नाचते हुए पहली बार देखा था और वह नाच भी इस अदा से कि वाह-वाह।

उस दिन चीनू वापस घर लौट रही थी, तो अकेले में ही बड़े जोरों से हँस रही थी। जितना-जितना वह अपनी हँसी रोकने की कोशिश करती, उतनी ही वह बढ़ती जाती। यह तो अच्छा था कि बादलों की वजह से कुछ-कुछ अँधेरा हो गया था, इसलिए लोगों ने उसकी हँसी पर ध्यान नहीं दिया, वरना तो…!

पर घर आते ही चीनू मम्मी से जा लिपटी और हँसते-हँसते बोली, "मम्मी-मम्मी, बिल्ली का बच्चा…!"

"हाँ-हाँ, क्या हुआ बिल्ली के बच्चे को?" मम्मी ने पूछा।

और बताते-बताते चीनू की इस बुरी तरह हँसी छूटी कि…यह छोटा सा किस्सा सुनाने में उसे कोई आधा घंटा लग गया। पर जब बिल्ली के नाचने का पूरा किस्सा मम्मी और दीदी ने सुना, तो हँसते-हँसते उनका भी बुरा हाल था।

2

चीनू और भूरा पिल्ला

अगले दिन चीनू घूमने के लिए घर से निकली, तो सोच रही थी, 'काश, कल वाला बिल्ली का बच्चा फिर मिल जाए।' उससे हुई बातें उसे रह-रहकर याद आ रही थीं।

कुछ देर बाद उसे किसी के तेजी से दौड़ने की आवाज सुनाई दी। चीनू चौंककर खड़ी हो गई और पीछे देखने लगी। सामने था एक भूरा पिल्ला। बड़ा ही सुंदर, गदबदा पिल्ला। वह बड़ी खुशी से भरकर पूँछ हिला रहा था।

चीनू को हैरान देख, उस भूरे पिल्ले ने हँसते हुए कहा, "चीनू, ओ चीनू, चलो, मेरे साथ!"

"लेकिन तुम जा कहाँ रहे हो?" चीनू ने पूछा।

"घर···! क्या तुम मेरा घर नहीं देखना चाहोगी?" भूरे पिल्ले ने कहा।

चीनू खुशी-खुशी उसके साथ चल दी।

वह भूरा पिल्ला चीनू से बातें करता चलता चला जा रहा था। बीच-बाच में उछलकर अपनी चाल भी दिखाता। चीनू की हँसी छूट गई। बोली, "वाह, भई, वाह!"

ऐसे ही चलते-चलते पिल्ला चीनू को अपनी मम्मी के पास ले गया।

पहले तो उसकी मम्मी ने समझा कि चीनू गंदी लड़की है, वह भूरे पिल्ले को चुराकर ले जाना चाहती है। वह गुस्से में भौंकने ही वाली थी कि भूरे पिल्ले ने धीरे से कूँ-कूँ करके मम्मी को समझाया।

जब भूरे पिल्ले की मम्मी को समझ में आया कि भूरा पिल्ला चीनू का दोस्त है, तो वह खुश, खूब खुश हुई। उसने मुँह से अजीब सी कीं-कीं की आवाज निकालकर खुशी प्रकट की।

उसकी पूँछ मारे खुशी के हिल रही थी। आँखों में गीली-गीली सी चमक थी।

चीनू को बड़ा अच्छा लगा। अचानक उसे याद आया, 'सुबह मम्मी ने बिस्कुट का पैकेट दिया था! वह अभी तक मेरी जेब में ही पड़ा है···!'

चीनू ने बिस्कुट का पैकिट खोलकर भूरे पिल्ले और उसकी मम्मी को खिलाया। दोनों इस कदर खुश थे कि खाते जा रहे थे और लगातार पूँछ हिलाते जा रहे थे।

"तुम्हारा घर कहाँ है?" बिस्कुट खाने के बाद भूरे पिल्ले की मम्मी ने चीनू से पूछा।

चीनू ने रंगीपुर गाँव के बारे में बताया, तो भूरा पिल्ला और उसकी मम्मी दोनों जोर-जोर से कान हिलाने लगे, जैसे उन्हें पता खूब याद हो गया हो।

उस दिन चीनू लौटकर घर पर आई, तो उसके पाँव जमीन पर नहीं पड़ रहे थे। उसने सभी को अपने नए दोस्त भूरे पिल्ले के बारे में बताया और उसकी अच्छी सी मम्मी के बारे में भी।

"ओ माँ, भूरे पिल्ले की मम्मी इतनी अच्छी है कि कोई खुशी की बात हो, तो उसकी मम्मी के कान खुद-ब-खुद जोरों से हिलने लगते हैं, जैसे कान नहीं, दो पंखे हों!" कहते-कहते चीनू भक से हँस पड़ी।

हँसते हुए उसके छोटे-छोटे सुंदर दाँत इतने अच्छे लग रहे थे कि प्यार से मम्मी ने उसे गोद में लेकर चूम लिया। फिर बोली, "कभी मिलूँगी भूरे पिल्ले और उसकी मम्मी से।"

उन्हें ज्यादा इंतजार नहीं करना पड़ा, क्योंकि अगले ही दिन भूरा पिल्ला और उसकी मम्मी दोनों चीनू के घर आए। चीनू की मम्मी ने उन्हें खूब प्यार से खिलाया-पिलाया और पीठ थपथपाकर विदा किया।

3

चीनू और मुरगी का बच्चा

फिर एक दिन चीनू घर से निकली तो मिला उसे एक मुरगी का बच्चा। वह तेज-तेज कहीं जा रहा था।

चीनू ने पूछा, "अरे मुरगी के बच्चे, तुम कहाँ जा रहे हो?"

मुरगी के बच्चे को बड़ा गुस्सा आया। मारे गुस्से के उसके होंठ फड़फड़ाने लगे। बुरी तरह मुँह बनाकर बोला, "तुम्हें ठीक से बोलना भी नहीं आता चीनू। क्या यही सीखती हो स्कूल में··· ?"

चीनू को बड़ा अटपटा लगा। उसे समझ में नहीं आ रहा था कि उससे क्या गलती हो गई?

थोड़ी देर बाद मुरगी के बच्चे का गुस्सा कुछ ठंडा हुआ। तब उसने प्यार से चीनू को समझाते हुए कहा, "देखो, मुरगी का बच्चा कहने में कोई हर्ज नहीं, पर अच्छा हो कि तुम मुझे चूजा कहो। चूजा कितना सुंदर शब्द है। तुम्हें नहीं लगता?"

इस पर चीनू ने हाँ-हाँ कहकर गरदन हिलाई तो मुरगी के बच्चे को बड़ा अच्छा लगा। थोड़ा इतराकर बोला, "देखो, चूजा कहोगी, तो मैं दौड़ता हुआ तुम्हारे पास आ जाऊँगा! अब...अब खुद सोच लो!"

चीनू को हँसी आ गई। बोली, "अरे चूजे, तुम तो बड़े तुनकमिजाज हो!"

"हाँ, हूँ। तभी तो अकेला दुनिया घूमने निकला हूँ!" चूजा कुछ और अकड़ गया। बोला, "ऐसा न होता, तो लोग मुझे पकड़कर खा जाते। मैं छोटा सा हूँ, पर हूँ बड़े कमाल का!"

"तुम इसलिए दुनिया घूमना चाहते हो, ताकि बाकी सभी चूजों पर रोब पड़े। यही कहना चाहते हो न तुम?" चीनू ने हँसकर कहा।

इस पर नन्हा चूजा कुछ झेंप गया। बात बदलकर बोला, "यह तो मैंने कभी सोचा नहीं कि मुझे घूमना क्यों पसंद है? पर दुनिया में घूमना-फिरना मेरे खयाल से अच्छी चीज है। तुम चलना चाहो तो चलो मेरे साथ!"

"दिल तो मेरा भी बहुत करता है।" चीनू बोली, "पर तुम ही देखो न, मुझे कितना सारा होमवर्क करना पड़ता है। आजकल...बस, रात-दिन आफत।"

"देख लो, अगर तुम्हें घूमना हो तो...?" मुरगी के बच्चे ने फिर कहा।

"पर मैं बिना मम्मी को बताए इतनी दूर तो नहीं जा सकती।" चीनू ने कहा। फिर उसे एक बात सूझी। बोली, "अच्छा, लौटो तो अपनी दुनिया की घुमक्कड़ी के अनुभव बताना! मैं उन्हें लिखूँगी। हो सकता है, उसे पढ़कर औरों को भी मजा आए!"

"ठीक!" चूजा खुश हो गया, इतना खुश कि मारे खुशी के नाचने लगा। नाचता रहा, नाचता रहा। फिर बोला, "लेकिन अपनी किताब में तुम मुझे ओ मुरगी के बच्चे न लिखना, चूजा ही लिखना। समझ गईं न!"

सुनकर चीनू को बड़े जोर की हँसी आ गई। बोली, "मैं समझ गई चूजे, तुम सचमुच बड़े तुनकमिजाज हो।"

थोड़ी देर में सड़क पर एक बैलगाड़ी जाती दिखाई दी। चूजा बोला, "आओ चीनू, आओ। चीनू के साथ चूजा खुशी-खुशी उसमें बैठ गया और यात्रा का आनंद लेने लगा।"

भारी पग्गड़वाला किसान रामलाल उस बैलगाड़ी को चला रहा था। उसने बड़ी चुलबुली नजरों से चूजे को देखा। फिर मूछों में मुसकराता हुआ बोला, "कहाँ चले भई, कहाँ चले, ओ मुरगी के बच्चे?"

चीनू ने सोचा कि मुरगी के बच्चे कहने पर चूजा जरूर बैलगाड़ीवाले से झगड़ेगा, पर रामलाल की घुंडीदार मूछों से शायद वह डर गया। बोला, "दुनिया की सैर करने जा रहा हूँ काका, दुनिया की सैर करने। क्या खयाल है?"

"नेक खयाल है भाई, नेक खयाल है।" गाड़ीवान रामलाल किसान ने कहा, "पर मेरी गाड़ी तो इतनी दूर जाएगी नहीं।...मुझे तो आज ही शाम तक गाँव लौटना है।"

"कोई बात नहीं, कोई बात नहीं, काका। मैं तो बस शहर तक ही चलूँगा। फिर इसी गाड़ी में लौटकर आ जाऊँगा।"

चीनू खुश। नन्हे चूजे और गाड़ीवान रामलाल काका के साथ वह बैलगाड़ी की यात्रा अनोखी थी। दोनों सफेद कद्दावर बैल इतनी शान से गाड़ी को दौड़ाए लिए जा रहे थे कि चीनू मारे खुशी के उछल-उछल पड़ती।

घर लौटकर उसने यह पूरा किस्सा अपनी डायरी में लिखा। बाद में चूजे ने पढ़ा तो खुश, बेहद खुश हुआ। उसे लगा, 'अरे वाह, चीनू तो बड़ी अक्लवाली लड़की है!'

4

चीनू और हरेवा चिड़िया

फिर एक और दिन का किस्सा है। चीनू घूमने निकली थी और अपने रास्ते पर जा रही थी। चलते-चलते अचानक एक पेड़ के पास वह रुक गई।

उस पेड़ से खूब चिड़ियों की आवाजें आ रही थीं। इतनी आवाजें कि लग रहा था, जैसे चिड़ियों का कोई महा सम्मेलन हो रहा हो। इनमें से कई चिड़ियों की आवाज तो चीनू ने इससे पहले सुनी ही नहीं थी।

चीनू हैरानी से सुन रही थी, कभी गौरैया, कभी मैना, कभी तोते की आवाज। वह सोच रही थी, इतनी चिड़ियाँ अचानक कहाँ से आ गईं? कितना अच्छा लग रहा है सबको एक साथ सुनना!

आवाजें सुनने में वह इस कदर खो गई, जैसे मंच पर वह सच्ची-मुच्ची का कोई नाटक देख रही हो।

थोड़ी देर बाद चीनू के मन में आया, जरा पास चलकर देखना चाहिए। वह हौले-हौले चलती हुई पेड़ के पास गई और गौर से देखने लगी, भला कहाँ बैठी हैं ये सारी-की-सारी चिड़ियाँ, जो मिलकर गाना गा रही हैं?

पर उसे हैरानी हुई। पेड़ पर चिड़ियाँ कहीं नजर ही नहीं आ रही थीं। बहुत देर बाद पेड़ के पत्तों में छिपी सिर्फ एक चिड़िया उसे दिखाई दी।

'ओह, तो कहीं यह वही हरेवा चिड़िया तो नहीं, जिसका किस्सा एक बार मम्मी ने सुनाया था।' चीनू ने सोचा।

मम्मी ने कहा था कि हरेवा बड़ी नकलची चिड़िया है। हर चिड़िया की आवाज नकल करके हू-ब-हू सुना सकती है।

पर चीनू को लगा कि वह नकलची नहीं, बल्कि नन्ही कलाकार चिड़िया है और खासी समझदार है।

वही सब चिड़ियों की आवाज की नकल कर रही थी। चीनू को हैरानी हुई। खुश होकर बोली, ''अरे वाह! एक चिड़िया है, सिर्फ एक चिड़िया, पर लगता है कि ''ढेर सारी चिड़ियाँ कहीं से आ गई हैं और खूब जोर-जोर से बातें कर रही हैं!''

हरेवा चिड़िया से मिलते ही चीनू ने खुश होकर कहा, ''तुम सचमुच कलाकार चिड़िया हो। कहाँ से सीखा इतनी चिड़ियों की आवाजें निकालना?''

सुनकर हरेवा हँसने लगी, ''चिहुँक-चिहुँक-चिहुँक''!''

उसी शाम हरेवा चिड़िया से चीनू की खूब अच्छी दोस्ती हो गई। चीनू ने पूछा, ''मुझे सुनाया करोगी न अपने गाने?''

''क्यों नहीं, मुझे तो मजा आता है।'' हरेवा बोली।

''पर, पर'' ?'' चीनू ने कहा, ''एक बात और''!''

''वह क्या'' ?''

''वह यह कि ओ प्यारी हरेवा चिड़िया, तुम्हें यह संगीत मुझे सिखाना भी पड़ेगा।'' चीनू ने मुसकराते हुए कहा।

हरेवा चिड़िया हँसी। बोली, ''हाँ-हाँ, चीनू प्यारी, हाँ। तुम जितना सीखना चाहो, उतना सिखाऊँगी मैं। मुझे भी खूब अच्छा लगेगा।''

उस दिन चीनू लौटी तो इतनी खुश थी, जैसे उसे दुनिया का बहुत बड़ा खजाना मिल गया हो।

5

चीनू और मुटकल्ला हाथी का बच्चा

एक दिन चीनू घूमने निकली, तो उसे दिखाई दिया मुटकल्ला हाथी का बच्चा। वह खूब झूमता-झामता जा रहा था।

चीनू ने देखा तो उसकी तबीयत खुश हो गई। खूब जोर से पुकारकर बोली, ''ओ रे ओ भाई, ओ मुटकल्ले हाथी के बच्चे!''

हाथी के बच्चे ने चीनू को देखा तो खुश होकर बोला, ''अरे वाह चीनू,

लगता है, तुम भी मेरी तरह घूमने निकली हो। तो आओ न! चलो, मैं तुम्हें जंगल की सैर करा देता हूँ।''

चीनू को भला और क्या चाहिए था? वह मजे में हाथी के बच्चे की पीठ पर बैठ गई।

सचमुच यह शाही सवारी थी। हाथी के बच्चे की पीठ पर बैठ चीनू को लग रहा था, जैसे वह जंगल की राजकुमारी हो। दूर-दूर की चीजें ओर लोग भी अब उसे खूब साफ दिखाई दे रहे थे।

यों हाथी के बच्चे ने चीनू को जंगल की सैर कराई। पहली बार चीनू ने जंगल देखा था। सचमुच इतना सुंदर, अनोखा। शुरू-शुरू में चीनू को थोड़ा डर लगा, पर मुटकल्ला हाथी इतनी मजेदार बातें करता जा रहा था कि चीनू का सारा डर गायब हो गया।

जंगल में चीनू को शेर, भालू, लोमड़ी, लकड़बग्घा सब मिले। सबने बड़े प्यार से चीनू का हालचाल पूछा। और हाँ, मुटकल्ले के पापा भी थे। खासे रोबदार। सब उन्हें हाथी दादा कहकर बड़े अदब से नमस्ते करते थे।

चीनू हैरान थी। बोली, ''मैंने तो सुना था कि जंगल में जानवर बड़े खराब होते हैं! आदमियों को देखते ही मार डालते हैं।''

सुनकर सब हँसने लगे। शेर ने कहा, ''चीनू बिटिया, हमारे बारे में सच्ची बातें तो कोई लिखता ही नहीं। अच्छा हुआ कि यह हमारा घुमक्कड़ मुटकल्ला तुम्हें ले आया, तो तुम्हें असलियत पता चली। नहीं तो तुम भी… !''

सुनकर चीनू को बड़ी शर्म आई। बोली, ''तो क्या आप कभी किसी को नहीं मारते?''

''ऐसा तो भला कैसे कहें? हाँ, अगर किसी से हमें खतरा हो, या कोई हमें घात लगाकर मारना चाहे, तो हम भी उसे नहीं छेड़ते। तुम ही बताओ चीनू बिटिया, ऐसे लोग जंगल में आकर हमें परेशान करते ही क्यों हैं?'' शेर का चेहरा कुछ तमतमा गया था। फिर भी चीनू को उससे बिल्कुल डर नहीं लगा। वह गौर से शेर की बातें सुन रही थी।

''और जहाँ तक बच्चों की बात है, तो हम उन्हें प्यार करते हैं, खूब प्यार करते हैं। तुमने क्या सुनी नहीं वह कहानी, जिसमें एक भेड़िए और आदमी के बच्चे का किस्सा है। उस जंगल में आदमी के बच्चे को एक मादा भेड़िया उठा लाई थी और फिर अपनी संतान मानकर ही उसने उसे पाला।'' शेर मुसकराते हुए कह रहा था।

चीनू को सोच में पड़ा देखकर शेर ने कहा, ''मालूम है, क्यों वह मादा भेड़िया

उस बच्चे को उठा लाई थी ? इसलिए कि उसके अपने बच्चे को शिकारियों ने मार दिया था। तो उस माँ भेड़िया में ऐसी ममता जागी कि आदमी के बच्चे को देखा, तो रह न पाई और ले आई। क्या तुम इसे गलत कहती हो चीनू बिटिया ?''

और चीनू सचमुच समझ नहीं पा रही थी कि वह क्या जवाब दे।

6

चीनू और भेड़िया

अगले दिन चीनू घूमने निकली, तो उसके मन में बार-बार भेड़िए की कहानी ही उमड़ रही थी।

शेर काका ने कितना अच्छा कहा कि देखो, 'भेड़िया माँ कितनी दुःखी थी। फिर भी उसने इनसान के बच्चे को मारा नहीं, बल्कि उसे प्यार से पाला। तो बोलो, इनसान बड़ा हुआ या जानवर, जिन्हें तुम लोग जंगली कह-कहकर मारते हो ?'

'आखिर आदमी को क्या हक है कि वह जंगल में जाए और जानवरों का शिकार करे ? जंगल तो इन जानवरों का घर ही है न। फिर···फिर क्यों इन्हें सताया जाता है ? आदमी का लालच इतना बढ़ता क्यों जा रहा है कि वह गाँवों और शहरों की तरह जंगलों पर भी कब्जा कर लेना चाहता है। तो भला ये लोग कहाँ जाएँ ?' चीनू सोच रही थी।

चीनू यही सब सोचती जा रही थी कि अचानक मिला उसे एक भेड़िया।

भेड़िए को देख, चीनू एक पल के लिए तो अचकचा गई, पर अगले ही पल उसका डर काफूर हो गया।

उसने गौर से पहचानने की कोशिश की, यह भेड़िया ही है न! पर उससे पहले ही भेड़िए ने पहचान लिया चीनू को। बोला, ''चीनू, ओ चीनू, कहाँ जा रही हो ?''

चीनू को हैरानी हुई, भेड़िए को उसका नाम कैसे पता ? वह उससे पूछना चाहती थी।

पर भेड़िए को तो उसके बारे में बहुत कुछ पता था। वह इस भोली-भाली प्यारी लड़की चीनू की मन-ही-मन तारीफ करता था। इसीलिए जब चीनू ने कहा कि वह घूमने जा रही है, तो भेड़िया बोला, ''आओ मेरी पीठ पर बैठ जाओ ओ नन्ही बच्ची!''

भेड़िए के कहने पर चीनू आराम से उसकी पीठ पर बैठ गई।

चलते-चलते भेड़िए ने चीनू को याद दिलाया कि वह जंगल में घूमने आई थी। तब से जंगल के सारे जानवर उसे जान गए हैं।

सुनकर इतनी खुशी हुई चीनू को कि उसकी पीठ पर सवारी करते हुए ही वह उछल पड़ी। बोली, "हाँ-हाँ···मैं आई थी जंगल में! अभी कुछ दिन पहले की ही तो बात है। उस प्यारे-प्यारे मुटकल्ले हाथी ने मुझे पूरा जंगल घुमाया था। तब बहुत अच्छा लगा था।···वह मुटकल्ला हाथी तो, सच्ची मानो, मेरा पक्का दोस्त ही बन गया। उसके साथ मैं जंगल में खूब घूमी, खूब घूमी···!"

"तो क्या याद नहीं, तब मैं भी तो मिला था तुम्हें?" भेड़िए ने पूछा।

चीनू सचमुच भूल गई थी, पर भेड़िए ने कहा तो धीरे-धीरे सब याद आ गया। खुश होकर बोली, "हाँ-हाँ, याद आ गया। मैं भी सोच रही थी।"

अचानक उसे किताब में पढ़ी हुई मादा भेड़िए की कहानी याद आ गई और शेरू काका ने भी तो उस दिन बताया ही था। उसने पूछा, "क्या तुम्हारी मम्मी ही आदमी के बच्चे को उठा लाई थी जंगल में···?"

इस पर भेड़िया हँसकर बोला, "नहीं, वो मेरी नानी थी। नानीजी और नानाजी ने ही उसे प्यार से पाला!"

कुछ रुककर भेड़िए ने कहा, "बड़ी जीवटवाली थी मेरी नानी, बड़ी ही समझदार। कहा करती थीं, आदमी पता नहीं हम लोगों के बारे में क्या-क्या बातें करते हैं, पर हमें बिल्कुल परवाह नहीं करनी चाहिए। तुम्हें पता नहीं यकीन आएगा कि नहीं, मुझे भी उन्होंने यही सिखाया···कि कभी बिना बात किसी को चोट न पहुँचाओ, किसी का दिल न दुखाओ।"

सुनकर चीनू खुश हुई, बहुत खुश। उसे भेड़िए के बारे में लिखी गई और भी ढेर सारी कहानियाँ और कविताएँ याद आईं, पर क़िसी में भी भेड़िए को इतना दयालु और प्यारा तो नहीं दिखाया गया था, जितना यह वाला भेड़िया था।

आखिर चीनू से रहा न गया, तो उसने कह ही दिया, "लोग भेड़िए को समझते हैं कि बड़ा खतरनाक जानवर है, पर तुम तो सचमुच प्यारे हो। मुझे जरा भी तकलीफ नहीं पहुँचाई।"

चीनू की बात सुनकर भेड़िया हँसने लगा। चीनू को लगा कि अरे, भेड़िया दिखने में चाहे जैसा भी हो, पर इसकी तो हँसी भी बड़ी प्यारी है।

7
चीनू और जेबरा

फिर एक दिन का किस्सा है। चीनू अपने रास्ते जा रही थी, तो देखे उसने दो धारीवाले जेबरा। आ-हा-हा, कैसी प्यारी-प्यारी धारियाँ थीं उनके शरीर पर। काली और सफेद। सफेद और काली। दूर से इतनी सुंदर लग रही थीं कि बस देखते ही रहो।

वह जेबरा का बड़ा प्यारा सा जोड़ा था। दोनों साथ-साथ घास चर रहे थे। बीच-बीच में एक-दूसरे की तरफ देख लेते, जैसे चुपचाप अपना प्रेम प्रकट कर रहे हों। उन्हें प्रेम से दो दोस्तों की तरह रहते देख, चीनू को बड़ी खुशी हुई।

दोनों जेबरा सारी दुनिया से बेखबर इस कदर बातों में लीन थे कि देख-देखकर जाने क्यों चीनू की हँसी छूट रही थी।

"तुम कुछ अनोखे से हो!" चीनू ने प्यार से बड़ेवाले जेबरा की ओर देखते हुए कहा। तब भी वह मंद-मंद मुसकरा रही थी।

"हाँ, जेबरा हमारा नाम है। हमें सीधा-सादा मानकर लोग मजाक भी उड़ाते हैं, पर हम बुरा नहीं मानते। हम किसी को नुकसान भी नहीं पहुँचाते।"

सुनकर चीनू को अच्छा लगा।

"कहानी सुनोगी?" अब के छोटीवाली जेबरा यानी मादा जेबरा ने पूछा।

"हाँ-हाँ!" चीनू खुश हो गई। कहानियाँ सुनना उसे बहुत पसंद था।

"अच्छा सुनो चीनू, हमारी धारियाँ सफेद और काली हैं। यही शायद तुम्हें ज्यादा पसंद भी हैं, पर इसका भी एक किस्सा है। कहा जाता है, जब यह दुनिया बनाई जा रही थी, तो सबको अलग-अलग रंग और रूप दिया गया। पहले हमें ईश्वर ने सफेद रंग दिया, पर हमें वह पसंद नहीं आया। फिर हमें काला रंग दिया गया, लेकिन वह भी हमें कुछ खास पसंद नहीं आया और हम मन-ही-मन कुढ़ रहे थे...कि अरे, हमारी तो कोई बढ़िया धज और पहचान ही नहीं बन पा रही है।"

"तो क्या हुआ?" चीनू ने बड़ी उत्सुकता से पूछा।

"बस, होना क्या था, चीनू बिटिया, हम तो एक भँवर में फँस गए। सफेद थे तो काला पसंद आ रहा था, काले थे, तो सफेद। भगवान् के पूछने पर हमने भोलेपन से कहा अब आप ही हमारी इच्छा समझकर जो ठीक समझो, दे दो!"

सुनकर ईश्वर ने कुछ सोचते हुए कहा लो, "मैं तुम्हें दोरंगा डिजाइन दे देता हूँ। बड़ा अनोखा और भव्य! जैसा दुनिया में किसी का न होगा। लोग तुम्हारी

सुंदरता को जी भरकर सराहेंगे!···तब से, चीनू बिटिया, हमारे शरीर पर सफेद-काली धारियाँ नजर आती हैं।''

जेबरा ने अपनी बात पूरी की और हँसने लगी।

सुनकर चीनू को बड़ा मजा आया। उसे यह भी अच्छा लग रहा था कि इतने सुंदर हैं ये जेबरा, पर इन्हें जरा भी अपनी सुंदरता का घमंड नहीं है।

वापस लौटते हुए चीनू ने सोचा, 'आज घर पहुँचते ही मैं मम्मी को जेबरा की कहानी जरूर सुनाऊँगी।'

8

चीनू और ऊँट की सवारी

एक बार चीनू घूमने जा रही थी कि रास्ते में उसे मिला एक ऊँट। वह अपनी गरदन लहराता हुआ, उचक-उचककर मस्ती से जा रहा था। देखकर चीनू को हँसी आ गई।

ऊँट ने चीनू को हँसते देखा, तो उसकी भी हँसी छूट गई। बोला, ''मैं समझ गया चीनू, तुम किसलिए हँस रही हो? तुम्हें मेरी ऐंची-बैंची काया कुछ अजीब लग रही है न! पर तुम्हें शायद यह नहीं पता चीनू कि मेरी अजीब नजर आनेवाली यह काया बड़े काम की है। मैं बड़ा चुस्त-दुरुस्त हूँ। कभी मुझे भागते देखा है···? सच्ची कहूँ चीनू, तुमने दुनिया में हर चीज देखी होगी, मगर आलसी ऊँट नहीं देखा होगा। आलस हमारे पास फटक ही नहीं सकता।''

चीनू को ऊँट की बात बहुत अच्छी लगी। वह कल्पना करने लगी कि यह भारी-भरकम ऊँट जब भागता होगा, तो कितना विचित्र लगता होगा। और यह सोचते ही, उसकी फिर से हँसी छूटने को हुई। बड़ी मुश्किल से उसने खुद को रोका, फिर कहा, ''ऊँट भाई, मैंने तुम पर लिखी हुई एक कविता पढ़ी है—ऊँट, बड़े तुम ऊटपटाँग···! लगता है, यह कविता तुम पर एकदम सही फिट होती है।''

सुनकर ऊँट भी हँसने लगा।

ऊँट की हँसी एकदम बच्चों जैसी थी। खुदर-खुदर-खुदर। देखकर चीनू को बहुत अच्छा लगा।

थोड़ी देर में ऊँट ने पूछा, ''अच्छा, चीनू, ओ चीनू, यह तो तुमने बताया नहीं कि तुम जा कहाँ रही हो?''

अब के ऊँट के गले से बड़ी भारी सी आवाज निकली गुरड़-गुरड़ जैसी।

सुनकर चीनू कुछ अचकचा सी गई। उसे थोड़ा डर भी लगा, पर उसने ऊँट की आँखें देखीं, तो उनमें बड़ा प्यार था। उसे हैरानी हुई, इतना लंबा-चौड़ा होकर भी ऊँट एकदम सीधा-सादा है।

ऊँट बोला, "चीनू, चाहो तो मेरी पीठ पर बैठ लो। खूब मजे में सवारी करो।"

इस बार चीनू ने एक बार फिर गौर से ऊँट की ओर देखा। ऊँट कुछ हँस सा रहा था, या शायद उसे ही ऐसा लगा, मगर फिर भी उसे डर लगा।

"अरे-अरे, डरो मत चीनू। बिल्कुल डरो मत। मैं तुम्हें बड़े आराम से पीठ पर बैठा लूँगा और खूब सैर कराऊँगा।"

कहते-कहते ऊँट बैठ गया। बोला, "आओ...चीनू, आओ!"

पर चीनू अब भी कुछ परेशान थी। बोली, "तुम तो भई, बड़े ऊँचे-नीचे हो। मैं कैसे बैठूँगी? अगर गिर गई तो...?"

ऊँट हँसा, "तुम गिरोगी नहीं चीनू, बिल्कुल नहीं। अरे, तुम बैठो तो सही।"

चीनू डरते-डरते ऊँट की टेढ़ी-मेढ़ी पीठ पर बैठी। फिर ऊँट झट खड़ा हो गया और बड़ी ही मस्ती की चाल से चलने लगा।

शुरू में ऊँट की सवारी में चीनू को कुछ डर सा लगा। चलते-चलते जरा सा झटका लगता तो उसे लगता, अब गिरी, अब गिरी, पर फिर थोड़ी देर में ही उसे आदत पड़ गई और खूब मजा आया।

'अरे, लग रहा है, जैसे मैं झूला झूल रही हूँ।' चीनू ने अपने आप से कहा।

ऊँट की पीठ इतनी ऊँची थी कि उस पर बैठकर चीनू को दूर-दूर का नजारा दिख रहा था। 'अरे वाह, ऊँट की पीठ पर बैठकर दुनिया कितनी अजब-अनोखी लगती है।' उसने अपने आप से कहा।

रास्ता चलते लोग बड़े कौतुक से चीनू को देख रहे थे। ऊँट पर एक नन्ही बच्ची को बैठे देखकर सब एक-दूसरे से कहते, "वो देखो, वो देखो, कितने मंजे से सवारी कर रही है यह बच्ची!"

सुनकर चीनू हँस पड़ती। उसे हँसता देखकर सभी हँसते, साथ ही ऊँट भी हँस देता।

इतने में ढेर सारे बच्चे इकट्ठे हो गए। वे तालियाँ बजाते और हँसते हुए साथ-साथ चल रहे थे। एकदम जुलूस की शक्ल में। चीनू को लगा, 'अरे वाह, आज का दिन तो यादगार दिन है।'

खूब घुमाने के बाद ऊँट ने चीनू को घर पर छोड़ दिया।

ऊँट को देखा, तो चीनू के मम्मी-पापा भी खुश हुए। दीदी, भैया भी खुश थे। ऊँट ने अब के चीनू के साथ-साथ उसकी दीदी और भैया को भी बैठाकर मैदान का एक चक्कर लगाया। तीनों को खूब अच्छा लगा।

लौटने पर चीनू की मम्मी ने ऊँट को नरम-नरम रोटियाँ बनाकर दीं। ऊँट को भूख लगी थी। उसने झटपट खा डालीं।

फिर चीनू और उसके घर के लोगों को टा-टा करके ऊँट अपने रास्ते चल दिया। चीनू बड़े प्यार से उसे जाते हुए देख रही थी।

9

चीनू और हंस

एक बार चीनू घूमने जा रही थी, तो उसे अचानक 'क्वाक-क्वाक' की आवाज सुनाई दी। उसने गरदन घुमाकर इधर-उधर देखा, तो फिर सुनाई दी आवाज, 'क्वाक-क्वाक...क्वाक...!'

चीनू हैरान! सोचने लगी, 'अरे, यह आवाज कहाँ से आ रही है?'

वह आगे बढ़ी तो फिर वही आवाज, 'क्वाक...!' उसने चौंककर इधर-उधर देखा। अचानक उसे लगा, आवाज नदी की ओर से आ रही है।

नदी पास में ही थी। बड़ा चौड़ा पाट था उसका और पानी ऐसा दूध जैसा निर्मल-निर्मल कि देखकर मन खुश हो जाता।

चीनू वहाँ गई तो देखा, एक हंस पानी में तैर रहा है। एकदम उजला-उजला, गोरा-चिट्टा हंस। बड़ा ही सुंदर, जैसे सारी दुनिया से वह निराला हो।

चीनू हैरान, 'अरे वाह, इतना सुंदर पक्षी भी होता है! जैसे दूध में नहाकर निकला हो।'

वह कुछ कहती इतने में फिर 'क्वाक-क्वाक...क्वाक...!' आवाज सुनाई दी। जैसे हंस कहना चाहता हो कि 'ओ चीनू, होता क्यों नहीं? जरूर होता है इतना सुंदर पक्षी...!'

चीनू ने पूछा, "हंस भाई, तुम इसी नदी में रहते हो?"

हंस बोला, "हाँ-हाँ, क्यों नहीं? आखिर यही तो हमारा घर है।"

"घर...! मगर घर तो यहाँ कोई दिखाई नहीं देता?" चीनू को बड़ी हैरानी हुई।

इस पर हंस हँसा। उजली-उजली सी हँसी। मजे में क्वाक-क्वाक करके बोला, "देखती नहीं हो, यह पानी? यही तो मेरा घर है।"

"घर! पानी··· ? अरे, यह पानी तुम्हारा घर है। यह तो बड़ी मजेदार बात है!" चीनू हँसी। इस पर हंस भी हँसा। बोला, "चलो, देखोगी मेरा घर··· ?"

□

चीनू को इतना अच्छा लगा हंस का घर कि उसके साथ-साथ वह खूब पानी में तैरी। उसे पहली बार लगा, पानी किस कदर ताजगी से भर देता है।

कुछ आगे जाकर उसे डर लगा तो हंस बोला, "चीनू, डरो मत। मैं हूँ न··· !"

चीनू ने देखा। पानी में ढेर सारी मछलियाँ किल्लोल कर रही हैं। छोटी-बड़ी तमाम रंग-बिरगी मछलियाँ। उनके सुंदर-सुंदर कोमल पंख पानी में जगमग कर रहे थे, जैसे रंग-बिरंगी कलाकृतियाँ हों।

नदी में एक कछुआ भी था। उसकी उम्र बहुत ज्यादा थी। हंस बोला, "चीनू, तुम्हें पता नहीं, इस कछुए की उम्र दो सौ साल है!"

"दो सौ साल! सच्ची, उतनी ज्यादा उम्र होती है कछुए की?" चीनू को बड़ी हैरानी हुई। मन-ही-मन बोली, 'ओहो, इत्ता सा कछुआ और दो सौ साल का? अरे, राम रे राम··· !'

एक बड़ी सी मछली चीनू को दूर से बुला रही थी। वह चीनू से बात करना चाहती थी, पर हंस के डर से पास नहीं आ रही थी।

हंस बोला, "डरो मत। चीनू से मिलना है, तो आकर मिल लो। बिल्कुल डरो मत। मैं किसी से कुछ नहीं कहूँगा।"

इस पर वह मछली जोरों से उछलकर पास आ गई और चीनू से हँस-हँसकर बातें करने लगी। चीनू बोली, "अरे, तुम तो सुंदर हो। बहुत ही सुंदर।"

इस पर मछली हँसी। बोली, "हाँ, पर चीनू रानी जैसी सुंदर नहीं।"

हंस भी उनकी बातें सुन रहा था और मन-ही-मन खुश हो रहा था। वह सोच रहा था, 'काश, मैं भी चीनू जैसा हो पाता, जिससे हर कोई बात करना चाहता है।'

कुछ देर बाद चीनू जाने लगी, तो हंस क्वाक-क्वाक करके बोला, "फिर आना चीनू। ओ प्यारी, अच्छी लड़की! तुम्हारे आने से यहाँ रौनक आ जाती है।"

और रंग-बिरंगी मछली··· ? वह तो खूब मजे में गाना गा रही थी—

पानी में मैं रहती हूँ
पानी ही मैं पीती हूँ
पानी का ही घर है सुंदर···
कभी-कभी चीनू आ जाती मिलने,
तो खुशी से लगती हूँ मैं हँसने।

10

चीनू की दोस्ती पनकौए और बंबे चिड़िया से

एक दिन चीनू अपने प्यारे दोस्त हंस से मिलने गई। हंस उस दिन अपने दोस्त जसाना यानी जल कपोत से मिलने गया था। चीनू देर तक हंस का इंतजार करती रही। जब हंस नहीं दिखाई दिया तो लौट पड़ी।

वह लौट रही थी, तो उसे दिखाई दिया एक अजीब सा कौआ। वह एक जगह नदी किनारे दलदल में लेटा था। चीनू को देखते ही जोरों से पंख फड़फड़ाकर उड़ने लगा।

चीनू को हैरानी हुई, ''अरे, यह कैसा कौआ है, जिसे पानी से इतना प्यार है?''

पनकौआ जैसे चीनू की बात समझ गया। वह चीनू को दिखाने के लिए नदी के पानी में तैरने लगा। इतने मजे में तैर रहा था वह, जैसे हंस का जुड़वाँ भाई हो।

''अरे भाई कौए, तुम पानी के पक्षी हो या''' ? मैं तो समझी थी, तुम्हें पेड़ पर रहना ही पसंद है।'' चीनू ने हैरानी से पूछा।

कौआ हँसा। बोला, ''तुम्हें पता नहीं, चीनू रानी, हम पानी के भी जीव हैं और हवा में भी तैरते हैं। हमें कहते हैं पनकौआ। अभी तुमने शायद पनकौए देखे नहीं?''

चीनू सकुचाकर बोली, ''पहली बार तुम्हीं को देख रही हूँ।''

''तब तो तुमने बंबे चिड़िया को भी नहीं देखा होगा?'' पनकौए ने पूछा।

''बंबे चिड़िया'''यह कौन है?'' चीनू को और भी हैरानी हुई। सोच रही थी कि मैं क्या सचमुच बुद्धू हूँ।

''अरे, जैसे मुझे पानी पसंद है, ऐसे ही बंबे चिड़िया को भी।'' कौए ने समझाया। फिर बोला, ''बंबे कहते हैं नहर को। बंबे चिड़िया रहती है नहर के किनारे दलदल में, पर है बड़े कमाल की चिड़िया।''

''तब तो कभी देखना चाहूँगी पानी की इस अनोखी चिड़िया को। कहाँ मिलेगी वह''' ?'' चीनू ने पूछा।

''मिलेगी कहाँ?'''यहीं!'' पनकौए ने हँसकर बताया।

और वे अभी बातें कर ही रहे थे कि दूर से बड़ी सुरीली आवाज आई, ''लो, मैं आ गई!''

बंबे चिड़िया आई तो चीनू को वह इतनी मजेदार लगी कि दोनों देर तक खूब हँस-हँसकर बातें करते रहे।

फिर दोनों पानी में तैरे, खूब तैरे। खूब देर तक तैरते रहे। उनके तैरने से नदी का पानी लहर-लहर, लहर-लहर हो रहा था।

तब तक हंस भी जसाना के साथ वहाँ आ गया।

चीनू और बंबे चिड़िया को तैरता देख, हंस बड़ा खुश हुआ। आसपास के और जानवर भी आ गए। इनमें बड़ी ही सुंदर चिड़िया नौरंग भी थी। धनेश पक्षी भी। चपटी चोंचवाला बगुला और सारस भी। खूब तालियाँ बजने लगीं।

बंबे चिड़िया ने आज सचमुच बड़ा कमाल दिखाया था। हंस बोला, "सुनो बंबे चिड़िया, मैंने आज जाना, तुम सुंदर हो, खूब चुस्त हो और छबीली भी।"

हंस की तारीफ सुनकर बंबे चिड़िया कुछ शरमा सी गई।

"भला तुमने पानी में तैरना कब सीखा?" चीनू ने जानना चाहा।

इस पर बंबे चिड़िया बोली, "यों तो तुम्हें पता नहीं, हम सभी पशु-पक्षी पानी में अच्छी तरह तैर लेते हैं। फिर जो जिस वातावरण में रहे, वैसा ढल जाता है। मुझे पानी के नजदीक रहना पसंद है शुरू से, इसलिए सीख गई। बहुत से पक्षी हैं, जो मेरी तरह ही मजे में तैरते हैं। सचमुच पानी में तैरने का अपना मजा है। नहीं?"

"पर...मैं तो बहुत कम पक्षियों को जानती हूँ और पानी में तैरनेवाले पक्षियों को तो और भी कम।" चीनू बोली।

"तुम अगली बार आओगी, तो मैं तुम्हें अपनी सहेलियों से मिलवाऊँगी।...जरूर!" बंबे चिड़िया बोली।

"ताकि हमारी चीनू खुश हो!" हंस जोरों से हँसकर बोला।

पनकौआ, बंबे चिड़िया और प्यारा, उजला हंस चीनू को काफी दूर तक छोड़कर गए।

चीनू का घर अब नजदीक आ गया था। वह बोली, "बस-बस...प्यारे दोस्तो! अब तो मैं आराम से चली जाऊँगी। टा-टा...!"

11

चीनू और भालू का बच्चा

एक दिन चीनू घूमने निकली। चलते-चलते वह नदी किनारे के एक बड़े से बगीचे में पहुँची। वह बगीचा शहर के नामी पहलवान अच्छन बाबू का था।

बचपन में अच्छन बाबू अपने दोस्त लल्लन के साथ वहाँ कुश्ती के दाँव आजमाते थे। इधर कुछ सालों से उन्होंने यहाँ बगीचा बना लिया था। खूब सारे पेड़-पौधे उन्होंने ढूँढ़कर लगवाए थे।

अब अच्छन बाबू और लल्लन बाबू के ढेरों चेले यहाँ सुबह-शाम कसरत करते और कुश्ती के नए-नए दाँव सीखते थे। कभी-कभी अच्छन बाबू और लल्लन बाबू भी आ जाया करते थे और बचपन की यादें ताजा करते थे।

बगीचे में जाकर चीनू कोनेवाली बेंच पर बैठ गई। दूर-दूर तक क्यारियों में खिले फूलों की सुंदरता देखने लगी।···इनमें खूब खुशबू बिखेरते और हवा के साथ डालियों पर हिलते सुर्ख लाल गुलाब सबसे अलग नजर आते। साथ ही सफेद, गुलाबी और पीले कनेरों की अलग छटा। देखकर तबीयत खुश होती थी।

कुछ ही देर पहले कुश्ती के दाँव सीखने-सिखानेवाले पहलवान पसीने से तर-बतर होकर बगीचे से निकले थे और नहाने के लिए पास वाली नहर की ओर गए थे। साथ ही अच्छन बाबू और लल्लन बाबू भी थे, पर किसी का ध्यान चीनू की ओर नहीं गया।

चीनू अपने आप में खोई हुई प्यारे-प्यारे गुलाबों को देख रही थी और मन-ही-मन लाल गुलाबवाला प्यारा गाना गा रही थी।

तभी उसे कुछ दूर काली-काली सी एक छाया दिखाई दी। 'अरे, कहीं यह भालू तो नहीं? शायद भालू ही है! चीनू ने सोचा।'

वह सचमुच एक नटखट भालू का बच्चा था। थोड़ा शरारती, मगर प्यारा।

चीनू डर गई। उस समय खासा अँधेरा घिर आया था। पार्क में कोई और नहीं था। 'अगर इस भालू के बच्चे ने काट खाया, तो··मुझे कौन बचाएगा?' चीनू डरी-डरी सी सोच रही थी।

उस समय उसे मम्मी की बहुत याद आई। याद आया, अभी कल ही तो मम्मी ने कहा था, "चीनू बेटी, अकेली मत घूमने जाया करो। यह ठीक नहीं है।" फिर आज तो खासा अँधेरा भी हो गया।

'ओह, अब क्या होगा?' चीनू सोच रही थी। इतने में भालू का बच्चा उसे पास आता दिखाई दिया।

अब तो चीनू और भी परेशान हो उठी। साँस रोककर देखने लगी, यह किधर जाता है, क्या करता है? पर भालू तो धीरे-धीरे उसी की ओर बढ़ रहा था। हाँ-हाँ, उसी की ओर। चीनू की ऊपर की साँस ऊपर, नीचे-की-नीचे।

इतने में भालू का बच्चा एकदम पास आ गया। हँसकर बोला, "तुम कुछ परेशान हो चीनू?"

भालू के बच्चे का डील-डौल विशाल था, पर उसकी आवाज में इतना प्यार

और हमदर्दी थी कि चीनू को सचमुच चैन पड़ा। उसका सारा डर काफूर हो गया था।

वह सोच रही थी कि भालू के बच्चे को सारी बात बता दे। पर भला वह उसे कैसे बताए कि असल में तो ओ भालूराम, मुझे तुमसे ही डर लगता है।

"अगर ज्यादा डर लग रहा है, तो चलो, मैं तुम्हें घर छोड़ आऊँ!" भालू के बच्चे ने बड़ी मासूमियत से कहा।

"नहीं-नहीं, ऐसी तो कोई बात नहीं है।" चीनू बोली, "खूब चाँदनी फैली हुई है, उजली-उजली। डर की कोई बात नहीं। मैं आराम से चली जाऊँगी।"

सुनकर भालू का बच्चा चुप। कुछ देर बाद उसने पूछ लिया, "सच-सच बताओ, तुम्हें मुझसे ही डर लग रहा था न? मैं क्या इतना डरावना हूँ?"

चीनू को उस समय बच्चों की एक पत्रिका में पढ़ी हुई गुलगुल का चाँद कहानी याद आई और भालू पर लिखी गई एक मजेदार कविता भी। कविता की शुरू की लाइन थी, 'भालूराम कचालूराम, कैसे हो भई चालूराम...!' और कहानी तो और भी मजेदार थी। एक छोटा सा भालू का बच्चा गुलगुल चाँद को पकड़ लेना चाहता था। अकेला घूमते-घूमते नदी किनारे पहुँचा। उछल-उछलकर चाँद को पकड़ने की कोशिश करने लगा। तब भी हाथ में न आया चाँद, तो एक पेड़ पर चढ़ गया। उसे लगा, 'अहा, अब आ जाएगा चाँद पकड़ में!'

मगर चाँद तो अब भी दूर था। भालू का बच्चा गुलगुल निराश हो गया। सोचने लगा, अब क्या करूँ? तभी उसे नदी के पानी में चाँद का प्रतिबिंब दिखाई दिया। पानी में झिलमिल-झिलमिल चाँद देखकर गुलगुल से न रहा गया और उसने नदी के पानी में छलाँग लगा दी। बड़ी मुश्किल से वह नदी से बाहर आ पाया और मम्मी की डाँट पड़ी, सो अलग।

चीनू ने भालू के बच्चे को यह कविता और कहानी सुनाई तो भालू का बच्चा खूब हँसा। हँसते-हँसते उसने कहा, "अब तो मुझसे दोस्ती हो गई न! चलो, अब तुम्हें घर छोड़कर आऊँ। कहीं रास्ते में कोई तंग करनेवाला जानवर न मिल जाए!"

"तो चलो, शहर के छोर तक ही छोड़ दो। आगे लोग तुम्हें देखेंगे, तो हँसेंगे कि जंगल से ये भालूराज कहाँ आ गए?...कहीं पीछे पड़ गए तो?" कहकर चीनू हँसी।

काले बालोंवाला भोला-भाला भालू का बच्चा भी हँस पड़ा खुदर-खुदर। और वह चीनू को सच्ची-मुच्ची उसके घर के पास तक छोड़कर आया।

12

चीनू और हिरन

चीनू को रात हिरन का सपना आया था। उसे दिखाई दिया कि वह एक छोटे-से, प्यारे से चित्तीदार हिरन के बच्चे में बदल गई है। उसकी आँखें खूब बड़ी-बड़ी हो गई हैं, हिरन के बच्चे की तरह। चार पैर, सींग और पूँछ भी उग आई है और वह देर तक जंगल में हिरन के बच्चे की तरह दौड़ती और कुलाँचें भरती रही थी।

चीनू सुबह उठी, तब भी यह सपना भूल नहीं पाई थी।

''मम्मी-मम्मी, मैं रात को हिरन बनी थी···हिरन नहीं, हिरन का बच्चा। मैं खूब दौड़ती रही मम्मी। पूरे शहर का चक्कर लगाया, पर मैं थकी नहीं मम्मी, बिल्कुल नहीं!'' चीनू उत्साह से भरकर कह रही थी। उसकी आँखें चमक रही थीं।

मम्मी ने हँसकर उसे प्यार किया। बोली, ''हाँ, तू तो मेरा मृगछौना ही है। चंचल-चंचल!''

उसी शाम को चीनू घूमने निकली, तो सोच रही थी, 'काश, कोई हिरन मिल जाए। हिरन नहीं, हिरन का बच्चा!'

और लो, जो सोचा था, वही सामने। देखते-ही-देखते तेजी से उछलता हुआ एक हिरन का बच्चा आया और चीनू के चारों ओर गोल घेरे में दौड़ता हुआ कुलाँचें भरने लगा। वह एकदम सुनहरी चित्तियोंवाला हिरन था।

चीनू डरी, पर हिरन का बच्चा एकदम सामने आकर खड़ा हो गया और हँसने लगा।

चीनू हैरान, पर उसे खुशी थी कि आखिर उसका सपना सच हुआ। उसने पूछा, ''तुम···तुम कौन हो?''

''अरे चीनू, रात सपने में जब तुम हिरन का बच्चा बनी थीं, तो मैं तुम्हारा दोस्त बना था सोमू। हम दोनों ने मिलकर जंगल के कितने चक्कर लगाए थे। भूल गईं?'' सुनहरी चित्तियोंवाले हिरन के बच्चे ने कहा।

''हाँ-हाँ-हाँ, बिल्कुल सही कह रहे हो तुम। तुम तो वही हो···एकदम वही। पर···माफ करना, मैं पहचान ही नहीं पाई। वैसे भी मैं तो अब हिरन का बच्चा नहीं, चीनू हूँ···चीनू!'' कहते हुए चीनू को थोड़ी शर्म आ रही थी।

''तो क्या हुआ, हम दौड़ तो सकते हैं। आओ दौड़ें!'' उस चंचल हिरन के बच्चे ने कहा और झटपट चीनू और हिरन के बच्चे की दौड़ शुरू हो गई। दोनों मिलकर खूब दौड़े···खूब दौड़े।

कोई आधा घंटा दौड़ने के बाद चीनू तो थक गई। बोली, "आओ, थोड़ा सुस्ता लें।"

हिरन का बच्चा बोला, "मैं जानता हूँ, तुम बहुत थक गई हो। इतनी देर दौड़ना कोई मामूली बात नहीं है। तुम छोटी सी हो चीनू, पर हिम्मतवाली हो।"

चीनू हँसकर बोली, "इसीलिए तो मैं जहाँ मन हो, वहाँ घूमने चली जाती हूँ। सब जानते हैं कि यह चीनू है।"

"हर बच्चे को ऐसा ही होना चाहिए।" हिरन का बच्चा भी हँस पड़ा। फिर दोनों बैठे-बैठे बातें करने लगे।

हिरन के बच्चे ने जब बताया कि आज सुबह ही वह एक शिकारी के निशाने से मुश्किल से बच पाया है, तो सुनकर चीनू उदास हो गई। वह बार-बार हिरन के बच्चे की पीठ पर हाथ फेर रही थी और कह रही थी, 'कितने क्रूर लोग हैं, जो इतने सुंदर प्राणी को मारने से भी नहीं हिचकते। आखिर क्या मिलता है उन्हें?'

कुछ देर बाद चीनू बोली, "मेरे घर चलोगे, ओ हिरन के बच्चे! तुम तो बहुत सुंदर हो, सीधे भी। मेरी मम्मी तुमसे मिलकर बहुत खुश होंगी।"

घर पहुँचने पर चीनू की मम्मी ने हिरन को खूब प्यार किया। उसे बड़े प्यार से खाना खिलाया। बहुत सारे फल भी। चीनू को पता चला कि हिरन शाकाहारी है और बिल्कुल सादा खाना पसंद करता है, तो वह और भी खुश हुई।

"प्रॉमिस करो, अब घर आया करोगे?" चीनू ने हिरन के बच्चे से कहा, तो उसने खुश होकर कहा, "क्यों नहीं…क्यों नहीं? जब भी कहो, मैं आऊँगा और फिर सपने में तो रोजाना ही आ सकता हूँ!" कहकर हिरन का बच्चा जोर से हँस पड़ा।

13

चीनू और बारहसिंघा

एक दिन चीनू घूमने जा रही थी तो उसे दिखाई दिया बारहसिंघे का बच्चा। चीनू ने पहले तो समझा कि यह हिरन ही है। फिर पास से देखा, तो समझ में आया, यह बारहसिंघा है।

"तुम भी हिरन हो न? पर कुछ अलग से हो!" चीनू ने मुसकराकर बारहसिंघे से कहा।

बारहसिंघे का बच्चा हँसने लगा। बोला, "हम हिरन से कुछ अलग हैं, बारहसिंघा नाम है हमारा!...समझ गई न चीनू?"

"तो क्या तुम...तुम वही बारहसिंघा हो, जिसके बारे में मेरी नानी बताया करती थी... ?" चीनू ने जानना चाहा।

"हाँ-हाँ, वही...एकदम वही!" बारहसिंघा बोला।

पर चीनू बातें करते-करते अचानक रुक गई और गौर से बारहसिंघे के सींगों को देखने लगी। वह कुछ सोच रही थी।

"कहो न, शायद कुछ कहना चाहती हो तुम?" बारहसिंघे ने पूछा।

"तुम्हारे तो बारह सींग नहीं हैं, मुश्किल से चार या पाँच होंगे। मैंने अभी-अभी गिने हैं और देखो, गिनती मुझे आती है। सच्ची कह रही हूँ।" चीनू जोश से भरकर कह रही थी।

बारहसिंघे का बच्चा बोला, "हाँ, सचमुच गिनती आती है तुम्हें। पर चीनू, जरा मेरी बात तो सुनो।"

चीनू गौर से सुनने लगी। उसकी आँखें बारहसिंघे के चेहरे पर ही जमी हुई थीं।

बारहसिंघे का बच्चा बोला, "मेरी माँ ने बताया है कि शुरू में हमारे कम सींग होते हैं, पर आगे चलकर उम्र के साथ बढ़ते जाते हैं। पूरे बारह तो क्या, इससे ज्यादा भी हो सकते हैं। अभी तो मैं बच्चा हूँ न! जैसे-जैसे मैं बड़ा होऊँगा, मेरे सींगों की गिनती भी बढ़ती जाएगी।"

चीनू को हैरानी हुई। अरे वाह, कैसी अद्भुत बात है! हिरन का बच्चा उसे बेहद सुंदर लगा था, पर बारहसिंघा तो और भी सुंदर था।

"पर ओ बारहसिंघे, तुम्हारे सींगों का एक नुकसान भी है। मम्मी कह रही थीं, अगर तुम किसी से बचने के लिए दौड़ रहे हो, तो वे झाड़ियों में फँस सकते हैं। बहुत से बारहसिंघे...बेचारे इसी तरह शिकारी के चंगुल में फँस जाते हैं। मैं ठीक कह रही हूँ न?" चीनू बोली।

"हाँ, पर चीनू, अपने सींग मुझे प्यारे हैं। बहुत ही प्यारे। भले ही इनकी वजह से मैं कई बार आफतों में घिर जाता हूँ, तो क्या हुआ! सच्ची बात तो यह है कि मेरे सींग बिल्कुल मुकुट जैसे लगते हैं। इनके कारण मुझे लगता है, मैं राजकुमार हूँ, धरती का राजकुमार... !"

कहते-कहते बारहसिंघे की आँखों में चमक आ गई। बड़ी अनोखी चमक।

"अच्छा, अब चलूँ... ?" कहकर टा-टा करके गया बारहसिंघा, तब भी चीनू उसी के बारे में सोच रही थी। उसने मन-ही-मन कहा, 'काश, मैं बारहसिंघे पर कोई सुंदर सी कविता लिख पाऊँ!'

उस रात चीनू को एक अनोखा सपना दिखाई दिया।...हुआ यह कि बारहसिंघे का बच्चा झाड़ियों में फँस गया था। एक शिकारी उसे अपनी बंदूक का निशाना बनाना चाहता था।

चीनू को बड़ा गुस्सा आया। सपने में ही उसने बिल्कुल सब्जपरी की तरह हाथ हिलाया, तो शिकारी का तीर तेजी से दूर हवा में जाता हुआ दिखाई दिया। फिर परियों की राजकुमारी की तरह उँगली दिखाई, तो शिकारी की बंदूक छूटकर दूर जा पड़ी।

"वाह...अरे वाह!" चीनू इतनी खुश हुई कि खुद ही जोर-जोर से तालियाँ बजाकर हँसने लगी।

शिकारी इतना शर्मिंदा हुआ कि अपनी बंदूक उठाकर दूर चला गया। उसकी पीछे मुड़कर देखने की भी हिम्मत नहीं हो रही थी।

उसने तो यह भी नहीं देखा कि चीनू सपने में बिल्कुल परी बन गई थी।

"मैं बड़ी होकर कुछ ऐसा करूँगी कि लोग जानवरों को मारें नहीं। उनका शिकार न करें। और आदमी और पशु-पक्षियों की दोस्ती और भी ज्यादा पक्की हो।" चीनू ने मन-ही-मन कहा।

और जब वह खुद से ही यह बात कह रही थी, उसे बड़ा चैन पड़ा।...सोते-सोते सपने में ही वह मुसकरा पड़ी। सचमुच उसने एक सुंदर सपना देखा था।

14

चीनू का चिड़ियाघर

अब तक चीनू के बहुत सारे दोस्त हो गए थे। शेर, ऊँट, हाथी, चीता, भेड़िया, हिरन, बारहसिंघा, पनकौआ और बंबेवाली चिड़िया, जेबरा और भालू का बच्चा।

एक दिन चीनू के मन में विचार आया, 'क्यों न मेरे सभी दोस्त एक साथ, एक ही जगह रहें? फिर तो हम रोज-रोज मिला करेंगे और खूब बातें करेंगे, खूब!'

चीनू के पापा का हरित विहार में खूब बड़ा सा फार्म हाउस था। ज्यादातर तो वह खाली ही रहता था। चीनू ने सोचा, 'अपने दोस्तों को वहीं बुलाया जाए।'

और सचमुच चीनू के कहते ही उसके सारे दोस्त एक जगह इकट्ठे हो गए। खूब बातें, गपशप होने लगी।

सभी चीनू से खूब रस ले-लेकर बातें कर रहे थे और याद कर रहे थे कि कब, कैसे यों ही राह चलते उनकी चीनू से मुलाकात हुई थी। चीनू अच्छी लड़की

थी, इसलिए सभी को उसका साथ पसंद था और उससे बातें करके सभी को अच्छा लगता था।

चीनू को यह देखकर खुशी हो रही थी कि जंगल के इन प्राणियों में आपस में इतना प्यार है।

''असल में आदमी खुद तो लड़ते हैं, पर हमें झगड़ालू कहते हैं। यह कितने दु:ख की बात है।'' हाथी दादा कह रहे थे और सभी सिर हिलाकर उनकी बात का समर्थन कर रहे थे।

''तो क्यों न हम लोग यह बात सबको समझाएँ।'' चीनू ने सोचा।

चीनू ने अपने पापा से कहा। मम्मी से कहा। भैया और दीदी से कहा। फिर आखिर तय हुआ कि कुछ होना चाहिए।

चीनू ने तय किया कि यहाँ अपनी जान-पहचानवाले लोगों की एक दावत होनी चाहिए, उनमें भी खासकर ऐसे लोगों को बुलाया जाए, जो जानवरों से प्यार करते हैं।

और अगले ही दिन कई लोगों की दावत का इंतजाम हो गया। उसमें बड़े लोग भी थे और छोटे भी। चीनू के गली-मोहल्ले के बहुत से बच्चे भी थे।

चीनू ने अपने मित्रों से कहा, ''तुम लोग जाकर खाना परोसो।''

देखकर सब लोग अचकचाए, हैरान हुए। मगर चीनू के दोस्तों ने बखूबी अपना काम किया। सबसे पहले बंदर ने लड्डू बाँटे और चीते ने शरबत पिलाया। दोनों को साथ-साथ मिलकर खाने-पीने की चीजें परोसते देख, सबको बड़ा मजा आया।

इसके बाद लोमड़ी अँगूर बाँटने आई, तो सबकी हँसी छूट गई। किसी-किसी ने तो हँसते-हँसते पूछ भी लिया, ''क्यों लोमड़ी चाची, अँगूर खट्टे हैं या मीठे ?''

''मीठे...!'' लोमड़ी हँसकर बोली, तो उसके पूरे चेहरे पर चाँदनी सी खिल गई।

लोमड़ी की बात सुनकर सब खुश थे और सोच रहे थे, यह लोमड़ी तो वाकई बड़ी खुशमिजाज है!

''आप लोग खाएँ, फिर हम लोगों का भी नंबर आएगा!'' लोमड़ी ने सबको अँगूर बाँटते हुए मुसकराकर कहा।

''तब तो मानना पड़ेगा कि अँगूर मीठे हैं, वाकई मीठे...!'' भालू दादा ने चुटकी ली।

हँसी-खुशी दावत संपन्न हुई। एक ऐसी दावत, जिसे भूल पाना मुश्किल था। अंत में सभी जानवरों ने एक गोल घेरा बनाकर झूम-झूमकर डांस किया और

नाचते-नाचते सबको विदा किया।

दावत खाकर विदा होनेवाले मेहमानों में से भी बहुतेरे नाच रहे थे। असल में चीनू के दोस्त जानवरों के नाच में ऐसी मस्ती, ऐसा आनंद था कि खुद-ब-खुद सभी के पैर थिरकने लगे थे।

लोग कहते, आज की दावत का सबसे स्पेशल आइटम तो यही रहा।

और इस अनोखी दावत के साथ ही सारे शहर में चीनू का चिड़ियाघर मशहूर हो गया। वहाँ कोई लड़ाई-झगड़ा नहीं था। पिंजरे नहीं थे। बंधन नहीं। ऐसा अनोखा चिड़ियाघर! वहाँ सब प्यार की बोली बोलते थे और मिलकर गाना गाते थे, ''यह दोस्ती हम नहीं छोड़ेंगे...!''

बच्चे देखना चाहें तो उसका अलग इंतजाम था। बच्चों के लिए कोई टिकट नहीं था। चिड़ियाघर की गाड़ी सुबह-सुबह बच्चों को घर से लाती और दिन ढलने पर छोड़ भी आती थी।

अब तो सभी उस अनोखे चिड़ियाघर को देखने के लिए उत्सुक हो गए थे। दूर-दूर के शहरों से लोग आते और चीनू का चिड़ियाघर देखकर खुश होते। दूरदर्शन के पत्रकार भी आए, जानवरों की तसवीरें लेकर गए। फिर परदे पर चीनू के अनोखे चिड़ियाघर की पूरी कहानी आ गई।

अखबारों में बड़ी-बड़ी तसवीरों के साथ उसके बारे में छपा। होते-होते सारी दुनिया ने चीनू के चिड़ियाघर को देखा और सबके सब बोले, ''गजब!''

लोग कहते, ''हमने इतने खुश जानवर कभी देखे ही नहीं। बाघ तो सचमुच हँस रहा था!''

कोई-कोई पूछता, ''चीनू, तुम बड़ी होकर क्या बनोगी?''

इस पर चीनू का भोलेपन से भरा जवाब होता, ''मैं जगह-जगह ऐसे ही चिड़ियाघर बनाऊँगी, जहाँ आपस में सभी प्यार से रहें, जिससे आदमी भी सीख लें।''

□

40

नटखट गोगो का बचपन

(बाल उपन्यास)

1

का हुआ?

नन्ही गोगो थी शैतान, बल्कि शैतानों की नानी। फिर भी वह प्यारी थी। इतनी प्यारी कि हर कोई उसे चाहता था। मम्मी तो उस पर जान छिड़कती थी।

एक दिन गोगो घर के आँगन में खेल रही थी, फिर देखते-ही-देखते गायब हो गई। गोगो की मम्मी परेशान, "अरे, अरे, गोगो कहाँ गई?" उन्होंने आसपास पूछा, "अरे भई, तुमने हमारी गोगो को तो नहीं देखा?"

पड़ोस की शीला चाची से पूछा, "कहीं तुमने गोगो को जाते तो नहीं देखा?"

घर के सामनेवाली रम्मो मौसी से भी पूछ लिया, "तुमने देखा मेरी गोगो को?"

खुद जाकर यहाँ-वहाँ दस जगह देख आईं। जहाँ-जहाँ वे गोगो को घुमाने ले जाती थी, वहाँ भी देखा, मगर गोगो कहीं नजर नहीं आई।

"अरे, अरे, कोई मेरी गोगो को ले तो नहीं गया?" गोगो की मम्मी परेशान। मन-ही-मन उनका रोना छूट रहा था।

तभी किसी ने कहा, "नीला भाभी, तुम सामनेवाली गुलकी बुआ की बगिया में जाकर क्यों नहीं देखतीं? मैंने एक छोटी सी लड़की को काले पिल्ले के साथ वहाँ खेलते देखा था। क्या पता, वही आपकी गोगो हो।"

"जरूर होगी वही···वही होगी! याद आया, मैं उसे कुछ रोज पहले गुलकी बुआ की बगिया में ले गई थी। तो आज भी वह अपने काले पिल्ले पोपू के साथ घूमते-घूमते वहाँ चली गई होगी। दुष्ट! नाक में दम कर रखा है।"

बड़बड़ाती हुई गोगो की मम्मी घर से बाहर निकलने ही वाली थीं कि देखा, सामने से हँसती हुई गोगो आ रही है। उसके हाथ-पैरों और फ्रॉक पर ढेर सारी गीली मिट्‌टी लगी हुई है, जैसे देर तक मिट्‌टी में खेलती रही हो।

"उफ! तू कहाँ गई थी बेटी, कहाँ?" गोगो की मम्मी ने कुढ़कर पूछा। फिर कहा, "तू खा क्या रही है?"

इस पर नन्ही गोगो पहले तो चुप। एकदम चुप रही। फिर उसने धीरे से मुँह खोला।

मम्मी हैरान! उन्हें गुस्सा भी बहुत आया। नन्ही गोगो मिट्‌टी खाकर आई थी।

तो भी गुस्से को दबाकर उन्होंने पूछा, "क्यों री गोगो, तुझे खाने को कुछ नहीं मिलता, जो मिट्‌टी खाने गई थी पार्क में?"

इस पर गोगो भोलेपन से बोली, "का हुआ मम्मी, का हुआ! इतनी नालाज क्यों हो?"

"नाराज इसलिए हूँ कि तू मिट्‌टी खाकर आई है। इतनी भी अक्ल नहीं है! तुझे कितना समझाया था उस दिन कि···!"

मम्मी आगे कुछ कहतीं कि इससे पहले कि नन्ही गोगो बोली, "मित्ती···मीथी-मीथी, मित्ती मीथी···!"

सुनते ही मम्मी का गुस्सा काफूर और उनकी हँसी छूट निकली।

देर तक वह पेट पकड़कर हँसती रहीं, हँसती रहीं और पड़ोस की शीला चाची के पास जाकर बोली, "अरे सुनिए तो, हमारी शरारतन दादी गोगो क्या कह रही है, मित्ती मीथी-मीथी! जैसे मिट्‌टी न हो, कोई टॉफी या चॉकलेट हो।"

सुनकर शीला चाची भी हँसीं, खूब हँसीं और नन्ही गोगो को प्यार से गोदी में लेकर चूम लिया। उस समय गोगो का प्यारा पिल्ला पोपू इस कदर जोर-जोर से पूँछ हिला रहा था, मानो गोगो कोई बहादुरी का काम करके आई है और उसमें वह भी शामिल है।

तब से मम्मी किसी भी बात पर नन्ही गोगो से नाराज होती हैं, तो गोगो बड़ा भोला सा मुँह बनाकर पूछती है, "का हुआ!" और जवाब में मम्मी की हँसी छूट जाती हैं। वह हँसती हैं, हँसती हैं और बस, हँसती ही चली जाती हैं।

2

नन्ही गोगो कहाँ गई?

बहुत दिनों से नन्ही गोगो मम्मी से खीर बनाने के लिए कह रही थी, "मम्मी-मम्मी, खीर बनाओ मीठी-मीठी। उसमें किशमिश भी डालना, और हाँ, गरी भी।"

आखिर एक दिन मम्मी खुद जाकर भोलाराम हलवाई से खूब सारा दूध लाईं और खीर पकाने रख दी।

जितनी देर खीर बनती रही, नन्ही गोगो मम्मी के आसपास मँडराती रही और अकुला-अकुलाकर पूछती रही, "मम्मी, खीर बनी! अभी कितनी देर और लगेगी मम्मी? खीर बनने में इतनी देर क्यों लगती है मम्मी? अच्छा, किशमिश मैं अपने हाथ से डालूँगी और गरी भी··· !"

होते-होते आखिर खीर तैयार हुई, तो फिर वह गोगो को सबसे पहले क्यों न दी जाती!

मगर खीर थी गरम-गरम। कहीं गोगो का मुँह न जल जाए! सोचकर मम्मी ने एक बड़े से कटोरे में थोड़ी खीर डाल दी, ताकि ठंडी हो जाए और गोगो आराम से खा ले।

गोगो बोली, "मम्मी-मम्मी, आप चम्मच देना तो भूल गईं!" मम्मी ने चम्मच दी तो गोगो बोली, "मम्मी, एक और दो।"

जैसे ही मम्मी ने दूसरी चम्मच दी, गोगो ने झट कटोरा उठाया और गायब। मम्मी और कामों में उलझी थी। उन्हें पता ही नहीं चला, गोगो ने खीर खाई या नहीं! और खीर का कटोरा लेकर गोगो गई कहाँ?

जब घर में सब खाने बैठे तो पापा ने पूछा, "अरे, गोगो कहाँ गई? दिखाई नहीं पड़ रही।"

मम्मी अब तक भूली हुई थीं। अब फिर याद आ गया कि गोगो ने कटोरे में खीर डलवाई थी, साथ में दो चम्मचें भी ली थीं, जाने किसलिए! और फिर अब गई कहाँ?

मम्मी ने घर के चारों कमरों में बार-बार घूमकर देख लिया। पलंग के नीचे भी देखा और सोफा सरकाकर भी, मगर गोगो कहीं हो, तब तो नजर आए। उन्होंने पीछे वाले आँगन में देखा, आगेवाले लॉन में भी। अरे-अरे, गोगो कहाँ गई?

थोड़ी देर बार मम्मी को खयाल आया, कभी-कभी गोगो ऊपर पड़छत्तीवाले

कमरे में भी चली जाती है और खिलौनों से खेलती है। कहीं वहीं तो नहीं गई?

मम्मी तेज-तेज चलते हुए पड़छत्ती पर गईं, तो सचमुच गोगो की आवाज सुनाई दी। वह प्यार से कह रही थी, "अरे टेडीबियर, मेरे प्यारे दोस्त, खीर क्यों नहीं खा रहे हो? मैंने मम्मी से कितना कह-कहकर तुम्हारे लिए बनवाई है। लो खाओ! अच्छा, तुम नहीं खाते तो मैं खिला देती हूँ।"

मम्मी थोड़ा आगे गईं, तो नन्ही गोगो नजर आ गई। वह अपने लालवाले टेडीबियर से खेल भी रही थी और प्यार-प्यार से खीर भी खिला रही थी। कुछ खीर टेडीबियर के मुँह पर लगी थी, तो कुछ फर्श पर।

यही हाल गोगो का था। उसके पूरे मुँह पर खीर-ही-खीर पुती हुई थी।

"ओ शरारती लड़की, बुद्धू कहीं की!" मम्मी को गुस्सा तो बहुत आया, मगर उनकी धीमे-धीमे हँसी भी छूट रही थी।

उन्होंने गोगो को उठाया, उसका टेडीबियर दूसरे हाथ में पकड़ा और खीर का कटोरा भी। नीचे आकर गोगो के पापा से बोलीं, "देख लो अपनी लाड़ली को! महीने भर से खीर बनाने की जिद कर रही थी। अब खीर बनाई है, तो इसके खाने का तरीका भी देख लो। जितनी इसने नहीं खाई, उससे ज्यादा इसके टेडीबियर पर लगी है और फर्श पर बिखरी है।"

पापा ने गोगो को पुचकारकर गोदी में बिठाया और अपने हाथों से उसे खीर खिलाई। गोगो खीर खाती रही और बातें करती रहीं, "अरे पापा, मेरा टेडीबियर जानते हो, कितना अच्छा है! जब मैं इसे खीर खिला रही थी, तो बार-बार कहता था, थैंक्यू गोगो, थैंक्यू! और खीर बहुत ही स्वाद बनी थी। कह रहा था, अपनी मम्मी को मेरी ओर से थैंक्स देना।"

"अच्छा!" कहकर पापा हँसे तो देर तक हँसते ही रहे। बोले, "अच्छा, अब समझ में आया कि खीर खाने के लिए तू ऊपर पड़छत्ती पर क्यों गई थी?"

इतने में बाहर से घूमकर पूँछ उठाए पोपू भी आ गया, जो बड़े अजीब ढंग से कान फड़फड़ा रहा था। वह गोगो से नाराज था। बुरी तरह नाराज। इसलिए कि गोगो टेडीबियर को खीर खिलाते वक्त उसे बिल्कुल भूल ही गई थी।

3

नन्ही गोगो और डोडो की दोस्ती

फिर कुछ दिन बाद का किस्सा है। मम्मी किसी काम में लगी थीं कि अचानक उन्हें याद आया, बड़ी देर से गोगो नहीं दिखाई दी। कहीं फिर बाहर तो नहीं निकल गई? तभी उन्हें अंदरवाले कमरे में फर्श पर बैठी गोगो की झलक दिखाई दी, तो थोड़ी तसल्ली हुई, चलो, गोगो खेल में लगी है। अब देर तक इसी में लीन रहेगी।

मम्मी जानती थीं कि गोगो का खेल शुरू होता है, तो देर तक रुकने का नाम ही नहीं लेता। कुछ और नहीं, तो गोगो अपने सारे खिलौनों से बातें करना ही शुरू कर देती है। और उसकी बातें इतनी खिंचती चली जाती हैं, इतनी लंबी कि कब सुबह से दोपहर हो गई, कुछ पता ही नहीं चलता।

गोगो पर एक नजर डालकर मम्मी फिर कपड़े धोने में जुटनेवाली थीं कि अचानक उनका ध्यान इस बात पर गया कि गोगो आज खिलौनों से नहीं खेल रही है। गोगो के साथ तो कोई पक्षी है। बहुत सुंदर और अनोखा पक्षी, जैसा उन्होंने पहले कभी नहीं देखा।

गोगो खेल में लीन थी। मम्मी ने सोचा, उसका खेल बिगाड़े बगैर दूर से ही झाँककर देखना चाहिए। उन्होंने कुछ और पास आकर देखा, तो उन्हें गोगो के आगे बैठा हुआ एक हंस जैसा खूबसूरत पक्षी दिखाई दिया।

'अरे, यह तो डोडो है!' मम्मी को हैरानी हुई, 'डोडो तो आजकल कहीं नहीं दिखाई देता। इसे तो विलुप्त पक्षी मान लिया गया है, जो धरती से एकदम गायब ही हो गया है, मगर फिर गोगो के पास डोडो कैसे आ गया! कहाँ से आ गया?··· यह तो एक पहेली ही है।'

मम्मी इस उधेड़बुन में थीं, पर नन्ही गोगो इस सबसे बेखबर डोडो के साथ बातें करने में लीन थी।

"कहानी सुनोगे डोडो?" गोगो प्यार से डोडो से कह रही थी और फिर उसने एक प्यारी सी कहानी 'गुलगुल का चाँद' सुनानी शुरू की। कहानी पूरी खत्म होने के बाद बोली, "बताओ डोडो, कैसी लगी कहानी, अच्छी है न! तुम्हें पसंद आई? तुम्हारा भी मन करता है न चाँद को पकड़ने का। मैं भी सोचती हूँ, कभी चाँद आए तो उसे पकड़कर अपने पास रख लूँ छोटी सी गेंद बनाकर और फिर उसी से खेला करूँगी।" कहकर गोगो हँसने लगी खुदर-खुदर।

"अच्छा, पानी पिओगे? तुम्हें प्यास लग आई होगी। अभी लाती हूँ।" कहकर डोडो दौड़ी-दौड़ी गई और रसोई में जाकर एक कटोरी में पानी भर लाई, साथ में चम्मच भी था।

पानी लाकर गोगो बोली, "डोडो, तुम ऐसे ही पानी पी लोगे न, या चम्मच से पिलाऊँ?"

डोडो सुनकर हँसने लगा। बोला, "अरे, मेरी चोंच ही मेरी चम्मच है। देखो, कैसे झटपट पानी पीता हूँ" और सचमुच उसने झटपट पूरी कटोरी खाली कर दी।

देखकर गोगो भी हँसने लगी। थोड़ी ही देर में नन्ही गोगो और डोडो की दोस्ती एकदम पक्की हो गई।

मम्मी दूर से नन्ही गोगो और डोडो का यह खेल देख रही थीं।

"लोग तो कहते हैं कि डोडो पक्षी अब धरती पर कहीं नहीं है। पर देखो न, वह तो यहाँ है हमारे घर, और गोगो के साथ कितने प्यार से खेल रहा है, जैसे न जाने कितने वर्षों की दोस्ती हो।" मम्मी सोचने लगीं।

थोड़ी देर और डोडो गोगो के साथ खेलता रहा। दोनों खूब प्यार से बातें कर रहे थे। बीच-बीच में हँस भी रहे थे। फिर डोडो बोला, "अच्छा गोगो, मैं चलता हूँ। मम्मी इंतजार कर रही होंगी। कल फिर आऊँगा।"

डोडो के जाने के बाद नन्ही गोगो दौड़ी-दौड़ी मम्मी के पास आई। बोली, "मम्मी-मम्मी, मेरा एक प्यारा दोस्त आया था, जो अब चला गया। कल फिर आएगा। आप उससे मिलना। बड़ा ही प्यारा है वो मम्मी। डोडो नाम है उसका, डोडो!"

"अच्छा!" मम्मी मुसकराईं और नन्ही गोगो से डोडो के बारे में सारी बातें सुनने लगीं।

रात को मम्मी ने पापा को बताया, "आज तो कमाल हुआ! डोडो आया हमारे घर और नन्ही गोगो के साथ खेलता रहा। सचमुच का डोडो! इसका मतलब, डोडो अब भी इस धरती पर कहीं न कहीं तो जरूर हैं।"

"अरे वाह, फिर तो जब डोडो आएगा, तो गोगो बेटी और डोडो का साथ-साथ खेलते हुए फोटो लेंगे। किसी अखबार में छपने को देंगे या फिर आजतक में भी क्यों नहीं दिखाया जा सकता? सब हैरान रह जाएँगे कि डोडो आज भी है, कहीं गया नहीं!" पापा ने उत्साहित होकर कहा।

अगले दिन उन्होंने अपने कैमरे में नई रील डलवाई और बोले, "जिस समय डोडो आए गोगो से खेलने के लिए, तो बताना। मैं चुपके से उसकी फोटो खींचूँगा।"

अगले दिन फिर डोडो आया और गोगो से बोला, ''तुम्हारी बातें मुझे बहुत अच्छी लगती हैं। तुम बहुत सीधी-सादी हो न! पर इतना नटखटपन भी है तुममें कि तुम्हारी बातें सुन-सुनकर मुझे बड़ी हँसी आती है। मैंने घर जाकर अपनी मम्मी को भी बताया। वे भी तुम्हारे बारे में सुनकर बहुत खुश हुईं।''

गोगो बोली ''और डोडो, तुम भी लगता है, किसी अनोखी दुनिया के प्राणी हो! लोग कहते हैं कि पक्षी बोलते नहीं, पर तुम तो ऐसे प्यारे किस्से-किस्से कहानियाँ सुनाते हो कि क्या कहूँ! बैठो, प्यास लगी होगी, मैं तुम्हारे लिए पानी लाती हूँ।''

नन्ही गोगो और डोडो बातें कर रहे थे, इतने में ही 'क्लिक' की आवाज हुई। गोगो के पापा ने डोडो का फोटो खींचा था।

पर जाने कैसे डोडो को यह पता चल गया। बोला, ''गोगो, मुझे यह अच्छा नहीं लगा। अब मैं यहाँ नहीं आऊँगा, कभी नहीं।''

बेचारी गोगो हक्की-बक्की! उसे समझ में नहीं आया, डोडो इतना नाराज किसलिए हो गया?

अगले दिन गोगो के पापा ने कैमरे की रील धुलवाई, तो वहाँ डोडो का चित्र था ही नहीं। उसकी जगह बस, एक नीला-नीला धब्बा दिखाई पड़ रहा था।

''अरे, यह तो सचमुच शर्मीला पक्षी है, इसलिए फोटो तक में नहीं आया।'' गोगो की मम्मी बोली।

''शायद हमसे गलती हो गई। डोडो फोटो नहीं खिंचवाना चाहता था, फिर हमें क्या जरूरत थी?'' गोगो के पापा पछता रहे थे।

कई दिनों तक डोडो नहीं आया, तो गोगो उदास रही। पापा बोले, ''सॉरी, वैरी सॉरी गोगो! मेरे कारण डोडो नाराज हो गया। चलो, अब तुम्हारे लिए एक नया टेडीबियर ला देते हैं। तुम उससे खूब खेलना और बातें करना।''

उसी दिन पापा गोगो के एक बड़ा टेडीबियर लेकर आए। गोगो को वह बहुत ही सुंदर लगा। उसके साथ खेल में वह लीन हो गई। नाराज पोपू को भी उसने मना लिया था और वह फिर से उसके साथ लॉन में भागने-दौड़ने लगा था, लेकिन फिर भी उसे डोडो की बहुत याद आती थी। कभी-कभी वह मम्मी से कहा करती, ''मम्मी-मम्मी, डोडो बड़ा अच्छा था। वह पता नहीं क्यों इतना नाराज हो गया?''

इस पर मम्मी कहती, ''मैं क्या जानूँ बेटी! हो सकता है, वह पूरी धरती की परिक्रमा करने गया हो और लौटकर फिर कभी आए।''

''हाँ-हाँ, वह आएगा, जरूर आएगा।...जैसे मुझे उसकी याद आती है, उसे

भी तो मेरी याद आती होगी।'' कहकर गोगो डोडो की बातें याद करके मन-ही-मन मुसकरा उठती।

4

नन्ही गोगो ने बनाई पेंटिंग

एक बार मम्मी ने देखा, नन्ही गोगो अपने हाथों की उँगलियों से जमीन पर लकीरें खींच रही है और इतनी मगन है कि उसे किसी चीज का होश ही नहीं है।

''अरे-अरे गोगो, क्या हो रहा है? धूल में खेल रही हो। हाथ गंदे हो जाएँगे तो फिर···!'' मम्मी बोलीं।

गोगो ने सुना तो एक पल के लिए उसकी चंचल उँगलियाँ ठहर गईं। थोड़ी देर वह रुकी रही, मानो पसोपेश में हो और फिर उसकी उँगलियाँ उसी तरह चलने लगीं, जैसे उन्हें रुकना पसंद न हो।

गोगो के चेहरे पर खेल में विघ्न पड़नेवाली उदासी थी। देखकर मम्मी को बड़ा दुःख हुआ। सोचने लगीं, ''अरे, क्यों मैंने नन्ही गोगो का दिल दुखाया?

पर साथ ही उनके मन में उत्सुकता भी थी। 'भई, देखना तो चाहिए कि मिट्टी पर हाथ की उँगलियों से गोगो बना क्या रही है? कौन सी पेंटिंग!' मम्मी ने अपने आप से कहा।

उन्होंने चुपके से पीछे खड़े होकर देखा तो अनायास मुसकरा पड़ीं। गोगो जो पेंटिंग बना रही थी, उसमें उसने अपना बड़ा मजेदार कैरीकेचर बनाया था और पीछे-पीछे पूँछ हिलाता उसका प्यारा पिल्ला पोपू। गोगो जहाँ अपने काले रंग के प्यारे पोपू के साथ खड़ी है, वहीं पर सामने एक टीला भी है, जिस पर एक बड़ा ऊँचा सा छतनार पेड़ है। पेड़ के नीचे स्कूल लगा हुआ है और बच्चे पढ़ाई में मगन हैं। गोगो अपने प्यारे पिल्ले पोपू के साथ तेज कदम बढ़ाती हुई शायद इसी टीलेवाले स्कूल की ओर बढ़ रही है।

सचमुच कमाल की थी वह पेंटिंग, जबकि गोगो के पास तो कागज और कलर भी नहीं थे। मम्मी हैरान रह गई थीं। उनके मुँह से अनायास निकला, ''अरे वाह, मेरी प्यारी बेटी!''

मम्मी ने कुछ और गौर से गोगो की उस पेंटिंग को निहारा, तो स्कूल के बच्चों

के चेहरे भी साफ नजर आने लगे और उन्हें यह जानते देर न लगी कि टीलेवाले स्कूल के बच्चे थोड़े नीचे झुके हुए पेंटिंग बना रहे हैं।

नन्ही गोगो की यह पेंटिंग देखकर मम्मी इतनी खुश हुईं कि उन्होंने प्यारी बेटी को गोद में उठाकर बार-बार उसकी बलैयाँ लीं।

गोगो की मम्मी ने उसी दिन गोगो को एक बड़ी ही खूबसूरत ड्राइंग की कॉपी और कैमल के रंग खरीदकर दिए। और कमाल की बात यह कि गोगो ने जो पेंटिंग उँगलियों से जमीन पर बनाई थी, वही अब कागज पर उभरने लगी। गोगो दिन भर पेंटिंग बनाने में जुटी रहती। मम्मी कहतीं, "बेटी, खाना तो खा लो। ऐसी क्या बात है! जाओ, शाम का टाइम है, अपनी सहेलियों के साथ जाकर खेलो।"

पर गोगो के दिमाग में तो पेंटिंग थी। पेंटिंग...सिर्फ पेंटिंग! उसके ब्रश को कतई चैन नहीं था और वह जल्दी से उस पेंटिंग को अपनी ड्राइंग की कॉपी पर उतार देना चाहती थी।

हालाँकि एक-दो पेंटिंग अच्छी बनी थीं, पर गोगो को बिल्कुल चैन नहीं था। वह तो वैसी ही पेंटिंग बनाना चाहती थी, जैसे उसके दिल में गड़ी हुई थी। और सचमुच जब पेंटिंग पूरी हुई और उसने मम्मी के आगे अपनी ड्राइंग की कॉपी लाकर रखी, तो मम्मी हैरान रह गईं। रीझकर बोलीं, "ओ री, ओ गोगो! यह पेंटिंग तूने बनाई है, तूने?"

सुनकर गोगो कुछ न बोली, बस मुसकरा दी। मम्मी ने एक बार फिर पेंटिंग पर गहरी-गहरी सी नजर डाली, तो उन्हें नन्ही गोगो और उसके काले पिल्ले पोपू के चेहरे पर एक अजब सा शरारती भाव नजर आया। टीलेवाले स्कूल पर जो बच्चे पेंटिंग बना रहे थे, उनके चेहरे भी इस बार बिल्कुल साफ थे और उनकी आँखों में अनोखी चमक थी।

उसके बाद तो नन्ही गोगो अपनी कला में इतनी डूबी कि हर दिन नन्ही गोगो की एक नई पेंटिंग उभर आती। पेंटिंग पूरी होते ही गोगो उसे मम्मी और अपनी सहेलियों को दिखाने के लिए दौड़ पड़ती। उसके पीछे-पीछे पूँछ हिलाता पोपू दौड़ रहा होता।

मजे की बात यह है कि जब तक गोगो पेटिंग बनाती रहती, पोपू एकदम शांत बैठा रहता। पेंटिंग पूरी होने पर गोगो दौड़ती, तो पोपू को भी मानो पंख लग जाते।

लेकिन गड़बड़ बात यह थी कि नन्ही गोगो को ड्राइंग की कॉपी में से पन्ना फाड़ने में जरा भी देर न लगाती। वह जो पेंटिंग पूरा करती, उसका पन्ना फाड़कर पहले मम्मी को दिखाती और फिर उछल-उछलकर अपनी सहेलियों को दिखाने के लिए चल पड़ती। बाद में फिर वह पेंटिंग इधर-उधर छूट जाती। एक अकेला पन्ना कभी अखबार की रद्दी में छिप जाता, तो कभी बिस्तर की चादर के नीचे।

मम्मी को नजर आता तो वह उस मुड़े-तुड़े पन्ने को सीधा करके एक फाइल में लगा देतीं और गोगो तो एक पेंटिंग पूरी होते ही उसे भूल जाती। फिर नई पेंटिंग बनाने में इतनी लीन हो जाती कि उसे कुछ होश ही न रहता।

हाँ, कभी-कभी उसे अपनी किसी पुरानी पेंटिंग की बेतहाशा याद आती तो वह बेचैन होकर मम्मी से कहती, "मम्मी-मम्मी, मैंने कंधे पर लाल रंग का बस्ता लटकाए, तेज-तेज कदमों से स्कूल जाते हुए शेर का चित्र बनाया था। मम्मी तुमने भी देखा था न! कितना अच्छा था वो! अब मालूम नहीं, वह कहाँ गया? तुम्हें कुछ मालूम है, मम्मी?"

इस पर मम्मी मुसकराकर कहतीं, "मैं क्या जानूँ बेटी! तू इतनी मेहनत से पेंटिंग बनाती है, तो फिर सँभालकर क्यों नहीं रखती?"

पर फिर गोगो को बहुत परेशान देखकर मम्मी थोड़ा ढूँढ़ने का बहाना करतीं। फिर अंदरवाली अलमारी में रखी नीली फाइल से निकालकर झटपट वह पेंटिंग लाकर गोगो को दे देतीं। कहतीं, "गोगो इसे सँभालकर रखना, वरना तेरा यह शेर फिर से गायब हो जाएगा।"

सुनकर नन्ही गोगो हँस देती, साथ ही मम्मी भी, क्योंकि गोगो भी यह जानती थी और मम्मी भी कि आखिर तो यह पेंटिंग फिर गुम हो जाएगी और मम्मी इसे इधर-उधर पड़ा देखेंगी, तो झटपट सँभालकर रख लेंगी। मम्मी कई बार डाँटतीं, "गोगो, तू अपनी ड्राइंग की कॉपी क्यों खराब करती है? पन्ने मत फाड़ा कर!" पर गोगो को कुछ समझ में न आता। बस, जो पेंटिंग पूरी होती, उसी का पन्ना फाड़कर दौड़ पड़ती और उसे सँभालने का जिम्मा मम्मी का!

मम्मी हँसकर अपने आपसे कहती, 'चलो, कोई बात नहीं। मेरी नन्ही बिटिया गोगो कलाकार तो बन गई!'

और पोपू पूँछ हिलाकर कहता, "हाँ-हाँ-हाँ, सच्ची-मुच्ची!"

5

नन्ही गोगो की बड़ी मुश्किल

एक बार की बात, शाम के समय नन्ही गोगो घर की छत पर गई। वहाँ उसे दिखाई दिया आसमान से झाँकता चाँद। गोरा-गोरा, उजला-उजला चाँद, जो सब ओर चाँदनी बरसा रहा था।

नन्ही गोगो चाँद को देखती रही, देखती रही। चाँद वाकई बहुत सुंदर लग रहा था। वह पूनम का चाँद था, एकदम गोल-मटोल। उसने अपने आपसे कहा, 'काश, यह चाँद नीचे उतर आता, तो मैं इससे खूब दोस्ती कर लेती।'

सोचते-सोचते नन्ही गोगो छत पर पड़ी चारपाई पर लेट गई। अब चाँद उसे और भी साफ नजर आ रहा था। थोड़ी देर तक गोगो चाँद को एकटक देखती रही, प्यार से। अचानक उसे लगा, चाँद उसे देखकर हँसा है और उससे बातें कर रहा है, बड़ी मीठी-मीठी बातें।

गोगो को बड़ी खुशी हुई, जैसे उसके मन की मुराद पूरी हो गई हो।

कुछ देर बाद गोगो को लगा, चाँद नीचे उतर आया है और उसके साथ आँखमिचौनी और पकड़म-पकड़ाई खेल रहा है। कभी गोगो छिप जाती, कभी चाँद। फिर वे एक-दूसरे को ढूँढ़ने लगते, 'अरे-अरे, कहाँ गई गोगो···अरे-अरे, कहाँ गया चाँद··· ?'

ढूँढ़ते और हँसते, हँसते और ढूँढ़ते।···यही तो खेल था! और चाँद तो एकदम गोल-मटोल था, गेंद जैसा। इसलिए खेलते-खेलते खुद ही टप्पे खाने लगता।

गोगो हैरान हुई। सोचने लगी कि वाह, यह तो सचमुच जादू-मंतर है। मम्मी तो एक दिन कह रही थीं कि गोगो-गोगो, चाँद धरती पर कभी नहीं आता है। मगर देखो, यह तो सचमुच नीचे उतर आया और मजे में किसी गेंद की तरह टप्पे खा रहा है। खूब उछल-कूद कर रहा है।

"आओ-आओ चाँद, अब जरा बैठकर बातें करते हैं।" गोगो खेलते-खेलते थक गई, तो उसने चाँद से कहा।

अब तो चाँद और गोगो···गोगो और चाँद ढेर सारी बातें करने लगे। वे इतने प्यार से हँस-हँसकर बातें कर रहे थे कि समय का कुछ पता ही नहीं चला। चाँद की बातें भी बड़ी प्यारी थी। इतनी अच्छी कि गोगो बार-बार खिलखिलाकर हँस देती।

इधर नीचे मम्मी परेशान! उन्हें समझ में नहीं आ रहा था कि गोगो भला कहाँ गई? उन्होंने इधर देखा, उधर देखा। यहाँ देखा, वहाँ देखा। घर के एक-एक कोने में झाँक लिया, पर गोगो कहीं नहीं थी।

अब तो मम्मी को चिंता हो गई। सोचने लगीं, बड़ी अजीब है यह लड़की। अब जाने कहाँ चली गई? यह भी नहीं देखती कि मम्मी कितनी परेशान हो रही होंगी।

फिर अचानक उन्हें खयाल आया, जरा छत पर जाकर भी देखना चाहिए। कभी-कभी गोगो छत पर चली जाती है और देर तक वहीं गोल-गोल घेरे में चहलकदमी करती, घूमती रहती है।

मम्मी झटपट दौड़ी-दौड़ी छत पर गईं। देखा, छत पर जो एक टूटी सी चारपाई

पड़ी थी, गोगो उसी पर सोई पड़ी है।

मम्मी ने बड़े प्यार से उसे उठाया। बड़ी किनमिन-किनमिन करके नन्ही गोगो उठी। आँख खुलते ही सामने मम्मी को पाकर वह टुकुर-टुकुर देखने लगी। फिर बोली, "मम्मी-मम्मी, चाँद...चाँद कहाँ गया?"

मम्मी को कुछ अजीब लगा। सोचने लगी, कहीं दिमाग तो नहीं चल गया इसका! बोलीं, "अरे गोगो, तू क्या कह रही है, मेरी तो कुछ समझ में नहीं आता। चाँद तो वो रहा ऊपर आसमान में...! वो दिखाई पड़ रहा है न?"

"नहीं-नहीं मम्मी, ये नहीं, वो वाला चाँद!" गोगो झल्लाई हुई सी बोली।

"वो वाला...मतलब? तो तेरा मतलब है, चाँद एक नहीं है और भी चाँद हैं।"

"अरे मम्मी!" गोगो खीजकर बोली, "वो वाला चाँद, जो मेरे साथ खेल रहा था।"

"तेरे साथ...?" मम्मी की आँखें फटी-की-फटी रह गईं। बोलीं, "मेरी तो कुछ समझ में नहीं आ रहा। क्या कह रही है तू, गोगो?"

"हाँ मम्मी, हाँ! मैं ठीक कह रही हूँ। वो मेरा दोस्त है। मेरे साथ देर तक छुपम-छुपाई और पकड़म-पकड़ाई खेलता रहा। और मम्मी, उसने मेरे साथ खूब सारी बातें भी कीं, बड़ी प्यारी-प्यारी बातें!"

"तूने जरूर सपना देखा होगा।" मम्मी ने मुसकराकर कहा।

"नहीं मम्मी, नहीं, वो सपना नहीं, चाँद आया था धरती पर। एकदम सच्ची बात है, सच्ची!" गोगो समझाने की कोशिश कर रही थी।

"सच!" अबके मम्मी को अचरज हुआ।

"हाँ मम्मी, सच्ची-मुच्ची। चाँद मेरे साथ खेलता रहा बड़ी देर तक। वो तो बड़ा प्यारा दोस्त है मम्मी।" कहते हुए गोगो की आँखों में एकदम चाँदनी जैसा उजाला था।

"अच्छा ठीक है, ठीक है! हो सकता है, कल फिर आ जाए और तेरे साथ खेले। चल, अब उठकर खाना खा। मैंने तेरे लिए गरम-गरम खीर और पूरियाँ बनाई हैं।" मम्मी मुसकराईं।

नन्ही गोगो मम्मी के साथ नीचे चल दी। वह मम्मी का हाथ पकड़े हुए धीरे-धीरे सीढ़ियाँ उतर रही थी, पर उसकी आँखें अब भी आसमान के चाँद पर टँगी हुई थीं। नन्ही गोगो की यह बड़ी सी मुश्किल हल नहीं हुई कि आसमान में चाँद वैसा का वैसा झाँक रहा है, तो वो चाँद कहाँ गया, जो छत पर उसके साथ तेज-तेज भागते और आँखमिचौनी खेलते हुए धमाचौकड़ी मचा रहा था!

6

प्यारा पोपू जिंदाबाद

न जाने कब से नन्ही गोगो और पोपू की दोस्ती चली आ रही थी। पोपू था भी निराला। काला-काला, प्यारा-प्यारा, सुंदर सा। उसका नाम भी गोगो ने ही रखा था, पोपू।

नन्ही गागो को पोपू इतना पसंद आ गया कि अब तो गोगो और पोपू हर वक्त साथ-साथ रहते। जहाँ कहीं गोगो जाती, पीछे-पीछे तेजी से पूँछ हिलाता पोपू भी पहुँच जाता। और फिर इतने प्यार से उसकी आँखों में देखने लगता, मानो गोगो उसके इस कारनामे के लिए बड़े प्यार से उसे पुचकारकर शाबाशी देगी।

पोपू की शरारतें देख-देखकर गोगो की बरबस हँसी छूट जाती और वह उसे गोद में लेकर प्यार से पुचकारती हुई, सिर पर हाथ फेरने लगती। उसे लगता, पोपू से ज्यादा उसे क़ोई नहीं समझता। पोपू से अच्छा उसका दोस्त और कोई नहीं है।

वह पोपू से खूब मीठी-मीठी बातें करती। मन में जो कुछ आता, सब पोपू को बताती। यहाँ तक कि ज्यादा लाड़ आ जाता, तो मम्मी से सुनी हुई अजब-गजब परीकथाएँ भी उसे सुनाने लगती। फिर सुनाने के बाद पूछती, ''क्यों पोपू, तुम्हें अच्छा लगा न! तुम्हें भी परीवाली कहानी सुनना अच्छा लगता है पोपू? मेरी मम्मी के पास तो ऐसी एक से एक ढेरों कहानियाँ हैं। तुम कहोगे, तो मैं तुम्हें रोज एक कहानी सुनाऊँगी।''

पोपू को पता नहीं, नन्ही गोगो की बातें समझ में आती थीं या नहीं? पर वह गोगो की बातें सुनकर बड़े प्यार से सिर हिलाता तो गोगो का दिल खुश हो जाता। वह लाड़ से भरकर कहती, ''ठीक है न पोपू, तुम समझ गए न! इसका मतलब मैं बिल्कुल ठीक कह रही हूँ।''

एक दिन नन्ही गोगो गेंद से खेल रही थी। गेंद बार-बार टप्पा खाकर उछलती और दूर चली जाती। तब पोपू तेजी से दौड़कर जाता, गेंद मुँह में दबाकर ले आता। गोगो के पास आते ही उसकी पूँछ तेज-तेज हिलने लगती।

पर खेलते-खेलते अचानक न जाने क्या हुआ कि गेंद जोरदार टप्पा खाने के बाद गायब हो गई। दिखाई ही नहीं पड़ रही थी।

गेंद कहाँ गई, किधर गई? गोगो परेशान होकर पूरे घर में उसे ढूँढ़ रही थी। उसने एक-एक कमरा देख लिया। आँगन का कोना-कोना छान मारा। वहाँ जो बड़ा

सा तख्त पड़ा था, उसके नीचे भी झाँककर देख लिया, मगर गेंद कहीं मिली ही नहीं।

गोगो हैरान, ''अरे-अरे, गेंद कहाँ गई?'' उसने मम्मी से पूछा तो मम्मी बोलीं, अरे गोगो, ''होगी यहीं कहीं! कमरे की दीवारें तो उसे खा नहीं गईं।''

मगर गोगो अब उसे कहाँ ढूँढ़े? उसने एक फिर सभी कमरों के चक्कर लगा लिये। आँगन में देखा और स्टूल पर जहाँ पुराने अखबार पड़े थे, उनके पीछे भी एक बार झाँककर देख लिया। मगर गेंद थी कि मिलने का नाम ही नहीं ले रही थी।

''अरे, मेरी गेंद कहाँ गई?'' सोच-सोचकर गोगो उदास थी। इतनी उदास कि उसके चेहरे से हँसी तो एकदम गायब ही हो गई।

गोगो को यों उदास बैठे देखा, तो पोपू भी उसके पास आकर बैठ गया, जैसे नन्ही गोगो की मुश्किल समझ रहा हो, पर उसे अफसोस था कि वह गोगो की कोई मदद नहीं कर पा रहा है।

''आहा, मेरी लाल रंग की गेंद थी। कितनी सुंदर!'' सोचकर गोगो की आँखों में आँसू आ गए।

इतने में पोपू को जाने क्या हुआ कि वह उछला और अचानक दौड़ पड़ा। वह कमरे में तेजी से इधर-उधर चक्कर काट रहा था। गोगो को कुछ समझ में नहीं आया कि यह अचानक पोपू को हुआ क्या है।

तभी पोपू ने बड़ी तेजी से उछलना शुरू कर दिया। आगे के दो पैर उठाकर वह उस खूँटी के पास पहुँचने की कोशिश कर रहा था, जिस पर नन्ही गोगो का बस्ता पड़ा था।

पोपू के तेज-तेज उछलने और उसकी बेचैनी को देख, गोगो को यह समझते देर न लगी कि उसके बस्ते में कुछ है, जिसकी वजह से पोपू परेशान है। और जब गोगो ने अपना वह बस्ता उतारकर देखा, तो उसे उसमें पड़ी वह लाल गेंद नजर आ गई।

गोगो हैरान! उसे बिल्कुल समझ में नहीं आ रहा था कि उसकी गेंद बस्ते में कैसे चली गई?

फिर उसे समझ में आया कि उसके बस्ते का एक कोना खुला हुआ था। लिहाजा, जब गेंद ने जोर का टप्पा खाया होगा तो वह झट उसी बस्ते में चली गई होगी।

अपनी प्यारी सी लाल गेंद के मिलते ही नन्ही गोगो खुश होकर तालियाँ बजाने लगी। खुशी के मारे उसने पूरे कमरे में दौड़ लगानी शुरू कर दी। पीछे-पीछे पूँछ हिलाता उसका नन्हा पोपू भी दौड़ रहा था।

7

नन्ही गोगो और टिनटिन चिड़िया

इधर नन्ही गोगो की दोस्ती टिनटिन चिड़िया से हो गई थी।

गोगो की आदत है कि रोज सुबह घर के आँगन में थोड़े चावल के दाने रख देती है। पास ही एक छोटे से मिट्टी के बरतन में पानी भर देती है। उसे लगता है, बेचारी चिड़ियाँ धूप में कितनी परेशान होती हैं। अगर उन्हें छाया में रखा ठंडा-ठंडा पानी मिल जाए, खाने को दाने मिल जाएँ, तो भला उन्हें कितना अच्छा लगेगा!

बड़े दिनों तक नन्ही गोगो इंतजार करती रही। आए कोई चिड़िया और वह उसे दाना चुगते और पानी पीते देखे। तब उसे कितनी खुशी होगी।

वह देखती, रोज शाम तक उसके रखे हुए चावल के दाने गायब हो जाते हैं। मिट्टी के बरतन में रखा पानी भी खत्म हो जाता है, मगर कोई चिड़िया तो उसे नजर नहीं आती। भला कब आती है चिड़िया? कब दाने खाकर, पानी पीकर फुर्र हो जाती है?

एक दिन गोगो अपने कमरे की खिड़की से बैठे-बैठे झाँक रही थी। तभी उसे दिखाई दी एक छोटी सी, सुंदर गौरैया। इधर-उधर चौकन्नी नजरों से देखते, झिझकते हुए वह पास आई। फिर उसने चावल के कुछ दाने खाए, पानी पिया। थोड़ी देर इधर-उधर उड़ी, फिर आकर तसल्ली से चावल के दाने चुगने लगी।

नन्ही गोगो को गौरैया का ऐसी चौकन्नी नजरों से इधर-उधर देखते हुए दाना चुगना बड़ा अच्छा लगा। सोचने लगी, 'यह तो बड़ी चुस्त-फुर्तीली चिड़िया है। जरूर यही रोज-रोज आकर मेरे दाने खा जाती होगी, पानी पी जाती होगी। आज पहली बार दिखाई पड़ी है।'

'देखो, कितनी प्यारी चिड़िया है एकदम भोली-भाली। कितना झिझक रही थी यहाँ आने में! इसे चुपचाप खाते देखना, तो बड़ा ही अच्छा लग रहा है।' नन्ही गोगो अपने आपसे बोली। फिर सोचने लगी, 'इसका कोई बढ़िया सा नाम रखना चाहिए।'

एकाएक उसके होंठों पर आया, टिनटिन। 'अरे वाह, कितना प्यारा नाम है! मैं तो इस टिनटिन कहकर ही पुकारूँगी।' नन्ही गोगो अपने आपसे बोली।

'चलो, इसे थोड़ा प्यार करते हैं…!' पुच्च-पुच्च करते हुए नन्ही गोगो आगे बढ़ी। मगर वह टिनटिन के पास गई ही थी कि उसने चौकन्नी नजरों से गोगो को देखा और झट से उड़ गई।

अब तो नन्ही गोगो बड़ी पछताई कि क्यों बेचारी टिनटिन को उड़ा दिया, 'तो अब मैं क्या करूँ?···क्या टिनटिन अब मेरे पास कभी नहीं आएगी?' नन्ही गोगो परेशान होकर सोच रही थी।

गोगो की मम्मी ने देखा कि गोगो उदास है। उन्होंने उसके सिर पर हाथ फेरते हुए पूछा, "बेटी गोगो, क्या कोई खास बात है?" और जब गोगो ने मम्मी को टिनटिन चिड़िया की पूरी कहानी सुनाई तो मम्मी ने बड़े प्यार से समझांया, "गोगो, यही तो तू गड़बड़ करती है। अभी कुछ दिनों के बाद इसके पास जाना, तो यह नहीं उड़ेगी। पहले थोड़ा इसे प्यार करो। चिड़ियाँ प्यार की भाषा बहुत अच्छी तरह से समझती है। तुम दिल जीतो न इसका!"

गोगो कुछ समझी, कुछ नहीं, पर इतना जरूर समझ गई कि टिनटिन चिड़िया उससे नाराज नहीं है। बस, उसके दिल में थोड़ा डर है, उसे निकालना होगा।

अब नन्ही गोगो जब-जब टिनटिन को दाना देती, तो वह दूर से ही प्यार भरी नजरों से उस देखती रहती और पुचकारती। और सचमुच टिनटिन चिड़िया का डर दूर हो गया। सोचने लगी, 'गोगो, तो भली और प्यारी लड़की है। फिर भला मैं उसे क्यों पसंद नहीं करूँगी?'

कुछ दिनों के बाद नन्ही गोगो और टिनटिन की दोस्ती एकदम पक्की हो गई। अब तो टिनटिन कमरे में आकर कभी गोगो के कंधे या हथेली पर आकर बैठ जाती और ऐसे फुदक-फुदक चलती और नाचती कि नन्ही गोगो की बरबस हँसी छूट जाती। कई बार गोगो अपनी हथेली पर चावल के दाने रख लेती और टिनटिन से कहती, "खा ले टिनटिन, खा ले!" और टिनटिन चिड़िया बड़े मजे से गोगो की हथेली पर रखे चावल के दाने चुगने लगती।

पहले टिनटिन दिन में एक या दो बार आती थी, पर अब तो गोगो से उसकी ऐसी दोस्ती हो गई थी कि दिन में उसके कई-कई चक्कर लगने लगे।

शुरू-शुरू में गोगो के लाड़ले पिल्लू पोपू को टिनटिन को देखकर बड़ा गुस्सा आता था। वह उसे देखते ही गुस्से में भौंकने लगता था। उसे लगता, 'गोगो की दोस्ती तो मुझसे है, यह टिनटिन चिड़िया कहाँ से आ गई? जब से टिनटिन आई है, गोगो ने मेरी ओर ध्यान देना कम कर दिया है।'

गोगो ने यह देखा तो एक दिन हँसते हुए पोपू को प्यार से चपतियाया। बोली, "ओ रे ओ पोपू, यह टिनटिन भी तो अपनी दोस्त है। तो फिर इसमें चिढ़ने की क्या बात है! क्या हम मिलकर नहीं रह सकते?"

और सच्ची-मुच्ची टिनटिन पर पोपू का गुस्सा बड़ी तेजी से कम होता गया। और फिर पोपू और टिनटिन की ऐसी पक्की दोस्ती हो गई कि टिनटिन चावल चुगने आती तो पोपू इस कदर प्यार से उसकी निगरानी करने बैठ जाता कि खबरदार, अगर किसी ने टिनटिन को जरा भी नुकसान पहुँचाया तो!

फिर एक बार की बात, एक भूरी बिल्ली चुपके से आई। वह टिनटिन पर झपट्टा मारना ही चाहती थी कि पोपू ने उसे ऐसा हड़काया कि बेचारी ने फिर इधर झाँकने की जुर्रत ही न की।

और टिनटिन इस बात से इतनी खुश हुई कि देर तक पोपू की पीठ पर बैठी, अपना प्यार जताती रही।

अब तो सचमुच जब टिनटिन और गोगो बातें करते हैं, तो पोपू भी वहीं आकर पूँछ हिलाते हुए अपना प्यार जताता है। मानो वह भी टिनटिन और गोगो की बातों में शामिल हो।

8

नन्ही गोगो का बस्ता

मम्मी नन्ही गोगो की पहली किताब लाईं, तो साथ ही लाल रंग का छोटा सा बस्ता भी। मम्मी ने एक पेंसिल, रबर और सुंदर सी कॉपी भी खरीद ली। उस कॉपी पर टोपी पहने जोकर का इतना प्यारा चित्र बना था कि गोगो ने उसे देखा, तो हँसते-हँसते लोटपोट हो गई। बोली, "हैलो जोकर...!"

नई-नई किताब थी और उसमें शेर और भालू की, चीते की, कुत्ते-बिल्ली, खरगोश और चूहे की इतनी प्यारी शक्लें थीं कि गोगो को बड़ा मजा आया। फिर उसमें आम, अनार और अमरूद थे। गन्ना और शहतूत थे। इमली भी थी। ये सारी की सारी चीजें तो गोगो को बड़ी पसंद हैं। तो गोगो ने किताब हाथ में आते ही अटक-अटककर उसे पढ़ना शुरू किया।

सबसे पहले उसका ध्यान किताब के रंग-बिरंगे चित्रों की ओर गया। बार-बार उसका ध्यान वहीं अटक जाता। मम्मी कहतीं, "देखो-देखो गोगो, भ अक्षर ऐसे बनता है" और गोगो सारी बात भूलकर बस भ के साथ बने भालू को देखती रहती। ऐसे ही म अक्षर तो उसे याद न आता, लेकिन मछली को देखकर वह

तालियाँ बजाने लगती। क से कबूतर को देखती तो प्यार से पुचकारती, ''आ कबूतर आ, आ कबूतर आ''' !''

गोगो को किताब में बने हिरन, भालू और चीते के चित्र सबसे ज्यादा पसंद आए। उसे लगा कि अरे, ऐसे चित्र तो मैं भी बना सकती हूँ।

बस, झट से उसने पेंसिल उठाई और कॉपी पर चित्र बनाना शुरू कर दिया। थोड़ी देर में उसने हिरन का सुंदर सा चित्र बना लिया। फिर बंदर और भालू के चित्र बनाए। चीते का चित्र तो बनाया, पर वह चीता नहीं, बिल्ली लग रहा था।

उसने मम्मी को अपने बनाए चित्र दिखाए, तो देखकर मम्मी इतनी खुश हुईं कि प्यार से उसका माथा चूमकर बोलीं, ''अरे गोगो, तू तो सीख गई ड्राइंग!''

''पर मम्मी-मम्मी, चीता तो बना नहीं। यह तो बिल्ली जैसा लग रहा है न!'' गोगो ने कुछ परेशान होकर कहा।

इस पर मम्मी ने मुसकराकर हाथ में पेंसिल ली और नन्ही गोगो के बनाए चित्र को थोड़ा सुधार दिया। अब चीता सचमुच चीते जैसे लग रहा था। इस पर नन्ही गोगो तालियाँ बजाकर हँसने लगी। बोली, ''वाह मम्मी, वाह, यह तो कमाल हो गया!''

इसके बाद तो नन्ही गोगो की चित्र बनाने की धुन और भी बढ़ गई। चित्र बनाने में वह इतनी लीन हो जाती कि मम्मी बोली, ''अच्छा, मैं तुझे कुछ रंगीन पेंसिलें और ला दूँगी और कैमल के रंग भी। फिर तू खूब मजे से चित्र बनाना।''

और सचमुच मम्मी ने जल्दी से गोगो को ड्राइंग की नई कॉपी के साथ रंगीन पेंसिलें और अच्छे-अच्छे रंग भी लाकर दिए। इसके बाद तो गोगो के चित्रों में और भी जान आ गई।

गोगो ने झटपट दो-चार दिन में कॉपी भर दी तो मम्मी दूसरी कॉपी ले आईं। फिर तीसरी कॉपी भी आ गई। गोगो सारी चीजें अपने छोटे से बस्ते में सँभालकर रखती। अब पहले की तरह वह अपने बनाए चित्रों को कापी से फाड़ती नहीं थी। उसके बस्ते में एक छोटा सा पॉकेट भी था। उसमें वहाँ वह रंगीन पेंसिलें रखती और कैमल के रंग भी।

यों नन्ही गोगो का बस्ता भरता गया और बड़ा होगा गया। उसमें उसके पसंदीदा ढेर सारे खिलौने भी समा गए।

अब नन्ही गोगो खुश है, बहुत खुश। कभी-कभी अकेले में वह अपने बस्ते से बातें करती हैं। कहती है—

मेरे बस्ते, प्यारे बस्ते
तुझमें मेरी सारी खुशियाँ,

मेरे सपनों का संसार
मैं करती हूँ तुझसे प्यार!

गोगो ने अपनी यह छोटी सी, प्यारी कविता जब मम्मी को सुनाई तो मम्मी इतनी खुश हुईं कि प्यार से उसे गोद में उठाकर चूम लिया। रात में जब गोगो के पापा आए तो उन्होंने कहा, "सुनो-सुनो, हमारी लाड़ली बिटिया ने एक निराली कविता बनाई है।" और जब गोगो ने पापा को भी अपनी बस्तेवाली प्यारी कविता सुनाई, तो पापा ने उसे खूब पुचकारा और एक अच्छी सी चॉकलेट इनाम में दी।

9

नन्ही गोगो गई स्कूल

नन्ही गोगो थोड़ी बड़ी हुई तो सुबह-सुबह तैयार होकर, कंधे पर अपना छोटा सा बस्ता टाँगे स्कूल जाने लगी।

शुरू में उसे स्कूल जाने में बड़ी झिझक होती थी, डर भी लगता था। पता नहीं मैडम किस बात पर गुस्सा हो जाए या डाँट-डपट दे! सोचकर उसका दिल काँप जाता।

जब पहली बार मम्मी ने पास के एक प्ले स्कूल 'हैप्पी किड्स गार्डन' में उसका दाखिला कराया और उसे वहाँ छोड़कर आ रही थी, तो गोगो की आँखों में आँसू थे। चेहरा उतरा हुआ था। मम्मी अभी थोड़ी दूर ही गई होंगी कि गोगो एकाएक रोते-रोते चिल्ला पड़ी, "मत जाओ, मम्मी-मम्मी… !"

गोगो की रोने की आवाज इतनी तेज और करुण थी कि मम्मी से रहा नहीं गया। वे उलटे पैरों लौट पड़ीं।

क्लास में गईं तो देखा, गोगो को उसकी टीचर प्यार से पुचकार रही हैं और गोगो का रोना बढ़ता ही जा रहा है। आँसू उसके गोल-मटोल गालों से टपककर जमीन पर गिर रहे थे। क्लास के बाकी बच्चे आँखें फाड़े उसे बड़ी हैरानी से देख रहे थे।

मम्मी ने क्लासरूम के दरवाजे से यह दृश्य देखा, तो उनका कलेजा फटने को हुआ। मन-ही-मन 'हाय, मेरी बेटी!' कहती हुईं पास गईं और गोगो के सिर पर हाथ फेरा, तो गोगो का रोना और बढ़ गया। वह इस कदर बुक्का फाड़कर रो रही थी, जैसे उसके रोने की आवाज अभी स्कूल की छत को उड़ा ले जाएगी।

"रहने दीजिए···रहने दीजिए, यह आपसे नहीं सँभलेगी। आज मैं इसे वापस अपने साथ ले जा रही हूँ।" गोगो की मम्मी बोलीं, "कल थोड़ा समझा-बुझाकर लाऊँगी। हो सकता है तब···तब शायद···!" उन्होंने टीचर से कातर विनती की। खुद गोगो की मम्मी की आँखें इस समय गीली हो आई थीं। उन्होंने गोगो को रोते तो देखा था, पर इस कदर भला कहाँ रोती थी यह लड़की?

"नहीं-नहीं, आप घबराएँ नहीं।" मैडम ने भरोसा दिलाया, "शुरू में सब बच्चे···ये सबके सब इसी तरह करते हैं, पर फिर मान जाते हैं। आपको देखकर यह कुछ ज्यादा लाड़पना कर रही है। आप···प्लीज आप चली जाएँ, तो मैं सँभाल लूँगी इसे।···जरूर सँभाल लूँगी। प्लीज!"

आखिर गोगो की मम्मी गोगो को स्कूल में छोड़कर ही आ गईं। गोगो अब भी रोए जा रही थी।

गोगो की मम्मी घर लौटीं, तो उदास थीं। उनका ध्यान गोगो में ही अटका हुआ था। "दोपहर को गोगो घर लौटेगी, तो उसे खूब प्यार से समझाऊँगी।" उन्होंने सोचा।

पर उन्हें क्या पता था कि उनके स्कूल से लौटने के कुछ समय बाद ही नन्ही गोगो का रोना तो थमा ही, उलटे वह खूब खिल-खिल-खिल हँसने लगी थी। यहाँ तक कि उसकी शरारतें और धमा-चौकड़ी भी शुरू हो गई थीं।

···हुआ यह कि एकदम 'खुल जा सिमसिम' की तरह मैडम ने अपनी अलमारी खोली और उसमें से जादू-मंतर की तरह एक से एक अजीबो-गरीब, नए-नए रंग-बिरंगे खिलौने निकालने शुरू किए। गोगो रोना भूल एकटक उन्हें देखने लगी। किसी में भालू सितार बजा रहा था, तो किसी में शेर सर्कस में कलाबाजी दिखा रहा था। और एक नाचनेवाला मोर तो इतना सुंदर था कि उसे झूम-झूमकर नाचते देख, गोगो खुश होकर तालियाँ बजाने लगी। एक उड़नेवाली चिड़िया भी थी, जो हवा में चीं-चीं-चीं करती हुई तेजी से गोल घेरे में उड़ती थी। कमरे में देर तक यहाँ से वहाँ चक्कर काटती घूमती रहती थी।

मजे की बात यह है कि उस काली उड़नेवाली चिड़िया के साथ-साथ एक नीले रंग का हवाई जहाज भी था, जो क्लासरूम में गोल-गोल चक्कर खा रहा था। गोगो को लगा, जरूर इस काली चिड़िया और नीले हवाई जहाज की टक्कर होगी। वह जोर से चिल्लाई भी, "मैडम-मैडम···!" पर क्लास के बच्चे मजे में हँस रहे थे। गोगो समझ गई कि यह उड़नेवाली काली चिड़िया उड़ती रहेगी। पास में हवाई जहाज भी उड़ेगा, मगर दोनों एक-दूसरे से टकराएँगे नहीं।

थोड़ी देर बाद गोगो के मन में आया, जरा चिड़िया को पकड़ा जाए। वह

चिड़िया को पकड़ने उसके पीछे भागी। पर गोगो पीछे-पीछे, चिड़िया आगे-आगे! चिड़िया उसके हाथ में आती ही नहीं थी। यह देख, गोगो पहले झुँझलाई, फिर हँस पड़ी। फिर वह हवाई जहाज को पकड़ने भागी, मगर हवाई जहाज ने और भी दौड़ाया, और भी छकाया तो गोगो हारकर अपनी जगह खड़ी होकर तालियाँ बजाने लगी और जोर से चिल्लाई, "बाय-बाय हवाई जहाज, बाय-बाय!" वह भूल गई कि वह घर में है या स्कूल में।

फिर तो और सब बच्चे भी गोगो के साथ किलकारियाँ मारकर हँसने लगे।

तब तक आधी छुट्टी का समय हो गया और बच्चों के साथ गोगो ने भी लंच किया। फिर ड्राइंग, गिनती और ए-बी-सी-डी की क्लासें हुईं। गोगो को बहुत अच्छा लग रहा था, क्योंकि वह तो पहले भी सब कुछ जानती थी। मैडम ने पूछा, तो उसने सारे सवालों के सही जवाब दिए। छुट्टी हुई, तो मम्मी उसे लेने आ पहुँचीं।

पर गोगो का मन स्कूल में इतना रम चुका था कि वह बोली, "मम्मी-मम्मी, क्या मैं थोड़ी देर और यहाँ नहीं खेल सकती?"

लौटते समय गोगो मम्मी को पूरे रास्ते यह बताती गई कि "मम्मी-मम्मी, सचमुच स्कूल तो बड़ी अच्छी जगह है। और देखो मम्मी, मैंने इतनी शरारतें कीं, पर पीली साड़ीवाली मेरी प्यारी सी टीचर ने जरा भी नहीं डाँटा।... और मम्मी, इतना मजा आया, इतना कि...क्या कहूँ! अब तो मम्मी, मैं रोज स्कूल जाऊँगी और जरा भी नहीं रोऊँगी। तुम बिल्कुल परेशान मत होना।"

मम्मी गोगो की बातें सुनकर निहाल थी और मन-ही-मन उसकी नीता मैडम की तारीफ कर रही थी, जिन्होंने सचमुच गोगो पर जादू कर दिया।

10

नन्ही गोगो ने झूला झूला

नन्ही गोगो के घर के पीछे एक सुंदर सा पार्क था। वहाँ इतने किस्म-किस्म के झूले थे और बच्चे वहाँ इतने ज्यादा आते कि उसका नाम पड़ गया झूला पार्क।

एक दिन मम्मी गोगो को पार्क में घुमाने ले गईं, तो उसकी खुशी का ठिकाना न था। उसने देखा, अरे, यहाँ तो काफी झूले हैं और बच्चे हँसते-खेलते हुए मजे में झूल रहे हैं!

एक से एक बढ़िया झूले थे वहाँ। फिसलन पट्टी, सी-सॉ, घूमनेवाला ढोल, लटकन झूला, पिंग-पों मोटर साइकिल और रस्सीवाले झूले।...और हाँ, एक चकरीदार घूमनेवाला झूला भी था, जिसे सब परी झूला कहते थे। वह अपनी जगह गोल-गोल, तेज-तेज घूमता।

नन्ही गोगो को फिसलन पट्टी पर झूलना खूब मजेदार लगा। वह दौड़-दौड़कर झूलती और फिर पीछे जाकर लाइन बनाकर खड़े बच्चों के पीछे आकर खड़ी हो जाती। फिर दूसरे बच्चों के साथ-साथ वह भी सीढ़ियाँ चढ़कर फिसलने के लिए तैयार हो जाती।

फिसलन पट्टी वाकई लाजवाब थी। इतनी चिकनी, इतनी चिकनी कि क्या कहा जाए! उस पर फिसलते हुए गोगो को इतना अच्छा लगा कि वह जोर-जोर से किलकारियाँ भरने लगी।

इसी तरह गोल चकरीवाले रंग-बिरंगे परी झूले पर वह झूली और गिनकर एक-दो नहीं, पूरे तीस चक्कर काटे।

फिर गोगो दौड़कर सी-सॉ के पास गई। वहाँ खेलते हुए बच्चों से बोली, "मुझे भी खिला लो न, प्लीज!"

एक शरारती लड़की थी शीनू। वह बोली, "आ जा गोगो, झूल ले।" उसने सोचा, मैं गोगो को इतना ऊँचा उठाऊँगी और देर तक हवा में टाँगे रखूँगी कि यह भी क्या याद करेगी! मगर गोगो इतनी भोली थी, इतनी भली कि शीनू सारी शरारतें भूल गई और प्यार से गोगो को सी-सॉ पर झुलाने लगी।

जब गोगो नीचे होती और शीनू का पलड़ा ऊपर उठ जाता तो गोगो को हँसते-हँसते जीभ चिढ़ाने में मजा आता। यह देखकर शीनू भी खूब जोरों से हँस देती और आसपास देखनेवालों की भी हँसी छूट जाती।

शाम को सर्दी बढ़ने लगी तो मम्मी ने उठकर अच्छी तरह शॉल ओढ़ाते हुए कहा, "चल गोगो, ठंड लग जाएगी।"

"अच्छा मम्मी, थोड़ी देर सी-सॉ पर और झूल लूँ। बस थोड़ी देर, फाइव मिनट्स...!"

गोगो थोड़ी देर ओर इसी तरह मजे में झूलती रही। शीनू को भी गोगो के साथ सी-सॉ पर झूलना अच्छा लग रहा था। गोगो की शरारतों पर बार-बार उसकी हँसी छूट रही थी, लेकिन कुछ बच्चे इंतजार में खड़े थे और उनकी

अकुलाहट बढ़ती जा रही थी। उनमें से एक लंबे से लड़के ने दाँत भींचकर कहा, "लालची कहीं की!"

उसने कहा धीमे से था, पर गोगो की मम्मी ने सुन लिया। वे गोगो से बोलीं, "अब हटो गोगो, इनकी भी बारी है।"

गोगो उठी, पर तभी उसे पेंग बढ़ाकर झूलनेवाला एक झूला दिखाई पड़ गया। बोली, "मम्मी, बस पाँच मिनट! इस पर थोड़ा झूल लूँ, फिर किसी चीज के लिए जिद नहीं करूँगी।...प्रॉमिस! आप बस पीछे से जरा सा धक्का दे दो ना।"

मम्मी ने हल्के से धक्का देकर उसका झूला आगे बढ़ाया, तो गोगो खुद पैर आगे बढ़ाकर उस झूले की गति को बढ़ाने लगी। मम्मी से बोली, "हाँ मम्मी, अब जरा फिर से धक्का देना और तेज और तेज...!"

आखिर मम्मी को टोकना पड़ा। उन्होंने कहा, "गिर जाओगी गोगो, अब बस भी करो।"

गोगो मम्मी के कहने पर लौटी तो पर उसका मन वहीं रह गया था। अभी घूमनेवाले ढोल और पिंग-पों मोटरसाइकिल पर तो वह झूली ही नहीं थी। रात भर उसे सपने में झूले दिखाई देते रहे। वह झूलती रही, झूलती रही।

अगले दिन क्लास में उसने सभी सहेलियों को अपनी कॉलोनी के शानदार झूला पार्क के बारे में बताया तो सुनकर सबने कहा, "अरे, वाह...फिर तो हम भी कभी आएँगे झूलने के लिए!"

शाम को गोगो ने फिर मम्मी से कहा, "घूमने नहीं चलोगी मम्मी?"

मम्मी हँसकर बोलीं, "चलूँगी, पर इस शर्त पर कि..."

और मम्मी के कहने से पहले ही गोगो समझ गई कि मम्मी क्या कहना चाहती हैं। वह बोली, "मम्मी, मैं समझ गई आपकी बात। अब मैं बिल्कुल जिद नहीं करूँगी और अँधेरा होने से पहले ही आपके साथ उठकर आ जाऊँगी।...और हाँ, मम्मी, इस बार मैं बस दो ही झूलों पर झूलूँगी—घूमनेवाला ढोल और पिंग-पों मोटरसाइकिल!"

इस पर गोगो की मम्मी फिर उसका हाथ पकड़कर बगलवाले सुंदर से झूला पार्क की ओर चल दीं।

गोगो का नन्हा दोस्त पोपू भी पूँछ उठाए उछलता-कूदता हुआ पीछे-पीछे चल रहा था। देखकर गोगो की मम्मी की हँसी छूट गई।

11

नन्ही गोगो ने सबको हँसाया

उस दिन इतवार था, छुट्टी का दिन। नन्ही गोगो के बहुत से दोस्त और सहेलियाँ उसके साथ खेलने आए थे। गोगो सबको अपने खिलौने दिखा रही थी। प्यारे-प्यारे, रंग-बिरंगे खिलौने। गरदन नचानेवाला गुड्डा और पुलपुल गुड़िया, झप-झप लाइटवाला हवाई जहाज, लकड़ी की चकरी, लट्टू, फिरकनी, लंदन से पिंटू चाचा द्वारा भेजे गए पूसी केट और भालू···नयावाला टेडीबियर और तमाम खिलौने।

उसके दोस्त और सहेलियों ने उन खिलौनों की तारीफ की, फिर खुशी-खुशी उनसे खेलने लगे।

सबसे पहले गरदन नचानेवाले गुड्डे और पुलपुल गुड़िया की सगाई और फिर शादी का खेल चला। आधे बच्चे गुड्डे के दोस्त और घरवाले हो गए और आधे नखरीली गुड़िया के रिश्तेदार। कुछ गुड़िया की हँसोड़ सहेलियाँ भी थीं। फिर अच्छा-खासा धूम-धड़ाकेवाला नाटक चला गुड्डे-गुड़िया की शादी का। एक-दो बार तो हँसते-हँसते सब लोटपोट हो गए। इसके अलावा भी एक-से-एक मजेदार खेल थे। आइस-पाइस और आँख मिचौनी में तो और भी मजा आया।

पर सबसे ज्यादा मजा तब आया, जब नन्ही गोगो मैडम बनी। और मैडम भी कैसी, बाप रे बाप, बड़ी ही रोबदार!

"अच्छा बच्चो, अब बैठो। मैं तुम्हें पढ़ाती हूँ।" नन्ही गोगो ने मम्मी की आँखों का बड़े-से-फ्रेम का चश्मा लगा लिया था और अब मैडम बनी कह रही थी।

"हाँ भई बीनू, जरा खड़े होकर तुम कोई अच्छी सी कविता तो सुनाओ।···कविता आती है कि नहीं?" गोगो की एकदम मैडम जैसी रोबीली आवाज गूँजी।

जब बीनू ने कविता सुनाना शुरू किया, तो गोगो ने मुँह बनाकर टोका, "अरे भई, ऐसे नहीं, ऐसे···! सुर में गाओ सुर में, जैसे मैं गा रही हूँ।" और गोगो ने सच्ची-मुच्ची कविता गाकर सुना दी।

फिर गोगो ने मीना को खड़ा किया। बोली, "सुना है मीना, तुम्हें चुटकुले बहुत अच्छें आते हैं। चलो, कोई अच्छा सा चुटकुला सुनाओ···जल्दी! ऐसा कि सुनकर दिल खुश हो जाए।"

जब मीना ने चुटकुला सुनाया, तो गोगो ने तीन बार सिर दाएँ-बाएँ हिलाकर कहा, "अरे भई मीना, यह क्या! हँसी तो बिल्कुल नहीं आई। चलो, मैं सुनाती हूँ मैं।"

और गोगो ने सचमुच बढ़िया अंदाज में विशु और उसके शेरू कुत्ते को लेकर एक चुस्त, फड़कता हुआ चुटकला सुना दिया। सुनकर सब जोरों से ही-ही करके हँसे।

सचमुच गोगो का रंग जमता जा रहा था। इस बात से खुद उसे भी मजा आ रहा था।

फिर उसने इधर देखा, उधर देखा, अपना बड़ा सा चश्मा उतारा। जरा गंभीर चेहरा बनाकर कहा, ''इस क्लास में लगता है कि सारे के सारे बच्चे नालायक हैं, पर दिप्पी थोड़ी समझदार लग रही है। हाँ, तो दिप्पी खड़ी हो जाओ। चलो, अब तुम कोई अच्छी सी कहानी सुनाओ।''

सुनकर दिप्पी बगलें झाँकने लगीं। बोली, ''वो···वो···ऐसा है मैम कि कहानी मुझे याद तो थी, पर आपका गुस्सेवाला मूड देखकर भूल गई!''

इस पर मैडम बनी गोगो ने फिर से चश्मा लगाकर सबको घूरा। फिर चश्मा हिला-हिलाकर खासी नाराज होकर बोली, ''बहाने क्यों बना रही हो? नहीं आती न, तो ठीक है, बैठो। चुपचाप बैठ जाओ अपनी सीट पर। हे राम, कैसे बुद्धू बच्चे हैं, जो एक ढंग की कहानी तक नहीं सुना सकते! अरे भई, तुमसे अच्छे तो ये खिलौने हैं। कितनी ही कविता-कहानियाँ इन्हें रटी पड़ी हैं, यकीन मानोगे?''

''खिलौने, अरे बाप रे! क्या खिलौने कविता-कहानी सुनाएँगे?'' नन्ही रिंकू ने हैरान होकर कहा।

''ऐं, सच्ची···!'' शरारती बच्ची पिंकी ने भी आँखें चमकाईं।

''और क्या?'' गोगो ने कहा, ''सुनाएँगे क्यों नहीं, खूब सुनाएँगे और तुमसे अच्छा सुनाएँगे।''

''देखो, हाथी अभी उठकर सुनाएगा हाथी धम्मक-धम्मक वाली पोयम।'' हाँ, तो हाथी दादा, आ जाओ मंच पर···! शाबाश, पर जरा धीरे से चढ़ना, कहीं हमारा मंच न टूट जाए।''

और नन्ही गोगो ने हाथी धम्मक-धम्मकवाली पोयम निकाली और एकदम हाथी की तरह मंच पर नाचते हुए कविता सुनानी शुरू की—

धम्मक-धम्मक···मैं हूँ हाथी
धम्मक-धम्मक,
चलता हूँ मैं झम्मक-झम्मक,
हाँ, रे भाई झम्मक-झम्मक,
ओ रे भाई, झम्मक-झम्मक,
दाँत दिखता दम्मक-दम्मक,

कान हिलाता खम्मक-खम्मक,
हाँ, रे भाई, झम्मक-झम्मक,
चलता हूँ मैं धम्मक-धम्मक!

"अरे यह तो तुम सुना रही हो गोगो, तुम! कोई हाथी थोड़े ही सुना रहा है।" नन्ही रिंकू ने शिकायती टोन में कहा।

इस पर गोगो ने हँसकर कहा, "ऐसा है भई, तुम आवाज मेरी सुनो और हाथी की तरफ देखो। तुम्हें लगेगा, सचमुच हाथी दादा ही सुना रहे हैं, धम्मक-धम्मक, हाथी धम्मक-धम्मक...!" नन्ही गोगो एक बार फिर लचक-लचककर गाने की तर्ज पर नाची, तो सबकी हँसी छूट गई।

फिर इसी अंदाज में खरगोश, हिरन, चीता, भालू और लंगूर सबने लचक-लचककर कविताएँ सुनाईं। और असल में तो सबके नाम पर खुद मैडम बनी गोगो ने कविताएँ सुनाईं और खूब रोब गालिब किया।

इस पर सब बच्चे तो खुश थे ही, और बार-बार तालियाँ बजा रहे थे। गोगो के मम्मी-पापा भी बालकॉनी से देख रहे थे और हँस-हँसकर गोगो की इस अदा की तारीफ कर रहे थे।

दोस्तों के जाने के बाद गोगो ने मम्मी से कहा, "मम्मी-मम्मी, जानती हो, आज मैं मैडम बनी थी। और मैंने बड़ा अच्छा रोल निभाया।...बहुत ही अच्छा!"

इस पर गोगो की मम्मी हँसकर बोली, "हाँ-हाँ, मैंने देखा था और तुम्हारे पापा ने भी। तुम तो अच्छी-खासी डाँट लगा रही थी और उन बच्चों को हँसा भी रही थी।"

"अच्छा, फिर तो मैं पास हो गई मम्मी। मैडम के रोल में पास, एकदम पास!" कहकर नन्ही गोगो नाचने लगी। झम्मक-झम्मक!

12

नन्ही गोगो की आँखों में आँसू

नन्ही गोगो को स्कूल जाते हुए रास्ते में एक दुबला सा, भूरा पिल्ला मिला। उसकी एक टाँग में बुरी तरह चोट लगी थी और वह कू-कू करते हुए रो रहा था। शायद ऑटो या कारवाला उसके ऊपर से निकल गया था। खासकर उसकी आगे वाली दाहिनी टाँग पर ज्याद। चोट थी।

उस पिल्ले को गहरी तकलीफ के साथ रोते देख,-गोगो का दिल पिघल गया।

उसने देखा, पिल्ले की आँखों में आँसू हैं और उसकी बड़ी ही करुण पुकार हवा में गूँज रही है। बार-बार लग रहा था, वह कराह-कराहकर सबको अपना दुःख बता रहा है, लेकिन रास्ते पर आते-जाते लोगों में कोई रुक ही नहीं रहा। सब उस पर एक नजर डालते और फिर तेजी से आगे बढ़ जाते।

देखकर नन्ही गोगो की आँखों में आँसू आ गए। वह उस भूरे पिल्ले के पास जाकर बोली, "अरे, तुम्हें तो चोट लगी है, भूरे पिल्ले!"

फिर उसकी पीठ पर हाथ फेरने लगी, "राम रे, तुम तो खड़े भी नहीं हो सकते। जरूर कोई कारवाला तुम्हारी टाँग के ऊपर से निकला होगा। उफ, इतनी तेज कार चलाते हैं ये लोग। जरा भी नहीं सोचते, जरा भी...कि किसी को कितनी परेशानी होगी! अच्छा, तुम यहीं रहना! मैं मम्मी से जाकर कहती हूँ।"

गोगो दौड़ी-दौड़ी घर आई। मम्मी गोगो को स्कूल जाने की बजाय उलटे घर आया देख, परेशान हो गईं। पर गोगो ने आते ही सब बता दिया, "मम्मी-मम्मी, एक डॉगी है...!"

"हाँ-हाँ, क्या हुआ उस डॉगी को?" मम्मी ने पूछा।

"मम्मी-मम्मी, उसकी टाँग टूट गई।" कहते-कहते गोगो को याद आया कि पिल्ला किस तरह घायल होकर रास्ते में पड़ा था और दर्द से कराहते हुए कू-कू कर रहा था। ठीक से खड़ा भी नहीं हो सकता था।

"मम्मी, एक कारवाला था, गंदा बड़ा ही गंदा। वह कार उसकी टाँग के ऊपर से ले गया।...बेचारा खड़ा भी नहीं हो सकता।" कहते-कहते गोगो रुआँसी हो गई।

सुनकर मम्मी को भी दुःख हुआ। बोलीं, "चल, मैं चलती हूँ तेरे साथ।"

मम्मी ने डिटॉल की शीशी ली। थोड़ी रुई और पट्टी, साथ ही थैले में कुछ ब्रेड स्लाइस और थोड़ा दूध भी।

मम्मी ने गोगो के साथ जाकर उस छोटे से पिल्ले को यों दर्द के मारे कू-कू करते देखा तो उनका मन भी पिघल गया। उन्होंने हल्के हाथों से डिटॉल से उसका घाव साफ किया। फिर पिल्ले की टाँग पर हौले से पट्टी बाँध दी। इसके बाद उन्होंने कटोरे में दूध निकालकर पिल्ले के सामने रखा। उसमें थोड़ी ब्रेड भी मिला दी।

अब गोगो की मम्मी पिल्ले को प्यार से पुचकारकर दूध पीने के लिए कह रही थीं।

पिल्ले का दर्द अब कुछ कम हो गया था और उसे अच्छा लगने लगा था। दूध की महक उसके नथुनों में घुसी, तो वह खुश हो गया और प्यार से पूँछ हिलाने

लगा। फिर उसने चप-चप करके ब्रेड मिला दूध पीना और धीरे-धीरे ब्रेड खाना शुरू कर दिया।

कुछ देर बाद गोगो और उसकी मम्मी वापस आने लगे, तो देखा, भूरा पिल्ला भी पीछे-पीछे चला आ रहा है।

"मम्मी-मम्मी, क्या उसे हम घर ले चलें?" नन्ही गोगो ने कहा तो मम्मी ने पुचकारकर पिल्ले को उठाया और उसे प्यार से छाती से लगा, घर ले आईं। कोई हफ्ता-दस दिन में भूरा पिल्ला एकदम ठीक हो गया और भागने-दौड़ने लगा।

शुरू में गोगो के कालेवाले डॉगी पोपू ने उसे तंग करने और भगाने की पुरजोर कोशिश की, पर जल्दी ही उनकी आपस में दोस्ती हो गई।

फिर उनकी मंडली में नन्ही चिड़िया टिनटिन भी तो थी। अब पोपू के साथ-साथ वह भूरे पिल्ले के भी पेट पर बैठकर पूरी निर्भयता से खेलती।

नन्ही गोगो खुश थी। भला क्यों न होती! उसका परिवार बढ़ जो रहा था और हाँ, भूरेवाले पिल्ले का उसने नामकरण भी कर दिया। उसका प्यारा सा नाम था पीलू।

13

नन्ही गोगो कितनी समझदार

नन्ही गोगो ने देखा, घर में काम करनेवाली कालिंदी चाची आई, तो उसके साथ में एक छोटा-सा बच्चा भी है। छोटा-सा, प्यारा-सा गोलमटोल बच्चा।

पर बच्चा इतना चुप-चुप क्यों है! इतना सहमा हुआ क्यों लग रहा है? नन्ही गोगो को बिल्कुल समझ में नहीं आया। वह सोचने लगी, शायद इसकी मम्मी ने डाँटा होगा। वरना कोई बच्चा भला इतना चुप-चुप कैसे हो सकता है?

नन्ही गोगो झट दौड़कर रसोई में गई। बिस्कुटवाला डिब्बा खोला, उसमें से चार-पाँच मीठे, कुरकुरे बिस्कुट निकाल लाई। प्लेट में बिस्कुट लेकर उस बच्चे के आगे खड़ी हो गई। मुसकराते हुए बोली, "खाएगा न, ले खा।"

बच्चे ने कुछ देर अविश्वास से देखा, गोगो खिलाना चाहती है या यों ही ललचा रही है? पर गोगों की आँखों में सच्चा प्यार था। देखकर बच्चे ने झट बिस्कुट की प्लेट ले ली। फर्श पर रखकर मजे में बिस्कुट खाने लगा।

बिस्कुट वाकई अच्छे थे। ताजे-ताजे, कुरकुरे। बच्चे को वे इतने अच्छे लगे

कि खाते-खाते वह एकाएक हँसने लगा। देखकर गोगो खुश हो गई। बोली, "क्या नाम है तुम्हारा?"

"सत्ते...!" बिस्कुट खाते-खाते कोई चार बरस के उस साँवले बच्चे ने कहा।

"अरे वाह, नाम तो अच्छा है, बल्कि बहुत प्यारा, पर तुम बोलते क्यों नहीं हो। इतने चुप-चुप क्यों हो? कुछ तो बोलो...कुछ भी बोलो! मुझसे बातें करो। अच्छा, मुझसे दोस्ती करोगे? मेरा नाम गोगो है, गोगो।" गोगो ने बड़े प्यार से कहा।

कुछ देर तो सत्ते सोचता रहा, क्या बात करे, क्या नहीं? पर गोगो इतनी प्यारी बच्ची थी कि थोड़ी देर में सत्ते खुद-ब-खुद बातें करने लगा। दोनों बातें करते जाते और खूब हँसते।

अब तो यह रोज का ही सिलसिला बन गया। जितनी देर कालिंदी चाची घर में झाड़ू-पोंछे और सफाई का काम करती, उतनी देर गोगो सत्ते से खूब बातें करती, खूब-खूब बातें। अब तो हालत यह हो गई कि बिना सत्ते के गोगो को बिल्कुल अच्छा नहीं लगता था।

फिर एक दिन कालिंदी चाची काम करने आई तो सत्ते साथ में नहीं था। गोगो को बड़ा बुरा लगा। पूछने लगी, "अरे आंटी, आज सत्ते को क्यों नहीं लाईं? सत्ते के बिना तो मेरा बिल्कुल मन नहीं लगता।"

फिर पता चला, सत्ते को बुखार आ गया है। इसीलिए कालिंदी चाची उसे साथ नहीं लाईं। पड़ोस की एक रिश्तेदार के पास ही छोड़ आई हैं, ताकि वह उसे समय से दवाई देती रहे और दूध पिला दे।

गोगो परेशान हो गई। बार-बार मम्मी के पास जाकर कहती, "मम्मी, इतने छोटे से सत्ते को क्यों आ गया बुखार? उसकी मम्मी के पास तो ज्यादा पैसे भी नहीं है। फिर बेचारी कहाँ से अच्छी दवाई लाएगी और दूध-बिस्कुट भी? मम्मी, मम्मी, सत्ते को मेरे बिस्कुट बहुत अच्छे लगते हैं। मेरे साथ-साथ बातें करता है और बिस्कुट खाता है, तो उसकी हँसी छूट जाती है।"

दिन में इतनी बार गोगो ने सत्ते के बारे में पूछा कि मम्मी भी कुछ परेशान हो गईं। बोलीं, "चल, सत्ते के बगैर तेरा मन नहीं लगता, तो तुझे उससे मिलवाकर लाती हूँ।"

मम्मी ने अपना पर्स उठाया, उसमें सौ-सौ के दो नोट रख लिये। कुछ खुले पैसे भी। गोगो ने बिस्कुटवाला डिब्बा खोलकर दो पैकेट बिस्कुट के निकाल लिये। फिर गोगो अपनी मम्मी के साथ चल दी। दोनों कालिंदी चाची के घर गईं तो देखा, सत्ते बुखार में तप रहा है। दवाई का कोई ज्यादा असर नहीं था। मम्मी ने कालिंदी

चाची को पर्स से निकालकर दो सौ रुपए दिए। कहा, "किसी अच्छे डॉक्टर से इसकी दवाई ले लेना। जब तक यह ठीक न हो, काम पर आने की जरूरत नहीं है।"

गोगो ने सत्ते को बिस्कुट के पैकेट दिए, उसके सिर पर प्यार से हाथ फेरा और प्यार से टाटा करके बोली, "जल्दी ठीक हो जाओ, फिर आना।...अच्छा!"

तीसरे दिन नन्हा सत्ते मम्मी के साथ आया तो काफी खुश था। उसका बुखार उतर गया था और उसने थोड़ा-थोड़ा खाना-पीना भी शुरू कर दिया था।

गोगो ने सत्ते को खूब प्यार किया। खूब बातें कीं और कहा, "देखना, जल्दी ही तुम बिल्कुल ठीक हो जाओगे।"

बाद में सत्ते गया, तो गोगो मम्मी से बोली, "मम्मी-मम्मी, मैं सत्ते को थोड़ा पढ़ा दिया करूँ? वह भी थोड़ी ए-बी-सी-डी सीख जाएगा।"

"हाँ, बेटी, क्यों नहीं!" गोगो की मम्मी खुश होकर बोलीं।

फिर मन-ही-मन कहने लगीं, "अरे, मेरी नन्ही गोगो सचमुच कितनी समझदार हो गई है।"

और नन्ही गोगो तो उछल रही थी, 'वाह जी वाह, मैं तो टीचर बनूँगी!'

14

नन्ही गोगो नहीं, बड़ी गोगो

नन्ही गोगो जब से सत्ते को पढ़ाने लगी है, वह देखते-ही-देखते अपनी और दूसरों की नजरों में भी बड़ी हो गई है। सब उसकी ओर प्रशंसा भरी नजरों से देखते हैं, जैसे कहना चाहते हों, 'यह है नन्ही गोगो, जिसका दिल इतना बड़ा है कि उस पर बहुत प्यार आता है।'

नन्ही गोगो सोचती, 'लोग मेरी इतनी तारीफ करते हैं, तो मुझे भी खुद को इस तारीफ के लायक बनाना होगा। मैं कोई ऐसा काम नहीं करूँगी कि लोग कहें देखो, नन्ही गोगो वैसे तो अच्छी है, पर...!'

इसलिए नन्ही गोगो ने अपनी छोटी-बड़ी ऐसी सभी आदतें सुधारनी शुरू की हैं, जिनको लेकर मम्मी-पापा और दूसरे लोग टोका-टाकी करते थे। पहले वह छोटी-छोटी चीजों को लेकर जिद ठान लेती थी। दूध पीने को लेकर मम्मी को बड़ा तंग करती थी। उसके माँगने पर मम्मी ने चॉकलेट या आइसक्रीम नहीं लाकर दी तो कहती थी, "ना जी ना, मैं खाना नहीं खाऊँगी।"

मम्मी किसी छोटी सी बात पर डाँटतीं, तो गोगो का मुँह कुप्पी जैसा फूल जाता था। कभी उसकी पसंद की सब्जी न बनी होती तो खाने की हड़ताल। कहती, ''ना जी ना, मुझे भूख नहीं है मम्मी!'' जबकि मम्मी समझ जातीं कि आज नन्ही गोगो का बैंगन का भुरता खाने का मन था। मैंने भुरता नहीं बनाया, इसीलिए वह खाना नहीं खा रही है।

नन्ही गोगो को भी अपनी इन कमजोरियों का पता था। वह इन्हें बड़ी शान की चीज समझती थी, पर अब वह अपनी आदतें सुधारने लगी। वह सोचती, 'घर में जो कुछ बना है, वही प्यार से खाना चाहिए। आखिर मम्मी सबकी पसंद की चीजें एक साथ तो नहीं बना सकती न! फिर यह भी देखना चाहिए कि मम्मी भी तो बीमार पड़ सकती हैं। उनका शरीर भी तो थकता होगा न! क्या मैं खाली अपनी चिंता करती रहूँ और मम्मी के बारे में बिल्कुल न सोचूँ? बल्कि मुझे तो मम्मी की थोड़ी-थोड़ी मदद करनी चाहिए। अब मैं समझदार जो हो गई हूँ!'

इसी तरह नन्ही गोगो ने तय किया कि अब वह अपने कपड़ों और किताबों की अलमारी खुद अच्छी तरह साफ किया करेगी। बस्ता और बाकी चीजें सही जगह रखेगी। पहले तो घर में घुसते ही वह बस्ता कहीं फेंकती थी, जूते कहीं फेंकती थी और पूरे घर में अफरा-तफरी मचा देती थी। फिर सुबह स्कूल जाते समय चीजें नहीं मिलती थीं, तो गोगो का बुरी तरह से रोना चालू हो जाता था।

मम्मी कुछ दिनों से देख रही थी कि गोगो बिल्कुल बदल गई है। जब से उसने नन्हे सत्ते को पढ़ाना शुरू किया था, तब से गोगो जैसे खुद-ब-खुद बड़ी होती जा रही थी। उसका बात-बात पर रोना और जिद करना तो एकदम खत्म ही हो गया था। अब तो मम्मी जब भी खाली होतीं, गोगो दौड़कर मम्मी के गले में बाँहें डाल देती और कहती, ''देखो-देखो मम्मी, सत्ते कितना शरारती है। आज क्या हुआ कि···!'' और सत्ते की शरारत का किस्सा सुनाते-सुनाते गोगो इतना हँसती, इतना हँसती कि गोगो की मम्मी की भी हँसी छूट जाती। वे प्यार से अपनी लाड़ली बेटी का माथा चूम लेतीं।

गोगो की मम्मी सोचतीं, ''गोगो अच्छी तो थी, पर सत्ते से दोस्ती करके और भी अच्छी हो गई है।''

आसपास के बच्चे ही नहीं, उनके मम्मी-पापा भी कहते, ''देखो, नन्ही गोगो कितनी समझदार है। तुम वैसा ही बनने की कोशिश क्यों नहीं करते?''

इस पर गोगो के मम्मी-पापा को अपनी लाड़ली बेटी पर बड़ा गर्व महसूस होता।

पर नन्ही गोगो सोचती, 'मैं और अच्छा बनने की कोशिश करूँगी। मैं तो इससे भी कहीं ज्यादा बड़े काम कर सकती हूँ, तो फिर मैं यहीं क्यों रुकी रहूँ?'

और उसी वक्त नन्हे सत्ते का हँसता हुआ चेहरा उसके सामने आ जाता। गोगो सोचती, 'मैं तो सभी को खुशियाँ बाँटूँगी, क्योंकि खुशियाँ बाँटने से ही तो खुशियाँ मिलती हैं।'

15

नन्ही गोगो को मिला एक मकई का दाना

नन्ही गोगो के इम्तिहान पास आ गए, तो वह सब कुछ छोड़कर पढ़ाई-लिखाई में लग गई। अब तो रात-दिन वह अपने होमवर्क की कॉपी लिये कभी उस पर गिनती लिख रही होती, कभी पहाड़े, कभी क, ख, ग और कभी ए-बी-सी-डी-ई।

मम्मी को यह बड़ा अजीब लगता कि नन्ही गोगो पढ़ाई-लिखाई में इतनी सीरियस हो गई, इतनी ज्यादा सीरियस कि पढ़ाई के अलावा बाकी सारी चीजें भूल ही गई। मम्मी जो कुछ बनाकर देतीं, झटपट खा लेती और फिर से पढ़ाई में लग जाती। उसने सोच लिया था, इस बार मुझे अपने क्लास में अव्वल आकर दिखाना है, ताकि लोग कहें, 'देखो, नन्ही गोगो कितनी होशियार है। इस बार इसका एक भी नंबर नहीं कटा। पूरे में पूरे नंबर आए हैं।'

पर जिस समय गोगो सत्ते को पढ़ाती, उस समय उसके चहरे पर जरूर हँसी रहती थी, क्योंकि सत्ते को हँस-हँसकर न पढ़ाएगी, तो भला उसे क्या मजा आएगा?

आखिर दस दिन बाद गोगो के इम्तिहान खत्म हो गए। अब तो फुरसत थी, छुट्टियाँ-ही-छुट्टियाँ···!

गोगो जमकर उछली, कूदी और नाची। एक दिन सुबह उसके लॉन में तितली आई। पीली, सुंदर, तितली। गोगो उसके पीछे दौड़ी और तितली ने उसे खूब छकाया।

फिर एक दिन की बात, अच्छी-अच्छी धूप खिली थी। नन्ही गोगो के पास उसकी सहेली मीनू आई। बोली, ''चल गोगो, गेंद खेलें।''

मीनू के पास सुंदर सी हरे रंग की गेद थी। गोगो झट उसके साथ खेलने चल दी। झूला पार्क में जाकर दोनों देर तक खेलती रहीं। गेंद टप्पा खाकर कभी इधर

जाती, कभी उधर। दोनों सहेलियाँ उसे पकड़ने दौड़तीं। जिसके हाथ वह गेंद आ जाती, उसका एक नंबर बढ़ जाता। कभी गोगो जीतती, तो कभी हारती। पर हारने पर गोगो का मन उदास हो जाता। उसे हारने की आदत जो नहीं थी।

आखिर खेलते-खेलते मीनू के चार प्वाइंट ज्यादा हो गए। नन्ही गोगो कुछ उदास हो गई। उसकी आँखों में मोती जैसे आँसू झिलमिला उठे।

इस पर मीनू बोली, "गोगो-गोगो, यह तो अच्छी बात नहीं है। अब हार गई हो तो रो रही हो। तब तो मैं ही झूठी-मूठी हार जाती हूँ, ताकि तुम हँसो, हँसती रहो।"

नन्ही गोगो ने झट आँसू पोंछ लिये। बोली, "मैं रो कहाँ रही हूँ?"

"और क्या, रो ही तो रही हो!" मीनू बोली, "इसका मतलब तो यह है कि तुम चाहती हो, खाली तुम जीतो, कोई और नहीं। अब मैं समझ गई, सब चाहे तुम्हें कुछ भी कहें, मगर तुम तुनकमिजाज हो।"

अब तो गोगो का जोर का रोना छूट गया।

इस पर मीनू ने चुप कराने की बजाय उसका और मजाक उड़ाया। अपनी हरी गेंद लेकर हँसते-हँसते बोली, "अच्छा गोगो, अब तू बैठकर आराम से रो, मैं तो अपने घर जाती हूँ।"

सुनकर गोगो का मन दुःखी हो गया। इतनी चोट तो आज तक उसे किसी ने नहीं पहुँचाई थी।

नन्ही गोगो कुछ देर उदास सी झूला पार्क में बैठी रही। फिर चुपचाप अपने घर की ओर जाने लगी।

आज बड़े दिनों में बाद वह खुद को एकदम अकेला महसूस कर रही थी। गोगो इतनी उदास थी कि उसे कुछ भी अच्छा नहीं लगा रहा था। यहाँ तक कि झूला झूलने की इच्छा नहीं हुई।

घर जाते हुए भी रास्ते में वह बस मीनू की हरी गेंद के बारे में सोच रही थी। मन-ही-मन कह रही थी, 'देखो कितना घमंड हैं मीनू को अपनी गेंद का! मैं भी आज पापा से कहकर अपने लिए नई गेंद मँगवाऊँगी।'

'...पर हाँ, यह बात तो मीनू की ठीक है कि मुझे अपनी हार पर रोना नहीं चाहिए था। खेल में जीत-हार तो चलती ही रहती है। इसमें भला रोना कैसा! यह मेरी गलती है। मुझे मीनू के आगे सॉरी फील करना चाहिए।'

गोगो यह सोचती हुई जा रही थी कि अचानक चलते-चलते वह चौंक गई। उसे लगा, रास्ते में कोई उसे देखकर हँस रहा है।

उसका ध्यान खुद-ब-खुद अपने पैरों के पास गया। वहाँ एक मकई का

दाना था, बहुत बड़ा सा मकई का दाना। एकदम सुनहरा-सुनहरा। वह गोगो को देखकर हँस रहा था। उसकी हँसी इतनी प्यारी और इतनी भोली थी कि गोगो चलते-चलते रुक गई।

कुछ देर गोगो खड़ी-खड़ी उस गोलमटोल, भोले-भाले, मगर शरारती मकई के दाने को देखती रही। फिर बोली, "अरे-अरे, तुम हँस क्यों रहे हो मकई के दाने?

इस पर मकई का दाना और भी जोरों से हँसा, "खुदर-खुदर...खुदर खुदर!"

नन्ही गोगो को बड़ी हैरानी हुई। बोली, "ओ रे ओ मकई के दाने! तुमने बताया नहीं कि तुम हँस क्यों रहे हो... ?"

"क्योंकि तुम बुद्धू हो, बुद्धू, बिल्कुल बुद्धू!" मकई का दाना फिर हँसा। फिर थोड़ा सीरियस होकर बोला, "तुम तो इतनी बुद्धू हो गोगो कि जरा सी बात पर रो देती हो। अगर तुम्हारी सहेली मीनू ने मजाक उड़ाया तो इसका मतलब यह तो नहीं कि सारे के सारे लोग बुरे हैं। आओ चलो, मेरे साथ खेलो।"

"तुम्हारे साथ... ?" गोगो की उदासी एकदम खत्म हो गई। उसे इतनी हैरानी हुई कि मारे खुशी के वह हँसने लगी। फिर बोली, "ओ रे ओ, मकई के दाने! भला तुम्हारे साथ मैं क्या खेलूँ?"

"अरे, मैं दौड़ तो लगा ही सकता हूँ...! तुम क्या मुझे कम समझती हो? खूब तेज दौड़ता हूँ मैं, खूब तेज। आओ, दौड़ो मेरे साथ।" मकई का दाना खिलखिलाकर बोला और झटपट उसने दौड़ लगा दी।

साथ-ही -साथ गोगो भी दौड़ पड़ी।

दोनों दौड़ते रहे...दौड़ते रहे देर तक। देर तक मगन होकर खेलते रहे। गोगो पहली बार इतनी तेज इतनी तेज, दौड़ी थी कि एकदम पसीने-पसीने होकर हाँफ रही थी। पर उसे अच्छा भी लग रहा था। बड़े दिनों बाद वह अपने कमरे से निकलकर पार्क की खुली हवा में आई थी।

उसने एक बार फिर मकई के दाने की ओर देखा। वह अब भी उतनी ही शरारत से हँस रहा था और पार्क में बिल्कुल मीनू की हरी गेंद की तरह टप्पे खा रहा था। मजे में उछल और कूद रहा था।

मकई के दाने के ये अजीबोगरीब करतब देखकर गोगो इतनी खुश हुई कि जोर-जोर से तालियाँ बजाकर हँसने लगी।

कुछ देर बाद गोगो की मम्मी उसे ढूँढ़ते हुए झूला पार्क में आ गईं। वे कुछ परेशान सी थीं।

असल में अभी कुछ देर पहले उनका ध्यान गया कि गोगो तो घर में कहीं नजर

नहीं आ रही! उन्होंने कुछ देर घर में ऊपर-नीचे देखा था। एक-एक कमरा खँगाल लिया। फिर भी नहीं मिली तो सोचा, शायद झूला पार्क में खेलने आ गई होगी।

वाकई झूला पार्क में गोगो थी। खूब खुश थी और मकई के दाने के पीछे-पीछे दौड़ती हुई, उसके करतब देखती, तालियाँ बजाकर हँस रही थी।

मम्मी आईं तो मकई का दाना न जाने कहाँ लुक-छिप गया। मम्मी ने देखा, गोगो खूब खुशी से तालियाँ बजा रही है। नाच-गा रही है और उसके चेहरे पर बड़ी लाली और रौनक है।

मम्मी ने बड़े प्यार से गोगो का माथा चूम लिया। बोलीं, "आज बड़े दिनों बाद तुझे इतना खुश देख रही हूँ। आज क्या बात है गोगो?"

"मम्मी-मम्मी, वो···मकई का दाना!" गोगो के मुँह से निकला।

"कौन सा···कौन सा मकई का दाना? क्या कह रही है तू?" मम्मी ने हैरानी से गोगो की ओर देखकर पूछा।

"अरे, वाकई···!" नन्ही गोगो ने हैरानी से देखा, मकई का दाना तो कहीं था ही नहीं। एकदम गायब हो गया था।

गोगो ने घर चलते हुए मम्मी को मकई के दाने का किस्सा सुनाया, तो मम्मी हँसकर बोलीं, "ओह, मैं समझ गई, तू जरूर कोई कहानी सुना रही है, वरना मकई का दाना भी कहीं गेंद की तरह उछलता-कूदता, नाचना और दौड़ता है!"

गोगो बिल्कुल समझ नहीं पा रही थी कि वह कैसे मम्मी को बताए कि "मम्मी-मम्मी, वाकई मकई का दाना था और अभी-अभी मेरे साथ खूब जोरों से दौड़-भाग रहा था और खेल रहा था। तभी तो आज मैं खुश हूँ इतनी खुश···इतनी खुश···कि क्या कहूँ!"

उसने सोचा, अगली बार मकई का दाना आया, तो वह उसे मम्मी से जरूर मिलवाएगी।

16

कबूतर आ-आ-आ!

नन्ही गोगो कई बार परेशान होकर सोचती है, ये परिंदे बेचारे प्यासे होते हैं, तो इन्हें पानी कहाँ से मिलता है, भूख लगती है, तो खाने को दाना मिल जाता होगा? गोगो ने मम्मी से पूछा, तो मम्मी समझ गईं उसके दिल की बात। बोलीं,

"गोगो, तुम हर सुबह छत पर कबूतरों के लिए दाने डाल दिया करो। मिट्टी के सकोरे में उनके पीने के लिए पानी रख दिया करो।"

मम्मी ने अगले ही दिन राधू कुम्हार के पास जाकर मिट्टी की एक छोटी सी तश्तरी ले ली, साथ ही एक छोटा सा सकोरा भी। गोगो रोजाना मिट्टी की तश्तरी में दाना डालती और सकोरा पानी से भरकर रख देती।

गोगो देखती कि सामनेवाले पुरंग अंकल कबूतरों को दाना खिलाते हैं। उनकी छत पर बाँस का बना एक जाल भी है, जिस पर दाना चुगने के बाद कबूतर मजे में बैठ जाते हैं और प्यार से भरकर गुटर-गूँ, गुटर-गूँ करना शुरू कर देते हैं।

नन्ही गोगो सोचने लगी, 'पता नहीं, मेरे यहाँ आकर कबूतर दाना खाएँगे या नहीं?' इसलिए उसने दाने से भरा कटोरा उठाकर जोर-जोर से पुकारना शुरू किया, "कबूतर आ-आ-आ…कबूतर आ-आ-आ!"

नन्ही गोगो को कबूतर आ-आ की पुकार लगाते देख, पुरंग अंकल को इतना मजा आया कि उनकी लंबी-लंबी मूँछें फड़कने लगीं। हँसते हुए बोले, "ऐसे ही थोड़े आ जाएँगे कबूतर! बिटिया, ये तो मेरे पले हुए हैं, बरसों-बरस से यहीं रह रहे हैं।"

पर पुरंग अंकल यह देखकर हैरान रह गए कि अभी उनकी बात पूरी हुई भी न थी कि उनके जाल पर से उड़कर दो-तीन कबूतर गोगो की छत पर आ गए। गोगो ने झट अपने हाथ में पकड़ी हुई बाजरे के दानों से भरी तश्तरी नीचे रखी और दूर पत्थर की बेंच पर जाकर बैठ गई कि देखूँ ये कबूतर दाने चुगते हैं कि नहीं?

गोगो की खुशी का कोई ठिकाना न रहा, जब उसने देखा कि उन तीनों कबूतरों ने बड़े मजे से पहले थोड़ा पानी पिया, फिर दाना चुगने लगे।

अभी ये तीन कबूतर दाना चुग ही रहे थे कि देखते-देखते पाँच-सात कबूतर और आ गए। और फिर तो थोड़ी ही देर में कबूतरों का एक बड़ा झुंड गोगो की छत पर नजर आने लगा।

दूर पत्थर की बेंच पर बैठी गोगो मजे में तालियाँ बजा रही है। उसने घूमकर देखा, पुरंग अंकल के बाँसवाले जाल पर कबूतरों की संख्या अब आधी भी नहीं रह गई थी। देखते-ही-देखते पुरंग अंकल का चेहरा लटक गया। भला अपनी छत से जाते हुए कबूतरों को वे कैसे रोकें?

अब तो गोगो का रोजाना का ही यह नियम बन गया। वह मिट्टी की बड़ी सी तश्तरी में ढेर सारे बाजरे के दाने रखती और सकोरे में पानी भरकर रखती। फिर

उसी तरह पुकार लगाती, 'कबूतर आ-आ-आ···कबूतर आ-आ-आ!' गोगो की आवाज में न जाने कैसा जादू था कि पुरंग अंकल की छत से कबूतर उड़ते और देखते-ही-देखते गोगो की छत पर नजर आने लगते। वे बाजरे के दाने खाते, पानी पीते। इधर-उधर बैठकर मजे में गुटर-गूँ करते और फिर उड़ जाते।

पुरंग अंकल हैरान, कुछ-कुछ परेशान भी थे। वे रोजाना देखते कि उनके यहाँ से कबूतर ढेर सारा दाना रखने के बावजूद उड़कर गोगो के यहाँ चले जाते हैं। कोई घंटे भर के लिए उनकी छत एकदम सुनसान हो जाती है और गोगो की छत गूँजने और चहचहाने लगती है। अब तो कबूतर गोगो के चारों ओर घेरा बनाकर बैठ जाते थे। कुछ उसके कंधों पर भी बैठ जाते थे। मानो सारे-के-सारे कबूतर गोगो से बातें करना चाहते हों!

पुरंग अंकल अकेले अपनी छत पर टहलते हुए यह देखते रहते और कुढ़ते रहते।

फिर गोगो का स्कूल जाने का टाइम हो जाता। कबूतरों को 'टा-टा' करके वह छत से नीचे आती और नहा-धोकर स्कूल जाने की तैयारियों में लग जाती। इस पर कुछ कबूतर तो उड़कर वापस पुरंग अंकल की छत पर चले जाते, लेकिन बहुत से कबूतर ऐसे थे जिन्हें गोगो से प्यार हो गया था। गोगो के जाने के बाद भी वे उसकी छत पर मँडराते और 'गुटर-गूँ, गुटर-गूँ' करते रहते।

गोगो को भी यह देखकर दुःख होता था कि पुरंग अंकल तो बेचारे बिल्कुल अकेले रह गए। ये कबूतर उनके पास जाना ही नहीं चाहते। एक दिन कबूतरों को दाना चुगाने के बाद वह बोली, "पुरंग अंकल आप ही बताइए, मैं क्या करूँ? ये कबूतर तो वापस जा ही नहीं रहे हैं।"

पुरंग अंकल हँसकर बोले, "बिटिया, जैसे तुम कबूतर आ-आ-आ करती हो वैसे ही कबूतर जा-जा-जा भी कहा करो। तब शायद ये वापस मेरे पास आ जाएँ।"

नन्ही गोगो को बात जँच गई। जैसे ही कबूतरों का दाना खत्म हुआ, उसने खाली तश्तरी दिखाकर, हाथ हिलाते हुए सभी कबूतरों से कहा, "कबूतर जा-जा-जा···कबूतर जा-जा-जा!" और सचमुच नन्ही गोगो के जा-जा कहते ही सभी कबूतर उड़ते हुए पुरंग अंकल की छत पर जा पहुँचे और उनके बाँस के जाल पर जा बैठे।

यह देखकर पुरंग अंकल का कुम्हलाया चेहरा खिल गया। इस पर नन्ही गोगो को बड़ी हँसी आई।

उसे लगा, उसकी छत से पुरंग अंकल की छत पर उड़कर जाते हुए कबूतर भी धीरे-धीरे हँसते हुए गुटर-गूँ, गुटर-गूँ करते जा रहे हैं।

अब तो यह रोजाना का ही चक्कर चल गया। गोगो का यह मजेदार खेल था। शुरू में दाने से भरी हुई तश्तरी दिखाकर वह कबूतर आ-आ कहती और सारे कबूतर उसकी छत पर आ जाते और बाद में जा-जा कहती, तो सारे कबूतर पुरंग अंकल की छत पर जा बैठते। फिर नन्ही गोगो बड़े मजे में तैयार होकर स्कूल की ओर चल देती।

17

सब दोस्तों को दावत

नन्ही गोगो को खाने में सबसे ज्यादा पसंद है मटर-पनीर की सब्जी। मम्मी से बार-बार कहती है, "मम्मी, आपने पिछली बार मटर-पनीर की सब्जी बहुत अच्छी बनाई थी, पर अब कितने दिनों से तो बनाई ही नहीं है। आज फिर से बनाओ न मम्मी!"

नन्ही गोगो की इस फरमाइश पर मम्मी निहाल हो जाती हैं। हँसकर कहती हैं, "ठीक है, तू चल मेरे साथ। अभी शर्मा अंकल की डेयरी से पनीर लेकर आते हैं।"

नन्ही गोगो झटपट पैरों में चप्पल डालती है, नन्ही सी कंघी से बाल सँवारती है और झटपट तैयार होकर मम्मी से कहती है, "चलो मम्मी, चलो। जल्दी चलो न!"

और जब मम्मी अपने मन का सारा प्यार उड़ेलकर नन्ही गोगो के लिए मटर-पनीर की सब्जी बनाती हैं, तो उस दिन वह इतनी खुश होती है जैसे हवा में उड़ रही हो। कई बार मम्मी के पास आकर कटोरी भरवा ले जाती है और खाना खाने से पहले ही दो-तीन कटोरी सब्जी तो जरूर हप्प कर जाती है।

एक दिन की बात, गोगो की मम्मी ने मटर-पनीर की सब्जी बनाई, तो जैसा कि होना ही था, नन्ही गोगो को सबसे पहले चखने के लिए दी। गोगो को मटर-पनीर की सब्जी इतनी अच्छी लगी, इतनी अच्छी लगी कि पूरी तीन कटोरियाँ खाने के बाद वह घर के सब कमरों में उछलती फिरी और गाने लगी—

मेरी मम्मी कितनी अच्छी हैं, अच्छी हैं, अच्छी
मेरी लिए कितनी अच्छी बनाती हैं, मटर-पनीर की सब्जी,
सचमुच मम्मी अच्छी हैं, अच्छी हैं, अच्छी!

थोड़ी देर बाद नन्ही गोगो को याद आया, अरे, उसका पार्क में खेलने का टाइम हो गया! सब बच्चों ने कहा था, गोगो अपनी नीलीवाली गेंद लाना। जमीन पर टप्पे मारकर गेंद लपकनेवाला खेल खेलेंगे। जिसके ज्यादा नंबर आएँगे, वह जीतेगा।... बस, याद आते ही नन्ही गोगो ने अपनी नीली गेंद उठाई और झट से झूला पार्क की ओर दौड़ पड़ी।

नन्ही गोगो का आधा मन तो खेल में था, लेकिन आधा मम्मी की बनाई प्यारी-प्यारी मटर-पनीर की सब्जी में। झूला पार्क की ओर दौड़ती हुए भी वह अभी तक गाना गा रही थी, 'मम्मी मेरी अच्छी हैं, अच्छी हैं, अच्छी,/बनाती हैं मेरे लिए मटर-पनीर की सब्जी,/सब्जी है अच्छी, अच्छी है अच्छी!'

गोगो के नन्हे मित्रों ने जब उसे यह अजीब सा गाना गाते हुए देखा, तो बोले, "गोगो, तू तो गेंद का गाना गाती थी कि गेंद मेरी अच्छी है, अच्छी, पर आज गेंद को भूलकर यह कौन सा दूसरा गाना गाने लगी?"

सुनकर नन्ही गोगो खिल-खिल हँसती हुई बोली, "तुम नहीं समझोगे? यह मटर-पनीर का गाना है कि मम्मी मेरी अच्छी हैं, अच्छी हैं, अच्छी, बनाती हैं मेरे लिए मटर-पनीर की सब्जी अच्छी-अच्छी!"

सुनकर नन्ही गोगो की सहेलियों को बड़ा अजीब लगा। गुलाबी फ्रॉकवाली पिंकी बोली, "बनाती तो मेरी मम्मी भी बहुत सब्जियाँ कमाल की है, पर मैंने तो कभी ऐसा गाना नहीं गाया।"

मीनू ने अजीब सा मुँह बनाकर कहा, "हाँ भई, है तो बात सच्ची...सच्ची है सच्ची!"

सुनकर सब जोर से हँस पड़े।

गोगो समझ गई, मीनू समेत सभी उसका मजाक उड़ाने के मूड में हैं, पर उसने बुरा नहीं माना। बोली, "अगर तुम लोग कोई और गाना गाना चाहते हो, तो गाओ न! तुम्हें गाने से कौन रोकता है? वैसे एक बात बता दूँ, तुम्हारी मम्मी और सब्जियाँ चाहे जैसी बनाती हों, पर मटर-पनीर की सब्जी मेरी मम्मी से अच्छी नहीं बना सकतीं। मेरी मम्मी की सब्जी तो बस कमाल है, कमाल!"

"कमाल कि धमाल!" मुटकी दिप्पी ने हँसते हुए पूछा।

मीनू बोली, "ओ गोगो, ऐसे ही कमाल और धमाल करती रहोगी या खिलाओगी भी। हम भी जानें, तुम्हारी मम्मी कितनी अच्छी सब्जी बनाती हैं?"

"तो चलो न! चलो मेरे घर, कोई तुम्हें रोक रहा है?" गोगो ने कहा।

"रोक तो कोई नहीं रहा, पर तुमने कहा भी नहीं।" सुनंदा बोली।

"तो अब कह रही हूँ न, हजार बार कह रही हूँ। चलो अभी चलो। तुम सारे के सारे दोस्तों की दावत है मेरे घर।" गोगो बोली।

"अरे रहने दो, कहीं तुम्हारी मम्मी की बनाई सब्जी कम पड़ गई, तो बड़ी किरकिरी होगी तुम्हारी।" अनु ने आँखें नचाकर कहा।

इस पर गोगो तैश में आ गई। बोली, "नहीं जी नहीं, नहीं कम पड़ेगी। मेरी मम्मी ने बड़ेवाले कुकर में सब्जी बनाई है। पूरा कुकर भरा पड़ा है। आओ, देख लो चलकर। आओ···आओ-आओ!"

नन्ही गोगो ने दावत का निमंत्रण दिया तो उसके दोस्त और सहेलियाँ भी भला कैसे पीछे रहतीं? सब बोले, "चलो चलो, आज नन्ही गोगो के घर चलकर दावत खाते हैं।"

थोड़ी ही देर में नन्ही गोगो के साथ उसके सारे दोस्त घर में धड़धड़ाते हुए आए, तो उसकी मम्मी बड़ी हैरान हुईं और खुश भी हुईं। उन्होंने झट सबको फ्रिज का ठंडा-ठंडा पानी पिलाया। बिस्कुट-टाफियाँ लाकर दीं और हँस-हँसकर बातें करने लगीं।

इतने में ही नन्ही गोगो ने कहा, "मम्मी, जल्दी करो न, मेरे दोस्त दावत खाने के लिए आए हैं। ठंडा पानी तो आप बाद में भी पिला सकती हो और टाफियाँ भी ये बाद में खा लेंगे। अभी जल्दी से इन्हें मटर-पनीर की सब्जी खिलाओ। मैंने बोला है कि मेरी मम्मी बहुत अच्छी मटर-पनीर की सब्जी बनाती हैं, तो ये सारे के सारे आ गए दावत पर।"

सुनकर मम्मी एक पल के लिए भौचक्की रह गईं। सोचने लगीं, 'इस पूरी की पूरी बच्चा पार्टी को दावत खिलाऊँगी, तो भला घर के लिए क्या बचेगा? और फिर अकेली मटर-पनीर की सब्जी क्या खिलाई जाएगी? साथ में बच्चों के लिए छोटे-छोटे पराँठे भी सेंक लूँ।'

बस, गोगो की मम्मी ने हँसकर कहा, "तुम लोग बैठकर बातें करो, मैं अभी दावत का इंतजाम करती हूँ।"

और उन्होंने झटपट रसोई में जाकर बच्चों के लिए खूब सारे नन्हे-नन्हे, पराँठे सेक लिये। थोड़ा सा आम और मिर्च का अचार भी निकाला। प्लेटों में मटर-पनीर की सब्जी डाली, फिर गोगो को बुलाकर कहा, "अपने दो-तीन दोस्तों को बुला लो, जो यहाँ से थालियाँ लेकर जाएँ।"

गोगो और उसकी तीन सहेलियाँ झटपट रसोई में पहुँची। उन्होंने सब बच्चों के आगे थालियाँ लाकर रखीं और सचमुच ऐसी शानदार दावत हुई कि क्या कहने! बच्चों ने मटर-पनीर के साथ खस्ता पराँठे इतने स्वाद से खाए कि देख-देखकर गोगो की मम्मी भी निहाल हो गईं।

फिर सारे बच्चे हाथों में टाफियाँ लेकर उछलते-कूदते हुए पार्क में चले गए।

रात को गोगो के पापा दफ्तर से आए, तो मम्मी ने अभी-अभी दाल-चावल बनाकर रखे थे।

पापा जब नहा-धोकर डाइनिंग टेबल पर पहुँचे और उनके आगे दाल-चावल रखे गए तो एक पल के लिए वे चौंके। फिर बोले, "अरे भई, आज तो मटर-पनीर की सब्जी बनती थी। क्या तुम्हारा मेनू बदल गया नीला?"

इस पर गोगो की मम्मी जोरों से हँसीं। हँसती रही देर तक, फिर बोलीं, "बनी तो थी, पर सब खत्म!"

"खत्म... ?" पापा को हैरानी हुई।

"और क्या, गोगो और उसके दोस्तों की दावत जो थी!" गोगो की मम्मी ने बताया।

"दावत... ?" गोगो के पापा को अचंभे पर अचंभा हो रहा था। बोले, "कैसी दावत?"

और फिर मम्मी ने नन्ही गोगो के दोस्तों की दावत का पूरा किस्सा सुनाया, तो मम्मी के साथ-साथ पापा का भी हँसते-हँसते बुरा हाल था। बोले, "लाओ नीला, दाल-चावल ही लाओ। इसमें मटर-पनीर से ज्यादा स्वाद आएगा।"

कुछ देर बाद गोगो झूला पार्क से खेलकर आई, तो पापा ने उसे खूब प्यार किया। बोले, "क्यों बेटी, तुम्हारे दोस्तों को दावत कैसी लगी? क्या उन्हें तुम्हारी मम्मी के हाथ का खाना पसंद आया?"

"खूब... !" गोगो शरमाकर बोली, "पापा, वे सब कह रहे थे कि गोगो-गोगो, तेरी मम्मी खाना सचमुच बड़ा टेस्टी बनाती हैं।"

कहते-कहते गोगो हँस पड़ी, साथ ही गोगो की मम्मी और पापा भी हँस रहे थे।

18

सच्ची, अलबेला दोस्त है यह गधा

एक दिन गोगो शाम के समय झूला पार्क में घूमने गई। वह पत्थर की काली-वाली बेंच पर बैठी थी और आसपास के फूलों-पौधों की सुंदरता देख रही थी। पार्क में हरी-हरी, नरम-नरम घास दूर-दूर तक नजर आ रही थी। जैसे साफ हरी

चादर चारों ओर बिछी हो। थोड़ी देर बाद गोगो चप्पलें उतारकर नरम-नरम घास पर चलने लगी, तो उसके पैरों को बड़ी मीठी गुदगुदी सी महसूस हुई। ऐसी प्यारी-प्यारी गुदगुदी कि उसे अकेले में ही हँसी आ गई।

उस दिन जाने क्या बात थी, गोगो के दोस्तों में से कोई पार्क में नहीं आया था। गोगो अकेली पूरे पार्क का चक्कर लगाती रही। एक-एक फूल को प्यार से देखा। गुलाब के लाल-लाल सुंदर फूलों से तो उसने खूब बातें भी कीं। फिर तेज-तेज दौड़ते हुए पार्क के दो-तीन चक्कर काटे। थोड़ी देर झूला झूला और उसके बाद घर के लिए चल दी।

नन्ही गोगो जब झूला पार्क में चक्कर काट रही थी, तभी उसका ध्यान पार्क के बाहर खड़े एक सीधे-सादे गधे की ओर गया था। वह अपनी ही जगह इतना शांत खड़ा था कि देखकर गोगो को बड़ी हैरानी हुई। जितनी देर गोगो पार्क का चक्कर काटती रही, गधा अपनी जगह शांत खड़ा रहा। एकदम अडोल।

थोड़ी देर बाद गोगो पार्क से चलने लगी, तो उसने हँसकर उस सीधे-सादे गधे से कहा, ''तुम तो बड़े अच्छे हो जी, चलो हमारे साथ।''

इस पर गधे ने सिर हिलाया, जैसे वह नन्ही गोगो की बात समझ रहा हो।

कुछ देर बाद गोगो घर की ओर चली, तो देखती क्या है, पीछे-पीछे गधा भी चला आ रहा है। गोगो को बड़ा मजा आया। वह पलटकर गई गधे के पास और उसकी गरदन, सिर पर हाथ फेरकर बोली, ''वाह प्यारे गधे, तुम तो मेरे दोस्त बन गए। क्यों ठीक है न मेरी बात!''

गधे ने नन्ही गोगो की बात को बड़े ध्यान से सुना। ऐसा लगा, जैसे वह मुसकराया हो। और फिर नन्ही गोगो कुछ समझ पाती, इससे पहले ही अचानक वह नीचे जमीन पर बैठ गया।

गोगो को लगा, यह सीधा-सादा गधा कह रहा है, ''आओ गोगो, बैठो मेरी पीठ पर! सब तो मेरी हँसी उड़ाते हैं, पर तुम इतनी अच्छी और प्यारी लड़की हो कि मुझे इतना प्यार करती हो।''

शुरू में गोगो को थोड़ी झिझक हुई, ''पर फिर उसे लगा कि गधा कहीं बुरा न मान जाए! चलो इसकी पीठ पर बैठ जाती हूँ।''

नन्ही गोगो के बैठते ही गधा उठ खड़ा हुआ और चल दिया।

आसपास के लोग बड़ी हैरानी से गोगो को देख रहे थे। गोगो हमेशा कुछ-न-कुछ अजीब काम करती थी, पर आज तो उसने कमाल ही कर दिया था। लोग दूर से देख रहे थे और हँस रहे थे। कुछ तो हँसते-हँसते पूछ भी लेते, ''क्यों गोगो, कैसी लग रही गधे की सवारी?''

"अच्छी, बहुत अच्छी! मेरा गधा बड़ा सीधा, बड़ा प्यारा है।" नन्ही गोगो भी हँसकर जवाब देती।

कुछ बच्चों ने गोगो को गधे की सवारी करते देखा, तो जोरों से हँस पड़े। होते-होते बहुत-से बच्चे इकट्ठे हो गए। उनमें से दो-एक ने तालियाँ बजानी शुरू कर दीं। यह देखकर सबके सब तालियाँ बजाने और नाचने लगे।

होते-होते गोगो के चारों ओर अच्छी-खासी भीड़ जमा हो गई। उसका गधा आगे बढ़ा तो पीछे-पीछे बच्चों का लंबा-चौड़ा हुजूम भी चल पड़ा।

लोगों ने बच्चों का ऐसा प्यारा जुलूस कभी नहीं देखा था। वे आपस में बात करने लगे, "भई, नन्ही गोगो है बड़ी कमाल की लड़की! देखो न, उसके गधे की वजह से सारे बच्चे क्या मौज मना रहे हैं।"

गधे को न जाने कैसे गोगो के घर का पता चल गया था। वह धीरे-धीरे चलता हुआ गोगो के घर के पास जा पहुँचा। इतना लंबा-चौड़ा जुलूस उसके पीछे-पीछे चला आया था कि लोग अपना सारा काम-धाम छोड़कर इस जुलूस को देखने लगे। सब हँस-हँसकर कह रहे थे, "कमाल है यह लड़की गोगो! और भई, कमाल है इस मोहल्ले के बच्चों का, न जाने क्या-क्या अजब-गजब तमाशे करते रहते हैं।"

कोई-कोई कह रहा था, "मगर देखिए भाई साहब, गधा भी कितना प्यारा और समझदार जीव है। कोई और जानवर होता तो बच्ची को गिरा देता, पर यह तो इतने प्यार से गोगो को बिठाए हुए है कि गिरने का सवाल ही नहीं।"

किसी और ने कहा, "कुछ भी कहो, गधा होता बड़ा समझदार है। न जाने कैसे इसे गोगो के घर का पता चला? मैं इतनी देर से देख रहा हूँ, किसी ने कुछ नहीं कहा, मगर यह चुपचाप, अपने आप गोगो को उसके घर ले आया। कहीं इधर-उधर नहीं भटका। है न अनोखी बात!"

"भई, है तो अजूबा!" किसी और ने कहा और वहाँ मौजूद सारे के सारे लोग हँसते हुए सिर हिलाने लगे।

थोड़ी देर बाद गोगो के मम्मी-पापा बाहर निकलकर आए, तो गधे पर बैठी हँसती-मुसकराती गोगो और उसके साथ हँसते-गाते, तालियाँ बजाते और नाचते बच्चों का लंबा-चौड़ा हुजूम देखकर उन्हें जोर की हँसी आ गई।

इस बीच गोगो के नीलू भैया भी आ गए। वे झटपट अपना कैमरा उठा लाए और नन्ही गोगो और बच्चों के जुलूस की एक से एक मजेदार तसवीरें खींचने लगे। नन्ही गोगो हँस रही थी। बच्चे हँस रहे थे। सारा का सारा मोहल्ला हँस रहा था। नन्ही गोगो के मम्मी-पापा भी हँस रहे थे। नीलू भैया और सान्या दीदी भी हँस रही थी और शायद गधा भी हँस रहा था।

नन्ही गोगो के भैया के कैमरे में ये सारे के सारे हँसते-मुसकराते हुए चित्र समा गए।

फिर नीलू भैया और सान्या दीदी ने आगे बढ़कर नन्ही गोगो को उतारा। मम्मी ने आगे बढ़कर उसे गोदी में ले लिया। बोलीं, "तूने तो यह बहुत अच्छी सवारी ढूँढ़ ली गोगो। कहाँ मिला यह सीधा-सादा गधा?"

"मम्मी, यह पार्क के पास ही था और मुझे इतना अच्छा लगा कि क्या कहूँ! मुझे देखकर यह बैठ गया, जैसे कह रहा हो, ओ गोगो, मेरी पीठ पर बैठ जाओ! मैं बैठी तो मजे में चल पड़ा और देखो, कितने सारे बच्चे इकट्ठे हो गए।" कहकर गोगो हँसने लगी। फिर बोली, "मम्मी-मम्मी, गधा भूखा होगा। इसे भी कुछ खिला दो न प्लीज!"

मम्मी ने रसोई में जाकर नरम-नरम रोटियाँ बनाईं और बड़े प्यार से गधे को खिलाईं।

गधा वापस गया, तो बार-बार पीछे गुड़कर ऐसे देख रहा था, जैसे याद कर रहा हो कि··कहीं मैं गोगो और उसके घर को भूल न जाऊँ!

मगर न गधा गोगो को भूला और न गोगो उसे और लोग तो भला भूलते ही कैसे!

कुछ दिन बाद होली थी। सब होली पर एक-दूसरे को लाल-पीले रंगों से रंग रहे थे। किसी ने कहा, "गोगो, आज अगर तेरा दोस्त गधा आ जाता और तू उस पर सवारी करके घूमती तो कितना मजा आ जाता! फिर तो हम उस गधे को भी रंग लगा देते और सारे शहर में जुलूस निकालते।"

अभी उसकी यह बात पूरी हुई ही थी कि गोगो को गधा आता दिखाई दिया। वह झट पहचान गई, "हाँ-हाँ, यही है मेरा प्यारा दोस्त गधा!"

और गधे ने तो गोगो को झट से पहचान ही लिया था। गोगो को देखते ही वह बैठ गया और गोगो ने उस पर सवारी की तो वह इतना खुश हुआ, जैसे मन-ही-मन हँस रहा हो। फिर गोगो और उसके दोस्तों ने उस पर इतना रंग डाला कि वह सात रंग का अलबेला इंद्रधनुषी गधा बन गया।

पूरे शहर में उसका जुलूस निकला, जिसमें हर कोई हँस रहा था और ठहाके लगा रहा था। तब गधे पर सवारी करती गोगो ने खुद-ब-खुद यह अलबेली कविता बना ली—

यह अलबेला दोस्त है गधा
हाँ जी, गधा है गधा
मगर कितना सधा!

गोगो को घुमा रहा है ऐसे,
गोगो हो परियों की राजकुमारी जैसे!
तभी तो गधे के चारों ओर लगा है मेला
रंगों का मेला, खुशियों का मेला
मेले में सतरंगा गधा अलबेला
चल रहा अकेला...!

जिसने भी गोगो की यह नायाब कविता सुनी, खूब तालियाँ बजाकर दाद दी।

एक ने गोगो के सिर पर प्यारी सी जोकरनुमा कैप लगा दी थी, जिस पर लिखा—'यह है गोगो, अपने प्यारे दोस्त गधे के साथ!'

देखकर सब तालियाँ बजाकर हँसते, तो साथ-साथ गोगो भी हँसती। होली का आनंद इससे दुगना हो गया था।

बड़े दिनों तक लोग गोगो के प्यारे गधे के साथ उस मजेदार होली को भी याद करते रहे। सचमुच कॉलोनी के बच्चों की वह यादगार होली थी।

19

जोजो अंकल का डॉगी

फिर एक बार की बात है, इतवार का दिन था और गोगो अपने कालेवाले डॉगी पोपू से खेल रही थी। साथ ही उसका प्यारा दोस्त पीलू पूँछ उठाए इधर-उधर घूम रहा था। टिनटिन चिड़िया कभी गोगो के कंधे पर बैठ जाती, तो कभी सिर पर। एक बार तो टिनटिन चिड़िया ने उसके बालों में बँधे फीते को अपनी चोंच में दबाकर इस तरह खींचा कि गोगो का फीता झट से खुल गया और उसके बाल पूरे चेहरे पर बिखर गए। टिनटिन चिड़िया की इस शैतानी पर गोगो को बड़े जोरों की हँसी आई।

फिर पोपू और भूरावाला नटखट पिल्ला पीलू भी ऐसे-ऐसे कमाल के खेल दिखा रहे थे कि गोगो बार-बार खिलखिला पड़ती।

गोगो अपने इसी खेल में डूबी थी कि जाने कब पड़ोस के जोजो अंकल आ गए। गोगो को तब पता चला, जब पोपू जोर-जोर से भौंकने लगा और पीलू भी। टिनटिन चिड़िया हैरानी से कभी पोपू, कभी पीलू तो कभी गोगो को देख रही थी।

गोगो ने बुरी तरह मुँह बनाकर पोपू की ओर देखा और बोली, "पोपू, स्वीट

डॉगी··· !'' तब पोपू अचकचाकर चुप हो गया, जैसे उसने कोई बेवकूफी का काम किया हो और पोपू के चुप होते ही पीलू भी टाँगों में पूँछ दबाए एक ओर खड़ा हो गया।

इतने में गोगो को जोजो अंकल और उनका डॉगी नजर आ गया। अब उसे माजरा समझ में आ गया था कि पोपू और भूरा पिल्ला भला किसलिए भौंक रहे थे।

नन्ही गोगो बोली, ''सॉरी अंकल, पोपू और पीलू को पता नहीं था कि आप मेरे प्यारे जोजो अंकल हैं। नहीं तो वे कभी ये गुस्ताखी न करते। अब बैठिए, आराम से बैठिए। आपके लिए अंदर से कुरसी लाऊँ?''

तब तक गोगो के मम्मी-पापा भी बाहर निकलकर आ गए थे। बोले, ''आइए जोजो साहब, आइए! बड़े दिनों दिन बाद चक्कर लगा आपका?''

जोजो अंकल हँसकर बोले, ''असल में आनंद साहब, सच्ची बात तो यह है कि मैं आपसे नहीं, गोगो बिटिया से मिलने आया हूँ आज। आहा-हा, क्या प्यारी बच्ची है आपकी! उस दिन गधे पर जो जुलूस निकला, उसने सारे मोहल्ले को हँसा दिया और वह गधा भी जिस पर गोगो बैठी थी, इतना सीधा और आज्ञाकारी लग रहा था कि आपकी बेटी के एक-एक इशारे को पहचानता था। ये कहे कि रुक जा तो रुक गया, ये कहे कि चल पड़ तो चल पड़ता। ये कहे तेज चल तो तेज चल पड़ता। साहब, हमने तो अपनी जिंदगी में पहली बार यह तमाशा देखा और पहली बार ऐसा समझदार गधा भी देखा।''

कुछ देर बाद जोजो अंकल बोले, ''उस जुलूस के चारों ओर बच्चों का ऐसा प्यारा हुजूम था कि क्या कहूँ? बच्चे नाच रहे थे, हँस भी रहे थे। देख-देखकर सारे लोग हँस रहे थे। पर मैं तो साहब, इसी बात पर गौर कर रहा था कि गधा इतना बुरा जानवर तो नहीं कि उस पर हँसा जाए। क्यों मि. आनंद, क्या खयाल है आपका?''

गोगो के पापा कुछ जवाब देते, इससे पहले ही गोगो बोली, ''नहीं जोजो अंकल, गधा बेवकूफ हरगिज नहीं है, लोग कहें चाहे जो भी। वह सीधा है, पर है समझदार।''

गोगो की बात सुनकर जोजो अंकल मुसकराए। बोले, ''वाह बेटी, मुझे तो कई बार हैरानी होती है कि इस उम्र में तुम इतनी समझदार कैसे हो गईं? जरूर आनंद साहब और तुम्हारी मम्मी ने बचपन से ही तुम्हें ज्ञान की घुट्टी पिलाई होगी।''

सुनकर गोगो के मम्मी और पापा मुसकराए। फिर गोगो के पापा बोले, ''आइए जोजो साहब, भीतर आइए। बैठते हैं कुछ देर, थोड़ी गपशप हो जाए।''

उसके बाद जोजो अंकल देर तक गोगो के मम्मी-पापा के पास बैठ, दुनिया-जहान की और बीच-बीच में मोहल्ले की ऊँच-नीच की तमाम बातें करते रहे।

उधर जोजो अंकल का बड़े-बड़े बालोंवाला भूरा डॉगी गोगो के पास बैठ, उसके खेल में शरीक हो गया था। गोगो ने पोपू, पीलू और टिनटिन चिड़िया से उसकी खूब अच्छी दोस्ती करवा दी थी।

गोगो अपनी नीली गेंद भी उठा लाई थी। जब वह गेंद दूर फेंकती तो पोपू, पीलू और जोजो अंकल के भूरे डॉगी में बड़ी जबरदस्त होड़ शुरू हो जाती। तीनों एक साथ भागते कि भला कौन गोगो की गेंद को मुँह में पकड़कर पहले वापस आता है और गोगो को सौंपता है। इसमें कभी पोपू बाजी मार ले जाता, कभी पीलू, तो कभी जोजो अंकल का डॉगी, लेकिन वे खेल का पूरा मजा ले रहे थे। लड़ बिल्कुल नहीं रहे थे।

फिर उसके बाद गोगो ने उन्हें पास बैठाकर मजे में कहानी सुनानी शुरू की तो ऐसा लगा कि जैसे सभी बड़े ध्यान से कहानी सुन रहे हैं।

बीच-बीच में गोगो कोई हुक्म देती, तो उसको मानने की होड़ लग जाती कि कौन सबसे पहले वह काम करे। गोगो ने जोजो अंकल के डॉगी के सिर पर हाथ फेरकर खूब प्यार किया और कहा, ''डॉगी-डॉगी, अब तुम हमारे घर जरूर आया करोगे, समझ गए न? नहीं आओगे तो मैं रूठ जाऊँगी।''

इस पर जोजो अंकल के डॉगी ने बड़े प्यार से गरदन हिलाई, जैसे गोगो की सारी बात समझ गया हो।

कुछ देर बाद जोजो अंकल जाने लगे तो उन्होंने टॉकी को पुचकारकर कहा, ''चलो टॉकी, देर हो गई। अब घर चलते हैं।''

पर टॉकी को तो खेल में इतना आनंद आ रहा था कि वह उठना ही नहीं चाहता था।

टॉकी को चुपचाप बैठे देख, जोजो अंकल ने फिर आदेश देते हुए कहा, ''टॉकी…!'' इस पर टॉकी ने बड़ी अनिच्छा से जोजो अंकल की ओर देखा, जैसे उसका उठने का बिल्कुल मन न हो, फिर भी उसे उठाया जा रहा था।

''टॉकी!'' तीसरी बार जोजो अंकल ने थोड़े गुस्से में कहा तो टॉकी उठा और जोजो अंकल के पीछे-पीछे चल दिया, पर वह इतनी अनिच्छा से चल रहा था कि उसका एक कदम आगे तो दो कदम पीछे लौट रहे थे।

टॉकी की यह हालत जोजो अंकल से छिपी न रही। उन्होंने हँसते हुए कहा, ''अच्छा टॉकी, नहीं चलते तो रहने दो। आज तुम यहीं रहो। गोगो के साथ खेलने का मन है न! गोगो है ही इतनी अच्छी लड़की कि उसके साथ खेलने का सबका मन होता है। तो ठीक है, आज तुम यहीं रहो। बाद में मैं तुम्हें ले जाऊँगा।''

और टॉकी वापस आया गोगो और उसके दोस्तों के पास तो वह इतना खुश था, इतना खुश कि उसकी आँखें एकदम बिजली के लट्टुओं की तरह चमक रही थीं।

वह खुशी के मारे बड़ी देर तक उछलता-कूदता और नाचता रहा। गोगो ने पोपू, पीलू और टिनटिन चिड़िया के साथ जोजो अंकल के डॉगी को भी प्यार से खाना खिलाया।

शाम के समय जोजो अंकल टॉकी को लेने के लिए आए, पर टॉकी का अब भी मन नहीं भरा था। बार-बार वह गोगो की ओर देखकर कूँ-कूँ करता और उसके पैरों से लिपट पड़ता।

इस पर गोगो के मम्मी-पापा ने कहा, ''गोगो, यह अच्छी बात नहीं है। तुम कहो न, ताकि जोजो अंकल का टॉकी उनके साथ जाए।''

इस पर गोगो ने कहा, ''जाओ टॉकी, जाओ अंकल के साथ। फिर आना।''

इस पर टॉकी जोजो अंकल के साथ गया, तो इस तरह पीछे देखते हुए जा रहा था, जैसे गोगो से कह रहा हो, गोगो, ''मुझे अफसोस है कि मुझे जाना पड़ रहा है। अभी तो मेरा तुमसे और तुम्हारे दोस्तों के साथ खेलने का बड़ा मन था।''

यह देखकर गोगो मुसकराई, मानो हँसकर टॉकी को दिलासा दे रही हो कि यह घर तो तुम्हारा ही है जब चाहो, तब फिर आ जाना।

और सचमुच गोगो और गोगो के मम्मी-पापा हैरान रह गए, जब कोई पंद्रह मिनट के भीतर जोजो अंकल का डॉगी उछलता-कूदता और सरपट भागता हुआ गोगो के पास आ गया। वह इस तरह कूँ-कूँ-कूँ करता हुआ गोगो के चारों ओर चक्कर काट रहा था और पूँछ हिला रहा था कि गोगो ही नहीं, उनके दोस्तों—पोपू, पीलू और टिनटिन चिड़िया को भी हैरानी हुई। गोगो के मम्मी-पापा समझ ही नहीं पा रहे थे कि जोजो अंकल के टॉकी पर गोगो का यह क्या जादू चल गया कि वह अपने घर जाना ही नहीं चाहता।

थोड़ी देर बाद जोजो अंकल का फोन आया। उन्होंने गोगो से कहा, ''अरे बिटिया, तुम्हारे पास से आकर टॉकी इतना उदास था, इतना ज्यादा उदास कि मुझसे देखा नहीं गया, तो मैंने ही कहा—गोगो के पास जाना चाहते हो न, तो ठीक है, जाओ। रात को आकर मैं तुम्हें ले जाऊँगा।''

और टॉकी फिर से गोगो और गोगो के दोस्तों के साथ खेलकूद में इस कदर लीन हो गया, जैसे उसे यहीं धरती का स्वर्ग मिल गया हो। कुछ देर बाद गोगो पोपू और पीलू को साथ लेकर पार्क में घुमाने गई, तो टॉकी भी उछलता-कूदता साथ गया और पार्क में तीनों दोस्तों ने खूब मजे किए। खासकर टॉकी ने वहाँ उछल-कूद के ऐसे-ऐसे करतब और तमाशे दिखाए कि पोपू और पीलू ने ही नहीं, गोगो ने भी उसकी ओर खूब प्रशंसा भरी नजरों से देखा। गोगो ने इतने प्यार से उसकी पीठ को सहलाया कि जोजो अंकल के डॉगी को लगा, आज पहली बार मेरी कला की किसी ने सच्ची तारीफ की है!

फिर रात को जोजो अंकल आए और टॉकी उनके साथ गया, तो गोगो ने उसकी आँखों में बड़ी याचना देखी। मानो टॉकी कह रहा हो, जैसे मैं तुम्हारे घर आया हूँ, तुम भी तो मेरे घर आ सकती हो गोगो। वहाँ जोजो अंकल के साथ बातें करना और मेरे साथ खेलना।

उसके कुछ रोज बाद गोगो जोजो अंकल के घर गई, तो टॉकी इतना खुश हुआ कि जोर-जोर से गोगो की कई परिक्रमाएँ कर डालीं। वह इस कदर जोर-जोर से उछल रहा था और कूँ-कूँ-कूँ करके अपना प्यार जता रहा था कि गोगो ने बड़ी देर तक उसके सिर और पीठ पर हाथ फिराया। उसके बाद टॉकी शांत हो गया और इतनी प्यार भरी मासूम नजरों से गोगो को देखने लगा, जैसे कह रहा हो, 'गोगो मेरे पास जबान नहीं है, तुम्हारी तरह भाषा नहीं है। मैं तुम्हें अपने दिल की बहुत सारी बातें बताना चाहता हूँ, पर कैसे कहूँ? हाँ, समझ सको तो खुद ही समझ लो।'

और छुट्टी के दिन तो यह तय ही था कि टॉकी गोगो के पास ही रहेगा और उसका पूरा दिन पोपू, पीलू और टिनटिन चिड़िया के साथ खेलते ही बीतता। पता नहीं कैसे उसे पता चल जाता कि आज इतवार है, गोगो के स्कूल की छुट्टी है और वह झटपट दौड़ता-कूदता, उछलता और नाचता हुआ गोगो के घर की ओर दौड़ पड़ता था।

शाम को जोजो अंकल अपने डॉगी को लेने आते तो यह कहे बगैर न रहते, "गोगो, अब में जान गया है कि तुम जरूर कोई जादू जानती हो। तभी तो मेरे टॉकी को ऐसे अपना दोस्त बना लिया कि वह अब मेरी बात तो मानता ही नहीं।"

इसी तरह हँसकर गोगो के मम्मी-पापा से भी वह कहते, "बड़ी भोली और प्यारी लड़की है आपकी, आनंद साहब। ऐसी प्यारी लड़की का सब पर जादू चल जाता है, आदमी से लेकर जानवरों तक। और तो और टिनटिन चिड़िया भी इसके जादू से ऐसे बँधी है कि जब देखो, तब गोगो के ही चारों ओर चक्कर काटती रहती है।"

इस पर गोगो खुश होकर तालियाँ बजाने लगती। फिर हँसकर कहती, "जोजो अंकल, मैं बताऊँ आपको राज की बात? असल में मैं जानवरों की भाषा जानती हूँ। उनकी आँखों में किसी को देखकर जो प्यार उमड़ता है, उसे पढ़ो तो वे बहुत खुश होते हैं। उनके साथ हँसो तो वे हँसते हैं, उनके साथ खेलो तो वे खेलते हैं। उनके साथ झूमो-नाचो तो वे झूमते-नाचते और खुशियाँ मनाते हैं।"

गोगो की बात इतनी प्यारी थी कि सुनकर जोजो अंकल अवाक् रह गए। गोगो के मम्मी-पापा ने मुसकराकर कहा, "अजी साहब, किस सोच में पड़ गए! हमारी यह पग्गल बेटी तो यों ही कुछ-न-कुछ कहती रहती है।"

पर जोजो अंकल गंभीरता से सिर हिलाते हुए बोले, "नहीं-नहीं आनंद साहब,

आपकी बेटी लाखों में एक है, हीरा है-हीरा! मैंने ऐसी मासूम और प्यारी बच्ची कोई और नहीं देखी, जिसकी बातों में इतनी मिठास हो।''

इसके बाद जोजो अंकल ने गोगो के सिर पर बार-बार हाथ फेरा और जाते हुए बोले, ''अरी प्यारी बिटिया, आज तो लग रहा है, तुमने जोजो अंकल के डॉगी पर ही नहीं, खुद जोजो अंकल पर भी जादू कर दिया।''

सुनकर गोगो और उसके मम्मी तो हँसे ही, साथ ही जोजो अंकल भी अपनी बात पर जोरों से ठहाका लगाकर हँस पड़े।

20

नन्ही गोगो की जादूगर पाशा के साथ अनोखी सैर

कुछ दिन बाद की बात है, नन्ही गोगो शाम के समय घूमने के लिए झूला पार्क गई, तो देखा उसने गुलाब के फूल की पंखुड़ी पर बैठी एक बड़ी सी दाढ़ीदार मक्खी को। उस अजब सी मक्खी को देख, नन्ही गोगो को इतनी हैरानी हुई कि मारे अचरज के वह जोर-जोर से हँसने लगी।

तभी वह मक्खी थोड़ी और बड़ी हुई तो नन्ही गोगो चौंकी। वह तो एक बौना था। बहुत छोटा सा, दाढ़ीदार बौना। उसकी दाढ़ी सफेद और घुटनों तक लंबी थी। उसने लाल रंग की पगड़ी और हरे रंग का लंबा सा चोगा पहन रखा था, पर कुल मिलाकर था वह सिर्फ अँगूठे के बराबर।

''तुम...तुम कौन हो? तुम्हें देखकर मुझे बड़ी हैरानी हो रही है।'' नन्ही गोगो ने कहा।

''मैं...!'' कहकर दाढ़ीवाला बौना हँसा। बोला, ''मैं हूँ पाशा, जादूगर पाशा।''

नन्ही गोगो ने जादूगर पाशा का नाम पापा से सुना है। उसके बारे में थोड़ा मम्मी ने भी बताया था। बोली, ''पर तुम तो जादूगर पाशा जैसे नहीं लगते। तुम तो बौने हो, एकदम छोटे से बौने, पता नहीं किस दुनिया से आए हो?''

इस पर बौना हँसकर बोला, ''हूँ तो मैं जादूगर पाशा ही, पर मैंने अपना रूप बदल लिया है, ताकि उन्हें ही जादू दिखाऊँ, जो मेरे जादू की कद्र कर सकें। क्या तुम मेरा जादू देखना चाहोगी गोगो?''

''हाँ-हाँ, क्यों नहीं?'' जादू का खेल देखना गोगो को पसंद था। बोली, ''ओ जादूगर पाशा, तुम कौन सा जादू दिखाओगे?''

"मैं दुनिया के सारे जादू दिखा सकता हूँ। दुनिया में मुझसे बड़ा जादूगर आज तक नहीं हुआ। बताओ, तुम क्या देखना चाहती हो।" कहते-कहते जादूगर पाशा थोड़ा बड़ा हो गया। अब वह देखने में किसी छोटे पिल्ले जितना लग रहा था।

गोगो बोली, "तुम पहले बड़े तो हो जाओ। अभी तो मुझे तुम्हें देख-देखकर हँसी आ रही है।"

गोगो का कहना था कि देखते-ही-देखते जादूगर पाशा खूब बड़ा होकर सामने नजर आने लगा। उसकी लंबी सफेद दाढ़ी जमीन पर लोट रही थी। लाल पगड़ी पेड़ों के शिखरों तक ऊँची थी और हरा चोगा इतना बड़ा लग रहा था, जैसे घास का मैदान हो।

गोगो सोचने लगी, "जादूगर पाशा तो वाकई जादूगर है, पर मैं भला कौन सा खेल दिखाने के लिए कहूँ?"

जादूगर बोला, "तुम कहो तो गोगो, मैं तुम्हें दो घंटे में सारी दुनिया की सैर करा लाता हूँ।"

"अरे वाह, सचमुच···! सच्ची-मुच्ची तुम मुझे सारी दुनिया घुमा सकते हो, सिर्फ दो घंटे में?" गोगो ने हैरानी से कहा। उसकी आँखें बुरी तरह फैल गई थीं।

"हाँ-हाँ, क्यों नहीं! बैठो मेरे कंधे पर और चलो मेरे साथ-साथ दुनिया की सैर करने।" कहते-कहते जादूगर पाशा ने गोगो को उठाकर अपने कंधे पर बैठा लिया।

गोगो बैठी तो जादूगर पाशा उड़ चला। उड़ते-उड़ते उसने झटपट गोगो को इंग्लैंड, अमेरिका, जर्मनी, फ्रांस, रूस, चीन, जापान समेत दुनिया के सारे बड़े-बड़े देश दिखा दिए। हर जगह वह थोड़ी देर रुकता, फिर अपनी तुर्रेदार लाल पगड़ी को इशारा कर देता। वह किसी एंटीना की तरह उसी दिशा में फहरने लगती, जिधर जादूगर को जाना था। बस, फिर पगड़ी के साथ-साथ जादूगर पाशा भी मजे में उड़ने लगता और झटपट-झटपट मीलों दूर निकल जाता। उसने गोगो को अफ्रीका और आस्ट्रेलिया, लंका, नेपाल और इंडोनेशिया की भी सैर कराई।

बोला, "गोगो, अभी कुल डेढ़ घंटा बीता है और अब हम कोलंबो में हैं। बोलो, क्या अब वापस चलें?"

"कोलंबो!" गोगो बुदबुदाई। बोली, "ओ जादूगर चाचा, अभी कितनी देर और लगेगी वापस पहुँचने में?

"बस, आधा घंटा। मैंने प्रॉमिस किया था न!" जादूगर पाशा हँसते हुए बोला।

"सच्ची!" खुशी के मारे गोगो की चीख निकल गई।

"हाँ, क्यों नहीं!" जादूगर पाशा हँसने लगा। बोला, "तुम कहो तो हम पंद्रह

मिनट में भी वापस पहुँच सकते हैं।''

''कैसे?'' गोगो ने पूछा।

''मेरी प्यारी सी कार से।'' जादूगर पाशा ने कहा।

''कार···! कहाँ है तुम्हारी कार?'' गोगो ने कौतुक से कहा।

सुनकर जादूगर पाशा ने अपनी दाढ़ी में हाथ डाला और देखते-ही-देखते एक छोटी सी लाल खिलौना कार उसके हाथ में नजर आने लगी।

गोगो को हँसी आ गई। बोली, ''यह दाढ़ी क्या तुम्हारा बटुआ है जादूगर चाचा कि तुमने इसमें अपने खिलौना कार छिपाकर रख़ी है? और फिर इतनी छोटी सी तो कार है, इसमें मैं बैठूँगी कैसे?''

''अभी तुम देखती जाओ।'' जादूगर पाशा हँसा।

उसी समय जादूगर पाशा ने अपनी दाढ़ी के एक बाल को पकड़कर खींचा तो देखते-ही-देखते कार बड़ी हो गई और होते-होते पूरे आकार की कार नजर आने लगी। जादूगर ने कार का दरवाजा खोलकर कहा, ''आओ गोगो, बैठो।''

गोगो ने सोचा, जादूगर पाशा ही कार चलाएगा और वह तो पासवाली सीट पर आराम से बैठेगी। पर नहीं,जादूगर पाशा ने उसे ड्राइविंग सीट पर बिठाकर कहा, ''बैठो गोगो, गाड़ी तुम चलाओगी।''

''पर···पर मुझे तो गाड़ी चलानी नहीं आती।'' गोगो घबरा गई।

''कोई बात नहीं···कोई बात नहीं गोगो, यह कार तो खुद ही सिखाती है। तुम बस, इसका कहना मानना। चलो, अब ड्राइविंग सीट पर बैठो तो सही।''

और गोगो ने बैठते ही स्टार्ट का बटन दबाकर स्टेयरिंग व्हील को सँभाला, तो कार एकाएक तेजी से दौड़ पड़ी। इतनी तेज···इतनी तेज कि गोगो चकरा गई। हालाँकि उसे अंदर-ही-अंदर हँसी भी आ रही थी। आखिर पहली बार उसने ड्राइविंग की थी। इस कार को चलाना इतना मजेदार होगा, उसे अंदाजा ही नहीं था।

लेकिन थोड़ी देर बाद गोगो के चेहरे पर परेशानी की रेखाएँ उभरने लगी। कारण यह था कि सामने लहराता हुआ समंदर नजर आ रहा था। वह नहीं समझ पा रही थी कि कार को किधर मोड़े, क्योंकि दूर-दूर तक बस समंदर का पानी ही पानी था।

क्या करूँ, क्या नहीं! सोचकर घबराते हुए उसने जादूगर पाशा की ओर देखा, पर जादूगर पाशा तो निश्चिंत बैठा था। हँसते हुए बोला, ''चिंता न करो गोगो, तुम तो बस कार की स्पीड बढ़ाओ। यह जादूवाली कार है। पानी पर भी ऐसे ही दौड़ती है जैसे जमीन पर।''

''सच्ची, हम डूबेंगे नहीं?'' गोगो ने हैरान हो पूछा।

"सच्ची…!" जादूगर पाशा हँसा।

और सचुमच जैसे ही कार समुद्र के पानी पर चलने लगी, उसकी स्पीड और बढ़ गई। वह बड़े मजे से समुद्र के पानी पर ऐसे दौड़े जा रही थी, जैसे समुद्र का पानी नहीं, दूर-दूर तक कोई समतल मैदान है।

समुद्र की ठंडी-ठंडी हवा गोगो के कानों में गुदगुदी कर रही थी। पानी पर जहाज की तरह तेज दौड़ती कार उसे इतनी मजेदार लग रही थी कि बार-बार उसे हँसी आ रही थी।

कुछ देर बार समुद्र खत्म हुआ तो गोगो ने चैन की साँस ली। पर यह क्या! यह तो सामने पहाड़ है। अब… ?

"हाय-हाय, अब क्या होगा?" गोगो फिर परेशान, पर जादूगर पाशा निश्चिंत बैठा था। हँसकर बोला, "स्पीड बढ़ाओ, गोगो!"

और सचमुच मजा आ गया। पहाड़ पर भी कार उसी तरह झटपट-झटपट दौड़ने लगी, जैसे समतल सड़क पर दौड़ रही हो।

गोगो ने घड़ी देखी। बोली, "जादूगर चाचा, दो घंटे पूरे होने में अभी दो मिनट बाकी है। क्या हम दो मिनट में पहुँच जाएँगे वापस?"

"हो-हो-हो!" जादूगर पाशा हँसा। बोला, "क्यों नहीं, जरूर पहुँच जाएँगे। बस गोगो, तुम जरा ऊपरवाला नीला बटन तो दबाओ।"

गोगो ने ऊपर उठकर नीला बटन दबाया।…मगर यह क्या! नीला बटन दबाते ही कार तो उड़ने लगी। अरे सचमुच, कार उड़ी जा रही थी आसमान में! अब वह हवाई जहाज की तरह तेजी से हवा में तैर रही थी।

और दो मिनट पूरे होते ही जादूगर पाशा की कार पहुँच गई झूला पार्क में।

झूला पार्क के नीली वर्दीधारी दरबान ने देखा कि तेजी से चलती लाल कार पार्क के अंदर दौड़ी चली आ रही है। वह चिल्लाया, "सुनो-सुनो, कार अंदर नहीं आएगी। कार को बाहर ही पार्क कीजिए।"

पर तब तक जादूगर पाशा और उसकी लाल कार दोनों ही गायब हो चुके थे।

गोगो एक गुलाब के फूल के पास खड़ी अचरज से भरकर सोच रही थी, 'अरे, इतनी जल्दी जादूगर चाचा कहाँ चले गए? और उनकी कार…! शायद फिर उन्होंने अपनी खिलौना कार दाढ़ी में ही छिपा ली होगी।'

गोगो ने ध्यान से देखा कि गुलाब के फूल की एक पंखुड़ी पर एक अजीब सी दाढ़ीदार मक्खी बैठी है। 'ज़रूर वही होगा जादूगर पाशा।' गोगो समझ गई और टा-टा करके हँसती हुई घर की ओर चल दी।

21

गाओ गोगो, तुम भी गाओ

अगले दिन नन्ही गोगो झूला पार्क में गई, तो उसके पास हरे रंग की एक छोटी सी बाँसुरी थी। वह उसे बार-बार बजाने की कोशिश कर रही थी, पर बाँसुरी ठीक से बज ही नहीं रही थी। बार-बार उसका सुर बिगड़ जाता था। देखकर नन्ही गोगो को बड़ा गुस्सा आया। तभी उसका ध्यान गुलाब के एक सुंदर पौधे की ओर गया। उस पर एक बड़ा प्यारा गुलाब का फूल खिला था। उस गुलाबी रंग के सुंदर फूल पर वही दाढ़ीदार मक्खी गोगो को नजर आई, जिसने जादूगर पाशा बनकर उसे सारी दुनिया में घुमाया था।

गोगो को लगा कि वह दाढ़ीदार मक्खी उसे देखकर हँस रही है। फिर उसे खयाल आया कि यह तो सचमुच जादूगर पाशा है, जिसके साथ कल वह सारी दुनिया की सैर करने गई थी।

"जादूगर चाचा…जादूगर चाचा!" गोगो के मुँह से निकलते ही जादूगर पाशा अपने पूरे कद में सामने आ खड़ा हुआ।

आज उसकी लाल पगड़ी पेड़ों के शिखरों से ज्यादा ऊँची और खूब चटक लग रही थी। पैरों में कोई दो-डेढ़ फुट लंबे काले जूते थे। अजब डिजाइन के।

"वाह चाचा, आज लग रहे हो तुम कमाल के! देखते ही लगता है कि जादूगर पाशा तो ऐसा ही हो सकता है।"

सुनकर जादूगर पाशा जोर-जोर से हँसने लगा। हँसते हुए उसकी मूँछें फड़कने लगीं और जमीन पर लोटती हुई सफेद दाढ़ी इतने जोर-जोर से हिलने लगी कि उस झूला पार्क में देखते ही देखते आँधी चल पड़ी।

"आज किसलिए याद किया मुझे बेटी? मुझे लग रहा है, यह बाँसुरी तुमसे ठीक से सध नहीं रही। यही बात है न गोगो?"

"हाँ, जादूगर चाचा! इससे सुर तो निकलता ही नहीं।" गोगो ने रुआँसा चेहरा बनाकर कहा।

"तो तुम्हें बिटिया, शौक है गाने का और बजाने का?" जादूगर पाशा ने ममतालु चेहरा बनाकर कहा।

"बहुत-बहुत…जादूगर चाचा! पर क्या करूँ, मुझे तो गाना ही नहीं आता। कितने दिन से बाँसुरी सीखने की कोशिश कर रही हूँ, पर मुझसे तो यह बजती ही

नहीं। जब बाँसुरीवाला भैया बजा रहा था तो इससे इतने संदर सुर निकल रहे थे कि क्या कहने! पर मैं बजाती हूँ तो जादूगर चाचा, यह बुरी तरह भैं-भैं-भैं करती है।'' कहकर गोगो हँसने लगी, पर उसकी उदासी छिप नहीं रही थी।

इस पर जादूगर पाशा बोला, ''चलो बिटिया, हमें एक बार फिर दुनिया की सैर करने जाना होगा, पर चिंता न करो, आज हम कल से भी जल्दी लौट आएँगे।''

गोगो को भला इसमें क्या परेशानी थी? वह झट जादूगर चाचा के कधों पर बैठी और उसकी लाल तुर्रेदार पगड़ी का संकेत होते ही, जादूगर चाचा के साथ वह भी उड़ चली।

इस पर जादूगर पाशा ने गोगो को दुनिया सभी बड़े और जाने-माने संगीतकारों से मिलवाया। किसी ने गोगो को बाँसुरी सिखाई। किसी ने सितार, किसी ने ढोल, किसी ने तानपूरा। थोड़ी ही देर में गोगो गाने-बजाने में इतनी होशियार हो गई कि कोई भी बाजा वह बजाती, तो खुद ही उसके कानों को अच्छा लगता।

गोगो बोली, ''धन्यवाद जादूगर चाचा, आज मेरा एक बड़ा दुःख दूर हो गया है। मैं तो सोचती थी कि संगीत मैं कभी सीख ही नहीं सकती। पर अब··· ? अब मैं गा सकती हूँ, बजा सकती हूँ और ऐसा संगीत छेड़ सकती हूँ कि लाखों लोग उसके साथ झूमेंगे, उसका आनंद लेंगे। चलो, अब वापस चलते हैं जादूगर चाचा।''

''तनिक रुको बिटिया, अभी एक जगह और जाना है। फिर उसके बाद हमारी वापसी की यात्रा शुरू हो जाएगी।'' जादूगर पाशा ने मुसकराते हुए कहा।

इस बार गोगो जादूगर चाचा के साथ उड़ती हुई जापान के टोक्यो शहर में जा पहुँची। यहाँ सारी दुनिया के जाने-माने संगीतकारों का एक विश्व सम्मेलन हो रहा था। लाखों लोग सुनने आए थे। हर संगीतकार अपनी सबसे मधुर और चुनी हुई धुनें निकालकर अपनी संगीत-कला का प्रदर्शन कर रहा था। विश्व सम्मेलन ऐसा था, जो संगीत की बुलंदियों को छू रहा था। इससे पहले कभी संगीत की इतनी बड़ी-बड़ी हस्तियाँ एक जगह इकट्ठी नहीं हुई थीं।

जादूगर चाचा के साथ गोगो भी दुनिया के उन जाने-माने संगीतकारों की विश्व सभा में जा बैठी और ध्यान से उनका अद्‌भुत संगीत सुनने और उसका आनंद लेने लगी।

इतने में मंच से सभा के संचालक की आवाज गूँजी, ''भाइयो और बहनो, अब हम दुनिया की सबसे नन्ही, लेकिन बेहद प्रतिभाशाली संगीतकार गोगो से आपको मिलवाएँगे। सुनिए उसका गाना और देखिए कि उसमें कितनी गजब की मिठास और जादू है।''

सुनकर गोगो चकरा गई। उसने तो सपने में नहीं सोचा था कि दुनिया के जाने-माने संगीतकारों के इतने बड़े सम्मेलन में उसे गाना का मौका मिलेगा। उसे थोड़ी-थोड़ी घबराहट भी हो रही थी। उसने फुसफुसाकर जादूगर चाचा से कहा, "चाचा-चाचा, मुझे तो इतना अच्छा गाना नहीं आता। मैं भला कैसे गाऊँगी?"

"गाओ तो बिटिया, गाओ...तुम कुछ भी गाओ।" जादूगर पाशा ने उसकी पीठ ठोंकते हुए कहा।

आखिर नन्ही गोगो अपना तानपूरा लेकर मंच पर गई। शुरू में वह डर रही थी, पर जैसे ही उसने गाना शुरू किया, उसे खुद ही अपनी आवाज सुनकर अच्छा लगा। बस, उसकी झिझक दूर हो गई। उसे लगा कि अरे, मैं भी गा सकती हूँ और अच्छा गा सकती हूँ।

गोगो ने संगीतकारों के उस विश्व सम्मेलन में एक नहीं, पूरे पाँच गाने गाए और इतने डूबकर गाए कि सब लोग साँस रोककर सुन रहे थे।

जब गोगो का आखिरी गाना खत्म हुआ, तो सभा में बड़ी देर तक तालियों की गड़गड़ाहट गूँजती रही। गोगो मंच से उठकर आने लगी, तो मंच पर बैठे सबसे बुजुर्ग संगीतकार अल्लादीन मियाँ ने प्यार से उसके सिर पर हाथ फेरते हुए एक फूलों का गुलदस्ता और सोने का मेडल दिया। कहा, "नन्ही गोगो को, यह हमारी ओर से स्मृति-चिह्न दिया जा रहा है। हमें पूरी उम्मीद है कि यह नन्ही बच्ची संगीत की महान् परंपरा को आगे बढ़ाएगी और अपने साथ-साथ हम सबका नाम ऊँचा करेगी। यह कल की दुनिया में संगीत की महान् कलाकार बनेगी।"

सफेद दाढ़ीवाले बुजुर्ग संगीतकार अल्लादीन मियाँ ने गोगो की संगीत-कला के बारे में एक छोटा सा भाषण भी दिया। उस भाषण के अंत में कहा, "साहेबान, मुझे ऐसा लग रहा है कि आज मेरी उम्र दोगुनी हो गई है, क्योंकि मैं अपने कानों से हिंदुस्तानी संगीत की परंपरा को आगे बढ़ानेवाली एक नन्ही संगीतकार को सुन चुका हूँ। मुझे पूरा यकीन है कि यह संगीत के क्षेत्र में आगे...आगे...बहुत आगे जाएगी।"

इस पर सभा में फिर देर तक तालियों की गड़गड़ाहट होती रही।

उस दिन विश्व सम्मेलन में हिस्सा लेने की वजह से गोगो को घर लौटने में थोड़ी देर हो गई। इसलिए जादूगर पाशा उसे एकदम घर के दरवाजे तक छोड़ गया।

मम्मी-पापा ने नन्ही गोगो के हाथ में सुंदर-सुनहले अक्षरों में छपा अभिनंदन पत्र, सुंदर-सुंदर जापानी फूलों का गुलदस्ता और एक बड़ा सा सोने का मेडल देखा तो चकरा गए। बोले, "गोगो-गोगो, ये क्या?"

गोगो खुद हैरान थी। वह भला क्या बताती! वह सोच रही थी, पता नहीं यह सचमुच का दृश्य है या मैं कोई सपना देख रही हूँ?

नन्ही गोगो अब भला मम्मी-पापा को क्या बताए? कैसे बताए! वह बोली, "मम्मीजी, पापाजी, मैं जल्दी ही डायरी लिखूँगी। उसे पढ़कर आप सब समझ जाएँगे।"

उस दिन अभिनंदन-पत्र, मेडल और फूलों का गुलदस्ता लिये, नन्ही गोगो जब सोने के लिए गई, तो देर तक सपने में उसे एक ही दृश्य दिखाई दिया कि वह अपनी छोटी सी हरे रंग की बाँसुरी बजा रही है और उसमें से इतनी प्यारी-प्यारी धुनें निकल रही हैं कि दूर-दूर के लोग ही नहीं, बल्कि चिड़िया, तोते, मोर और आसपास के सारे पशु-पक्षी गोगो के चारों ओर इकट्ठे होते जा रहे हैं। यहाँ तक कि पेड़ भी उसे सुनकर झूम रहे हैं और उसके संगीत की स्वर-लहरियाँ धरती से आकाश तक सब और फैलती जा रही हैं, फैलती चली जा रही है।

22

गोगो की वह अजब अनोखी रंग-बिरंगी डायरी

अगले दिन गोगो के पापा ने उसे एक सुंदर रंग-बिरंगी डायरी और लाल रंग का पेन लाकर दिया। गोगो के कहने पर उसे ढेर सारे अच्छे-अच्छे कलर्स भी लाकर दिए। और गोगो ने सचमुच उसी दिन से डायरी लिखनी शुरू की।

जहाँ-जहाँ वह जादूगर चाचा के साथ गई थी, उन-उन जगहों और वहाँ के लोगों के बारे में उसने अपनी डायरी में बड़े रोचक ढंग से लिखा। जो-जो बातें और मजेदार किस्से-कहानियाँ उसने लोगों के मुँह से सुनीं, उन्हें भी खूब चटकीले अंदाज में लिख डाला। साथ ही वहाँ के फूलों, पेड़ों, पशु-पक्षियों, नदियों, तालाबों और पहाड़ों के बारे में भी इतनी जिंदादिली से भरपूर भाषा में लिखा कि पढ़ने पर उनके चित्र आँखों में बस जाएँ। यही नहीं, बल्कि जो-जो खूबसूरत चीजें गोगो ने अपनी इस अनोखी यात्रा में देखी थीं, बीच-बीच में रंगों से उनका खूबसूरत ड्राइंग भी बनाती जाती थी।

यों गोगो की डायरी के पन्ने भरते जाएँ, भरते जाएँ। उसमें उसकी यात्राओं के एक-से-एक मजेदार वर्णन हैं और साथ में देखे सुंदर-सुंदर दृश्यों और चीजों के रंग-बिरंगे और मजेदार चित्र भी।

गोगो की डायरी अभी पूरी नहीं हुई, मगर वह बीच-बीच में अपने मम्मी-

पापा और सहेलियों को यह डायरी पढ़ने को भी देती है। सब पढ़कर हैरान होते हैं, "अरे-अरे, यह तो दुनिया की अनोखी चीजों के बारे में लिखी गई एक अनोखी डायरी है।"

मम्मी कहती, "बिटिया, यह डायरी तो तुम्हारी अनोखी कलाकृति है, जिसमें तुम्हारे विचार भी हैं, कल्पना भी और अनोखी कलाकारी भी।"

होते-होते गोगो की इस रंग-बिरंगी डायरी की गाथा अखबार और टी.वी.-वालों को भी पता चली। सब बारी-बारी से गोगो के घर आए यह डायरी पढ़ने के लिए। एक अखबारवाले ने तो नन्ही गोगो की डायरी के कुछ अंश इस शीर्षक के साथ छापे कि यह दुनिया की सबसे छोटी विश्व यात्री की अनोखी डायरी है। एक और अखबार ने गोगो से बात करके जादूगर पाशा से उसके मिलने और फिर उसके साथ दुनिया भर की सैर के किस्से छापे। टी.वी.वालों ने भी गोगो और उसकी अनोखी डायरी के फोटो खींचकर बीच-बीच में उसकी डायरी के कुछ पन्ने दिखाए। फिर कहा, "जब नन्ही गोगो की यह डायरी पूरी होगी, तो इसे एक नन्ही बच्ची की महान् कृति के रूप में सारी दुनिया में जाना जाएगा।"

बहुत से प्रकाशकों ने कहा, "नन्ही गोगो, तुम अपनी डायरी को हमें छापने की अनुमति दे दो। जब भी तुम्हारी डायरी पूरी होगी, हम इसे सबसे पहले छापेंगे और सारी दुनिया के बच्चों के पास पहुँचाएँगे।"

पर नन्ही गोगो का एक ही कहना था, "पहले यह डायरी पूरी तो हो जाए, फिर मैं छपाने के बारे में सोचूँगी।"

एक और प्रकाशक ने कहा, "मैं एक ऐसी सुंदर किताब छापूँगा, जिसमें गोगो के बनाए सारे चित्र सुंदर, चिकने आर्ट पेपर पर छपे हों।"

गोगो की भी बड़ी इच्छा है कि उसकी डायरी जल्दी-से-जल्दी छपकर दुनिया के सारे बच्चों तक पहुँचे। इसलिए आजकल वह जल्दी-जल्दी अपनी यह डायरी पूरी करने में जुटी है।

गोगो के दोस्त कई बार बातचीत में यह दोहराए बगैर नहीं रहते, 'काश, गोगो की डायरी जल्दी से पूरी हो जाती, ताकि उसकी रंग-बिरंगी सुंदर डायरी के जरिए हम इस दुनिया की तमाम रंग-बिरंगी शक्लें देख पाते!'

उम्मीद है, यह डायरी अब जल्दी ही पूरी हो जाएगी। तब इसे हम जल्दी से जल्दी अपने नन्हे पाठकों के आगे पेश करेंगे।

□□□